天狗文庫

司马辽太郎

1923—1996

毕业于大阪外国语学校，原名福田定一，笔名取自「远不及司马迁」之意，代表作包括《龙马奔走》《燃烧吧！剑》《新选组血风录》《国盗物语》《丰臣家的人们》《坂上之云》等。司马辽太郎曾以《枭之城》夺得第 42 届直木奖，此后更有多部作品获奖，是当今日本大众类文学巨匠，也是日本最受欢迎的国民级作家。

司马辽太郎|作品集|
SHIBA RYOTARO WORKS

幕末

[日]司马辽太郎——著
尹蕾 陶霆——译

しばりょうたろう
SHIBA RYOTARO WORKS
幕末

重庆出版集团 重庆出版社

版贸核渝字（2020）第053号

图书在版编目（CIP）数据

幕末 / (日) 司马辽太郎著；尹蕾，陶霆译. —重庆：重庆出版社，2021.12
ISBN 978-7-229-15334-2

Ⅰ. ①幕…　Ⅱ. ①司…　②尹…　③陶…　Ⅲ. ①短篇小说—小说集—日本—现代　Ⅳ. ① I313.45

中国版本图书馆 CIP 数据核字（2020）第 193598 号

幕末

MUMO

[日] 司马辽太郎 著　尹蕾　陶霆 译

责任编辑：许宁　唐凌
装帧设计：谢颖设计工作室
责任校对：郑葱

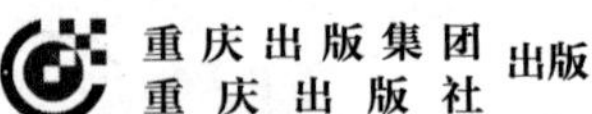

重庆市南岸区南滨路162号1幢　邮政编码：400061　http://www.cqph.com
重庆出版社艺术设计有限公司 制版
重庆豪森印务有限公司 印刷
重庆出版集团图书发行有限公司 发行
E-mail:fxchu@cqph.com　邮购电话：023-61520646
全国新华书店经销

开本：890mm×1230mm　1/32　印张：15.25　字数：268千
2021年12月第1版　2021年12月第1次印刷
ISBN：978-7-229-15334-2
定价：86.80元

如有印装问题，请向本集团图书发行有限公司调换：023-61520678

目录／*Contents*

樱田门外事变

㊀

因樱田门外事变而广为人知的有村治左卫门兼清，从出生地萨摩来到江户藩邸[1]任职，是事变的前一年——安政六年的秋天，时年二十二岁。

“来到江户什么事情最令你开心呢?”

一个老妇人半开玩笑地问他。

“米饭。”治左卫门朗声回答。

身为萨摩藩士，他可是少有的皮肤白净的美男子，且面色红润。一如其表，是个朴素率直的年轻人吧。

在江户藩邸，治左卫门担任的是叫做中小姓勤役的微职。

虽说这是第一次来江户，不过次兄雄助早一步来到江户担任记载裁决书类的书记官，所以诸事皆是承蒙他的照顾。

进入藩邸的第一天，次兄雄助就小声对他说：

“治左卫门，既然来到江户了，就要做好随时殒命的思想准备。”

“我明白了。”

就这样，治左卫门开始了在江户藩邸的任职生涯。

“这首诗虽是我附庸风雅所作，不过我也打算把它当做我的绝命诗。”

治左卫门边说边掏出自己的烟管，烟管的柄上清晰地刻着：

武士之坚，岩石金铁不可摧

保国之安，唯有仗剑战沙场

（倒是首不错的诗）

雄助对弟弟的才能感到意外，他想这大概是遗传自母亲吧。他们的母亲是诗词方面的好手。

“是你自己写的吗？”

“正是。”

治左卫门的长兄叫做有村俊斋，次兄就是雄助。在这三兄弟中最有诗才的就是治左卫门了。

治左卫门的剑术也很高超。在家乡，他师从被称为示现流[2]名人的药丸半左卫门，在兄弟三人中显得尤为出色。

师傅曾称赞他“很有天赋”。

治左卫门任职几天后，次兄雄助带他来到了租住在离藩邸不远的西应寺町的一户寡妇家中。

“这是舍弟治左卫门，我们二人都恭候您的差遣。”

雄助郑重地介绍道。

寡妇名叫阿静，年龄在四十岁左右。但她的长相尤为显老，大概是历经了诸多磨难吧。

问治左卫门“来到江户感到什么事最令你开心呢”的人就是她。阿静十分爱笑，一口端庄的水户武家方言，言语细微之处无不透露着古典汉风的韵味，虽然偶尔也令人生厌，但她绝不是一个普通的妇人。

日下部家有一位名叫松子的姑娘。她身材娇小，脸上长有颗小小的泪痣。治左卫门从连都城都是乡下的萨摩领地来到江户，第一个交谈的江户女子便是松子，所以与她初次见面的场景深深地烙印在他的脑海里。

当他朗声回答那句“米饭”的时候，松子乐得忘掉了礼节，用手背按住樱唇偷笑。阿静狠狠地剜了她一眼，松子便低下头拼命地忍住不笑。这番场景就连治左卫门本人都觉得很滑稽。

在回去的路上，治左卫门问道：“兄长，先前那位妇人是谁？”

“你真笨啊！”雄助愕然道。敢情弟弟糊涂得连先前那位是何人都不知道。

“那妇人是日下部伊三次大人的遗族。你要是这般糊涂，怎可委任大事。”

“兄长未曾告知我，所以不知道也情有可原吧。”

“情有可原？你要是不知道就问清楚啊，如此粗心大意怎可成大事。”

“下次我一定问清楚。”

治左卫门每日无所事事，一点也看不出是能写出那样激昂诗篇的年轻人。

（哎，大概是还没适应江户的生活吧）

雄助心想。

治左卫门三兄弟成长于极其贫困的环境之中。父亲有村仁右卫门曾是藩里的裁决所下官，但在嘉永二年，因当面辱骂某位家老[3]而被削职，从此过上了吃了上顿愁下顿的日子。他们家的生活甚至会令人产生“亏他们能活到现在啊”的感慨。

仁右卫门是一位不会过日子的武夫。比方说被革职之后他打算成为一个冶炼刀具的铁匠，要是能成倒好了。在冶炼刀具之前，他想先打些菜刀去卖。虽然在治左卫门年幼时俊斋、雄助便被父亲逼着开始打铁了，但由于打铁的小屋太过简陋，在一天夜里被风吹垮了。老父怒吼道："连风都要跟我作对吗!"到头来连一把菜刀都没有打出来。

从那之后，他们一家深居到都城的尻枝村内开垦荒地，好不容易挨到第二年才有了甘薯的收成，这才终于得以果腹。

（但是这家伙是家中幼子，大概并不知道这些苦难吧）

雄助是这么认为的。

这么一想，治左卫门确实有着身为幼子的未经世事的稚气，甚至有一点可爱。

长兄俊斋（后改名海江田武次，维新后受封子爵）是一位很有处世才能的人，为了贴补家用，十一岁便入城服侍于茶室之中，受领俸禄四石[4]，到了十四岁更是成为司茶者。尔后偶然结识了西乡吉兵卫（吉之助·隆盛）、大久保一藏（利通），成为莫逆之交。

这三人深得当时人称天下第一贤侯的前藩主岛津齐彬的厚爱并在齐彬这位天才的门下受到当时最为先进的世界观的洗礼，所以在幕末的萨摩藩士之中最早成为时代风云的弄潮儿。

如今，这位长兄俊斋正于京都的萨摩藩邸中，为井伊锄奸计划京都方面的工作而奔波忙碌着。虽然身份卑微，但他作为萨摩具有代表意义的志士之一早已名声在外。

“治左卫门。”雄助说道，“早晚我们都会与水户的盟士接头，不放机灵一点的话，可是会遭到轻视的。”

“兄长，总之能杀掉彦根的赤鬼（大老[5]井伊直弼）就行了吧，我就是怀着这么一个念头远离故土的，必须放机灵一点之类的事情，就托付给长兄俊斋吧。”

（这家伙）

虽然话不中听，却又合情合理。或者可以说，这个名叫治左卫门的年轻人，有着对刺客而言最合适的性格吧。

在初次登门之后，治左卫门频繁地造访兄长雄助介绍给他的“日下部大人的遗属”家。因为萨摩藩邸中志士之间的秘密会议大多都是在这间租屋内召开的。

再也没有什么能够比这间屋子佛坛上供奉着的“日下部伊三次”这个名字，更加令萨摩藩尊王攘夷[6]的志士们感到热血沸腾了。他是幕末萨摩藩的第一位国事殉难者。

正是被井伊直弼所杀。

对于维新史来说，日下部伊三次是命中注定的存在。他虽身为萨摩藩士，却又曾领过水户藩的俸禄，也就是所谓的水萨两栖之人。

伊次的父亲名为连，曾是萨摩藩士，因事故而脱藩[7]。他在水户藩的领地高萩开私塾时被水户藩主齐昭（烈公）所知晓，齐昭录用了他的儿子伊三次。

后来伊三次向藩主请愿，希望回到亡父的故土萨摩藩。两藩藩主允诺了他的请求。

伊三次充当着水萨两藩的黏着剂。当时水户藩有着被称为尊王攘夷大本营的极好的氛围，受天下有识之士宗教般的崇拜。而萨摩藩的氛围更是接近水户藩。究其原因，前藩主岛津齐彬衷心景仰水户的齐昭自是其一，而作为沟通桥梁的日下部伊三次亦是劳苦功高。

而且，西乡、大久保，再加上治左卫门的长兄俊斋三人，在日下部伊三次的引荐之下早早地结识了水户名士，这为他们今后的人生轨迹带来了重大影响。

伊三次于安政大狱[8]被捕，在江户传马町的牢房内受尽令人发指的严刑拷打，最终体衰而亡。与他一同被捕的长子佑之进也于第二年死于牢中。

从此，日下部家只剩下一些女眷。

不过，阿静可不是一位平凡的寡妇。她丈夫生前曾说过的“井伊不死，国将危矣”这句话，俨然成为她的人生信条。

对阿静而言，井伊直弼不仅仅是杀害自己丈夫和儿子的仇人，更是天下有志之士的公敌。她以自己的方式，把所有心血倾注于讨伐井伊直弼的大业之中，这也是情有可原的吧。

一天，哥哥雄助对有村治左卫门说："你先行一步去日下部家吧。"于是治左卫门便前往拜访阿静的家。

对治左卫门而言，造访这户人家令他感到十分惬意。身为寡妇的阿静为人亲切。而她的女儿松子似乎对治左卫门也颇有好感。

阿静母女都称呼治左卫门为"弟弟"。

日下部家在很久以前就已经把治左卫门的长兄俊斋当做自己的亲人一样对待，所以她们是很自然地把俊斋的小弟称为弟弟了。治左卫门第二次来到她家时，阿静便跟他这样说道："恕老妇失礼，还请你不要拘礼，就把这里当做自己的家吧。"

对阿静而言，治左卫门是替她们一家报仇雪恨的重要年轻人。

而对于治左卫门来说，他生长于男儿堆中，极少接触女性，在阿静的家中他即便只是坐着都感到心情很愉悦。

为治左卫门上茶的，一直都是阿静的女儿松子。阿静有时会对松子说："我在厨房有事抽不开身，你去陪他吧。"便留下他们二人独处。

不过他们的独处，从来不超过五分钟。一到独处时，治左卫门便会不争气地变成闷葫芦，松子也总是深深地埋着头。两人好像都想不出交谈的话题，甚至连交谈的勇气也没有。

不过在治左卫门的心里，却是因为“这么好看的姑娘，遍寻鹿儿岛都找不出一个”的念头而感到羞愧难当。不能正确看待自己的情愫，这也是他的不幸吧。治左卫门在家乡所受到的教育是“对女人生情是一种耻辱”。

这天他造访日下部家时，阿静走来用水户的方言对他说：“哎呀呀，你来得正好。”阿静告诉他，家中来了贵客。这一天，参照年谱的话是治左卫门任职的第四个月，万延元年正月二十三日。

在玄关旁，阿静为了让治左卫门事先了解情况，便小声地把客人的名字告诉了他。一位是水户藩小姓，领俸二百石的佐野竹之助，还有一位是马巡组[9]领俸二百石的黑泽忠三郎。

（都是同志啊）

治左卫门曾听说过他们的名字。佐野与黑泽尚处于幽禁状态并受到藩内监视，想来他们离开藩地并不容易，应是大费了一番工夫。

"他们二位都是作寻常百姓打扮过来的。"

"到底是为何事而来呢?"

"诶?!"阿静对治左卫门的问题大感意外，"就是为了见你而来。"

"见我?"

"嗯，为了见你，还有你的哥哥雄助。他们作为水户藩志士的代表，为了与你们萨摩藩志士取得联系而舍命前来。"

"啊——"

治左卫门这才意识到自己已经成为了一个十分重要的人物。不过他还不敢确信，自己身为一个乡下人，到底能不能与水户藩志士成功举行联络密会。

"他们大概多大年纪了?"

"与治左卫门大人同龄。"

"诶?"

"两人都是二十二岁。"

"什么嘛，也是年轻人啊。"

治左卫门这才安下心来，走向屋内。

佐野、黑泽正在屋里。他们正在与松子笑谈。日下部家以前是水户藩士，所以他们都是旧相识吧。对此治左卫门感到一丝嫉妒。

"在下是俊斋、雄助的胞弟有村治左卫门。恳请二位如教导在下的兄长们一般教导于在下。”

“啊，这是。”两人说着，便都正坐起来，报上了自己的名号。

佐野竹之助抬起头后便说：“有村君，礼数就到此为止吧，以后不必拘礼了，我们都是但求同生共死的兄弟。”

“遵命。”治左卫门大声答道，“如您所言。”

治左卫门还不太习惯社交。更何况他们乃是以尊王攘夷论的大本营而闻名天下的水户藩的藩士，因此治左卫门感到有些拘谨。

（这真是、这真是）

治左卫门一边念叨着一边观察两人。黑泽忠三郎是一位在萨摩随处可见的质朴青年，而佐野竹之助则更不像舞刀弄枪之人，倒像是个弹三味线[10]的洒脱年轻人。不过，据说佐野是神道无念流的高手。

（真是个卓越的男人啊）

治左卫门感叹道。不过，佐野对待松子的态度却令他有些介怀。佐野似乎没有把松子当作女孩子来看待似的叫着“阿松，阿松”，还把自己身上平民衣服的领口捏着对她说：“阿松，你看我这个身材，有你父亲或者你哥哥的旧衣服能适合我穿的么？”

“啊，真是的，刚才没想到这些。”松子一副很随意的样子站起来，走出去找衣服了。

（自己还真是啥都比不过水户人啊）

阿静也是那样，就好像治左卫门不存在似的，接待着这些远道而来的新客人。虽然母女二人已经把户籍迁入萨摩藩，不过养育她们长大的却是水户，对同乡的年轻人更有一种亲切感吧。

而且还有一件事，从对话中将知他们好像是要一直潜伏在这所房屋内。不过并不是他们自己决定的，似乎是治左卫门的哥哥雄助这么拜托了阿静。

（不过刺杀井伊之后，事先窝藏过行凶刺客的日下部母女能否平安无事呢）

对于寡妇阿静来说，这绝对是冒死之举。不过看她依然面不改色，把亡夫和长子的旧便服拿来给佐野和黑泽穿上，还开心地问着他们便服长度怎样，大小怎样，那样子简直就像儿子回到家一样。

（比我更像是一家人啊）

治左卫门满脸羡慕地看着这一幕。

没多久，兄长雄助便到了。萨摩藩内也有不少守旧派的人，所以行动一定要万分谨慎。兄弟二人没有一同前来，正是出于这般考虑。

这一天，并没有进行什么特别的会谈。

总之，据佐野、黑泽所说，数日后，水户藩的志士木村权之卫门会集中水户藩内等待时机的志士们的意见，然后潜入江户。

“细节到那时再谈。”佐野说道。

兄长雄助做事十分周全。他带来了四处借钱买的廉价酒。

“哈，这可是好东西。”佐野一边接过松子递来的酒杯一边说道。不过这酒的质量实在不行。

在殷实的家境中长大的佐野闻到酒的味道后稍稍皱了皱眉，不过不一会儿，他就像喝醉了酒似的慷慨陈词起来。

（啊，这就是水户风格的议论么）

治左卫门睁大双眼认真听着。

佐野发挥着他的雄辩之才，抨击大老井伊直弼的罪过。治左卫门只是听着，都能感受到他那怒发冲冠的愤懑之情。

原来如此，从古至今，极少有政治家如井伊直弼这般暴戾。施行性质恶劣的密探政治，上至亲王、五摄家[11]、亲藩[12]、大名、诸大夫，下至各藩的有志之士甚至浪人[13]等一百多人皆被无妄断罪。

井伊不配当一名政治家。究其因，他一手策划的巨大牢狱之灾，不是为了国家，也不是为了开国政策，更不是为了黎民百姓，只是为了重树德川家的威信。井伊只不过是一个顽愚的攘夷论者，所以这场牢狱之灾并不能称为针对攘夷主义者的镇压。其原因是，他在镇压攘夷论者的同时，也罢黜了身为开国主义者的负责外国事务的幕府官吏，并废除了洋式练兵制，复活了“权现[14]大人伊始”的刀枪主义军制。井伊就是一个彻头彻尾的病态的保守主义者。

这个极端反动派在美国的高压之下，没有得到敕令便在通商条约上签字。即便是与他志趣相投的攘夷家，如果反对他这种丧权辱国的“开国”，也会受到疯狂的镇压。井伊的理智已经支离破碎，从精神病理学的角度来说，他已然是个精神病患者了。

总之他的镇压与他人政见无关，只凭捕风捉影的妄想。他憎恶水户藩的齐昭干预政事，最终妄称齐昭企图夺权篡位，并把支持水户藩的公卿、诸侯、志士全部认定为共犯加以镇压。也就是说井伊把德川家的家族内部问题当做国家的问题来处理，掀起严重的牢狱之灾，且仍在逐步地变本加厉。

“他不过是一个无知而且愚蠢冥顽不灵的人，却又手握重权。就如同一个疯子挥舞着一把利刃。”佐野竹之助说道。

在井伊的独裁统治之下，没有任何办法能够阻止他的暴行。如果想要阻止他，那么只有除掉他一途。

“这个行动，在水户可以号召上千人。”佐野说道。对于水户人来说，这次行动亦是为主公报仇雪恨。

“萨摩也一样。”雄助毫无底气地说道。

起初，关于诛杀井伊之事，萨摩藩的激进派有一个伟大的计划。

计划的主导者，是有村俊斋、大久保一藏、西乡吉兵卫、高崎猪太郎等人组建的“精忠组”。他们与水户的志士们多次举行秘密会议，商议在刺杀井伊时，萨摩藩出动三千壮士大举进京，守护朝廷对抗幕府，领朝廷之命迫使幕府进行政治改革。

为了施行锄奸计划，大久保等数十位志士已经做好了脱藩的思想准备。这次的脱藩一事传到了藩主的生父——岛津久光耳中。

不过久光并未采取镇压措施。他的这种态度被评论为建立了幕末动乱时期萨摩藩独特的统治主义的基础。

“对于你们的志向我给予嘉奖。”久光说道，“不过势单力薄的脱藩浪人是无法撼动天下的。再等等吧，总有一天萨摩藩会举全藩之力共图大业。我的打算是做好充分准备，等到时机来临再一蹴而就。”

这些话是以藩主亲笔书信的形式颁布下来的，而且抬头还写的是“致精忠组诸位”，也就是说正式承认了“精忠组”这个非正式政治团体。这一招实在是高明至极。

这样一来，大久保等人也都镇定下来。“如果全藩都勤王的话，那又何必走脱藩这种旁门左道？”众人纷纷打消了激进的念头，以血画押向藩内提交了承诺书。

但是，位于江户萨摩藩邸内的精忠组成员还不知道藩内的这些变化，依然在进行着锄奸计划的准备工作。不过话说回来，藩邸内的精忠组成员仅有六人：有村雄助、治左卫门、堀仲左卫门、高崎猪太郎、田中直之进、山口三斋。

萨摩藩把藩主的亲笔书信寄往江户，召回了堀仲左卫门、高崎猪太郎二人，而且山口三斋、田中直之进也正在回藩的途中。

剩下的，只有有村兄弟二人。并不是他们自愿请命留下来。仅仅是因为他们并不是非要召回的重要人物。

“萨摩也一样。”雄助的声音毫无底气，是因为有这样的内情。

别说号召上千人了，萨摩藩只剩有村兄弟二人而已。

一回到藩邸，治左卫门就对雄助说：“兄长，几天后水户志士的代表木村权之卫门大人就要来了，藩内这些做法不就像是背叛了水户藩一样吗？”

“藩内的事情，我也不是很清楚。我只知道全藩都要勤王了。”

"我们要担负举兵进京的任务，藩内会举全藩之力完成吗？"

"不知道。"

两兄弟在江户似乎已经成了无头苍蝇。前几天被召回藩内的堀、高崎应该会把详细情况汇报过来吧。但是考虑到江户和鹿儿岛的往返路程，似乎无论怎样藩内都赶不上原定计划了。而且也不知道，怎么向数日后便会来访的水户志士代表木村权之卫门交代。

"治左卫门。"雄助一脸悲痛，"我们就兄弟二人去参加吧。不必在藩内拜托别人。如果我们能使出百人之力奋战的话，那就对得起水户藩了。"

"兄长。"治左卫门小声地笑了起来。

很明显，雄助已经被藩内的志士们抛弃了。他虽然呵斥治左卫门不机灵，但自己又能有什么政治影响力呢。

"你笑什么？"

"没什么。到最后能够仰仗的，也只有剑了。虽然诸位前辈都在忙碌着什么藩内准备工作、京都准备工作，但是说到底，只要杀掉井伊就行了吧。"

"治左卫门，说得好！"

果真如此。有能力的人总是纠缠于政治工作，却忘掉了本质。反而是治左卫门这样的人，面对纷繁复杂的事情也不会迷失方向。

“治左卫门，我们必须捍卫萨摩藩士的名誉，让水户人、天下人、以及后人都知道萨摩人也是重信用的。”

“兄长你也真是多话啊。这种话不用说出口，关键是一旦我们杀了井伊，天下就会变了。除此之外别无所求。”

“就是这样。”

在雄助看来，弟弟治左卫门已然越发成熟了。

几天之后的正月二十七日，木村权之卫门出现在了日下部的家中。他让松子前往萨摩藩邸叫来有村兄弟俩。木村在藩内只是十石三人扶持[15]俸禄的小人物，年龄在三十五六岁，不过他是藩内十分出色的斡旋家。

“你说什么？被称为天下雄藩的萨摩，竟然人员一减再减，只剩下你们兄弟二人了？”

“不，并非如此。”雄助一边冒汗一边解释藩内的情况，不过木村并没有明白他的意思。这是理所当然的，因为连雄助自己都弄不明白。

“我明白了。”最后木村说道。他的意思是，自己明白的不是萨摩藩的内情，而是有村兄弟力图维护萨摩名誉的雄心壮志。

在一旁听着他们对话的佐野竹之助双颊涨红，紧握着治左卫门的手说："我很感动。"

雄助如同恳求般地对木村权之卫门说道："权之卫门大人，为了使杀掉井伊的效果最大化，敝藩志士们策划了在京都的义举。不过到目前为止还没有详细情况告知我们此事进行到了何种地步。我们能否延迟起义时间，等候详细情报呢？"

"京都义举是贵藩之事。如果必须配合贵藩的内情来决定起义之日的话，可能会错失良机。水户藩的内情也是极其复杂，再往后延迟就无法召集志士来江户了。从我方的考虑出发，我们把锄奸日期定在了二月二十日前后。不过只可能提前，不可能延后。人数过多便会难以潜入江户，我们会挑选精锐的五十人。"

"何处锄奸？"

"樱田门外。"

彦根藩领俸三十五万石的井伊家的住宅，就在江户城樱田门外。

"另外，我们想推举关铁之助君担当盟主。此人曾和贵藩的高崎君一同在京都活动过，所以并非是与萨摩藩毫无瓜葛之人。"

意思很明显，也就是"按我们说的办"吧。萨摩藩方面只剩两人，所以诸事听水户藩的指挥也是无可奈何。

由于木村屡次被捕快跟踪，无法久留，很快便离开了。

二月中旬，水户的盟士便陆陆续续潜入江户，潜伏在市内各处。他们之间的联络，绝大多数都是靠阿静和松子母女二人。因为她们是女流，不容易引起怀疑。

有一天，阿静对治左卫门说："弟弟你任职以来时日尚浅，对江户的街道应该还不熟悉吧，让松子带你去观光一下如何？"

"观光？观光哪儿？"

"樱田。"

阿静的目的在于暗中让治左卫门侦察预定战场的地形，细想之后，便让松子带他前去。

江户城樱田门位于正面御花园的南面，是通往霞关虎门的门户。背面是高高的堤坝，上有石墙。白色的墙壁上有着大大小小的枪眼。虽只是一道城门，恢宏程度却有如乡下之城的本城。

站在门前的治左卫门"啊"地一声惊叹，一脸童真地看着前方。

"这还真是近。连井伊家房顶的瓦片都数得清。"

说是只隔数丈远也不为过。领俸三十五万石、贵为谱代大名[16]笔头[17]的堂堂井伊家大门，真的是站在此地也看得清。门上涂有朱红大漆。井伊家从藩祖以来便是德川家大军的先锋，盔甲、旗帜均使用的赤红色。说到井伊家的“赤备军”，那是在关原之战、大坂之战等战役中令敌军闻风丧胆的军队。世人称大老井伊直弼为“赤鬼”，也是源自于此。连他家的大门，都不知是用朱砂还是红土涂得一片通红。

“这间屋子是丰后杵筑的松平大隅守大人家，那间是……”松子逐一介绍着。

“你还真是清楚啊。”

“我已经来过三次了。”松子一脸严肃地说道。她们母女二人的复仇之心，或许远胜于水户盟士。

之后，治左卫门在附近的槐河岸边走来走去，确定茶屋的位置，把“战场”的地理环境记入脑中。

回去时，治左卫门想雇个轿夫把松子载回去。不过在他四处物色轿夫时，松子阻止了他。

“我走着回去吧。治左卫门大人应该没有带付给轿夫的钱吧。”

他当然不可能带着。

“我也是贫困之人，所以也没有带。”松子不羞不怯地说道。只有走回去了。

归途中，松子把她亡父生前四处奔忙，使家里穷困潦倒到了何种田地的事，以一种开玩笑的口吻讲给治左卫门听。其中也有一些很深刻的话题，不过松子一直波澜不惊地诉说着。治左卫门虽然知道很不礼貌，但还是忍不住数次喷笑出来。能把自身困境玩笑般地说出来，绝对是了不起的人。治左卫门对松子是越来越有好感了。

“松子姑娘真是个了不起的人啊。佐野竹之助君也是位少有的好汉，如果你能嫁给他那样的人，一定会很幸福吧。”

“诶？”松子的表情变得十分奇怪。

“治左卫门大人，那个……家母没有给您讲过吗？”

“讲什么？”

“日下部家虽然在我祖父和我父亲那一代与水户藩有过瓜葛，不过四百年来一直都是岛津家的谱代家臣。我非萨摩藩士不嫁。”

“你讨厌水户藩的人吗？”

“水户是我的出生地，也是家母的故乡，所以看到水户人就会想到家乡。不过我还是更喜欢萨摩人。”

“哈！”

治左卫门一脸开心地抬头看向天空。可惜这个年轻人却没有明白，松子的这番话就是对他的告白。

“治左卫门大人真是个好人呢。”松子略显悲伤地低头说道。她的视线慢慢地移向了樱田河，河面上微风拂过，波光粼粼。

回到藩邸后，治左卫门画了张简图，把井伊宅邸附近的样子讲述给了次兄雄助。说着说着兄弟俩都兴奋起来，“距离实行已时日无多，我们委婉地给尚在家乡的母亲写封诀别信吧。”

于是两人均提起笔来。

第二天，他们把信交给了藩内的信使。

这两封信是何时送达他们母亲手中的，已不得而知。不过母亲写给他们的回信到达江户藩邸时，已经是事变之后了。回信内附有诗作一首。

雨润弯弓月
思儿泪满襟
此地空余恨
凄凄满别情

佐野竹之助似乎对治左卫门很有好感。一天，他拿出一幅自己画的拙劣画作（现存）对治左卫门说：“这是你和我的自画像。”画的是一位武士在乱战之后，一剑刺穿了敌军首领井伊的脑袋。

“可图上只画了一个人啊。”

“不。画中之人，在你看来便是你，在我看来便是我。不过我还是最想把这幅画送给你。”

“啊，给我吗？”

治左卫门大为欢喜，把这幅画带回了藩邸，附在书信之中寄给了母亲。与其说当做遗物，不如说只是他那天真无邪的炫耀吧。

不过，这幅画也坚定了他“不管有多少同志，斩杀井伊的一定是我”的决心。

同志之间的交流渐渐变得频繁起来，起义计划也越来越具体了。

水户方面出动的人数减少了。因为幕府对水户激进派的监视愈发严厉，潜入江户变得更加困难。最后只来了二十多人。

日期也稍稍延后了。

体型肥胖的盟主关铁之助带着最终决定的方案来到日下部家，已是二月十日之后的事情。

“起义定在三月三日，那一天是桃花节。大家知道按照惯例诸侯们都会登城祝贺，而且登城是在辰时（早上八点）。这条信息已经得到确认，我们埋伏不会扑个空的。”

之后，关铁之助说了番令人大感意外的话。

“有村君，啊，我是说雄助君，你和敝藩的金子孙二郎当天不要参与起义了，另外有件重要任务需要你们完成。”

雄助愕然。

关铁之助继续说道：“起初萨摩藩提出的计划如果舍弃掉就太可惜了。总之雄助君与敝藩的金子君不要参与现场械斗。你们在一旁窥探完战况之后立刻奔往京都，进入萨摩藩邸，一有机会便立即拥护朝廷迫使幕府进行幕政改革。否则我们血洒樱田的意义就会大打折扣。”

“但此事不需要在下参与也行吧。”

“你是萨摩藩士，对萨摩藩的工作除你以外无人能够胜任。金子君会作为水户志士的代表与你同去。”

“这样的话——”

“嗯，参加樱田门外起义的萨摩藩士，只剩你弟弟一人。”

三月一日，最后一场会谈以“书画会”的名义，于日本桥西河岸的山崎出租屋的内屋召开。有村兄弟出席了会谈。

会谈开始之前，佐野竹之助对先行抵达的关铁之助、金子说道：

“关于井伊，不论是谁杀了他，我都希望最后由治左卫门取其首级。”

他的想法是，作为水户藩士之外的唯一一人，这个萨摩藩的年轻人太可怜了。刚开始时大张旗鼓的萨摩藩士一个个地退出，最终只剩下了治左卫门。

治左卫门有一天对佐野说：“即使只有我一个人参加，我也要让大家看到萨摩人对水萨联盟的诚意。”他似乎要一个人代表全藩，还说，“我要作为岛津家四百年武勇的代表，第一个杀入井伊的队列。”

“你们意下如何?”佐野问道。

关铁之助略作思考便立马决定下来：“就这么办。”

关铁之助同意让治左卫门取下井伊首级，为萨摩藩获取荣誉，其中有着他对于萨摩藩的政治方面的考虑。锄奸之后的京都义举唯有依靠萨摩藩，所以就此给予萨摩藩荣誉，促使他们奋起。

（不过萨摩藩直到七年之后的庆应三年萨长土[18]三藩召开王政复古密议为止，一直没有任何动作）

关铁之助等所有人到齐之后，便与大家商议上述事宜，得到了所有人的赞同。

大家的视线都集中到治左卫门身上，目光中都包含着对这个年轻人的善意。

（我终于——）

治左卫门热泪盈眶，不停地擦拭着眼泪。不过不管怎么擦拭都止不住。

“我会做到的，我会做到的。”

之后，治左卫门一直都是喜笑颜开的。

第二天是三月二日，水户藩志士们由于担心事变会连累到主家，便纷纷向位于小石川的水户藩邸内的意见箱（信箱）内投入了辞职信。辞职后一群人浩浩荡荡地进入了品川花街的引手茶屋[19]“虎屋”，并由此登上这条花街内的青楼“土藏相模”，举办最后的宴会。

治左卫门没有参与这场酒会。

他没有钱。当然如果治左卫门一同前去水户藩的同志们定会帮他付账的，不过他感到过意不去。他与前往品川的同志们分开后，便和雄助一起去日下部家做最后的道别。

不过，道别时发生了一件不寻常的事。

这个就借由大久保利通的日记来述说吧。当然，由于当时大久保身处萨摩藩内，这日记是听到身边传言所记，众说纷纭，所以可能有失偏颇。

“起义前夜，诸位同志聚于日下部家中，当时是三月二日。计划商议完毕，众人陆续散去之时，母亲阿静对有村兄弟说有要事相商，留下了他们两人。兄弟二人再次坐下，问道所为何事。”

次兄雄助其实已经猜到了。因为以前阿静就拜托过他："老妪能否招治左卫门入赘，继承日下部家呢?"不过雄助单方面回绝了。把参加义举无望生还之人认作女婿，无论怎么想都是毫无意义的吧。

果然，阿静问的就是这个问题。雄助仍以同样的理由回绝了，然后向治左卫门问道："治左卫门，你意下如何?"

这个话题对于治左卫门来说过于突然，他就如同听故事一般地呆住了。不过立马反应过来原来是在讨论跟自己有关的事，一下子变得狼狈起来。

"这，这不太好吧。明早我就会连命都丢了，怎能当您的女婿。"

这里也摘录一下大久保利通的日记吧。

"阿静说：'老妪虽为一介女流，但也明白你说的道理。不过松子的亡父显灵时也是那般请求。'"

所谓显灵是指，有一天晚上亡父日下部伊三次站在松子的枕边说："我要把治左卫门收为养子，让他娶你。"

暂且不论显灵这种事情到底存不存在，可以确信的是，松子对治左卫门日思夜想，甚至连梦中都是他。

另外，日下部家虽然失去了家主，但还保留着萨摩藩的臣籍。如果把藩内武士收为养子的话，就能使家族、地位、俸禄得以延续，把萨摩人收为养子对于日下部家来说有利无害，可是为何偏偏要把一个明日就要赴死的人收作女婿呢？

“要选婿的话，一定得是这个人。”

母女二人会产生这样的想法，一定是因为这一年来，她们一直身处针对井伊的复仇锄奸密谋的漩涡中心而变得异常感伤吧。——借用大久保的简洁文意来说的话。

“一定等到你答应为止。”阿静决然地说，“如果你不答应的话，老妪定当长跪不起。”她噙满泪水地逼问着。

治左卫门应该很开心吧。不是因为恋情能够得以实现，而是再也不可能有人会像治左卫门这样得到厚待吧，将死之人还能得到别人许配的女儿。

“治左卫门从情义上来讲，不可能再保持沉默了。”大久保写道，“他一口答应道：‘既然您如此坚持，那么我便依您所言。’阿静喜不自禁，唤来女儿拿出酒杯，简单地举办了仪式。”

他们简单地成了婚。当夜夫妇二人有没有同床就不得而知了。大久保利通的日记里只是写道，虽然当时已是深夜，不过“二人还是举办了结婚仪式”。

想象一下的话，因为年轻的壮士就要出征了，所以阿静把女儿送给他了吧。再想象一下的话，即使壮士治左卫门只做了一夜的女婿，樱田门外的锄奸行动对于日下部家的母女来说，也算是家人亲手报仇雪恨了。

第二天天未亮，治左卫门就穿好草鞋走出日下部家。

路上一片雪白。在灯笼的光照之下可以看见白雪正下个不停。

（明明已经到三月三日了，下雪还真是少见）

治左卫门转过身来，从松子手里接过斗笠离去。

集合地是爱宕山。他们定好在山上的社务所[20]附近会合。

攀登石阶时，白雪已经积了两寸厚。

随着他越登越高，脚下城市之中那漫天飘雪的风景慢慢展现在他的眼前。飞雪早已变为鹅毛大雪，重重叠叠地落下来。

（看这样子还得下很久啊）

社务所附近已经有同志会合了。有手拿油纸伞，身穿短外褂和裤裙的一副普通打扮的人，也有戴斗笠穿细筒裤的人，还有穿斗篷的人，各式各样。共有十八人。

这么少的人，能否杀入彦根这种大藩的队列之中并取得成功呢？所有人心中都或多或少有些不安。

“啊，治左卫门。”佐野说着把伞遮向他。黑泽对他微笑了一下，走了过来。其他水户武士们都与治左卫门交情尚浅，所以与他有点疏远。据海后嵯矶之介、森五六郎等人日后所说，那天他们是第一次见到治左卫门。佐野竹之助把治左卫门一一介绍给了他们。

不久之后，总指挥关铁之助下达了最后的命令，大家开始分批下山。

不一会儿众人便进入了樱田门外的茶屋内。冈部三十郎早已作为斥候接近了井伊宅邸，把队列有没有出门之类的信息以暗号通知众人。

刺杀分为几个小组进行。首先是先头袭击组，他们最先冲过去给井伊队列制造混乱。然后是从左右两边袭击的小组，这两组直接袭击井伊的轿子。治左卫门被分到左组，佐野竹之助则被分到右组。另外还有队尾袭击组。

“大家分头出去，不然会令人起疑的。”关铁之助用眼神知会着。小小茶屋内聚有十八人，任谁都会觉得可疑吧。

留在茶屋内的只剩四人，治左卫门和佐野便在其中。

剩下的这四人扮作来江户观光的乡下武士，手里拿着事先准备好的武家年鉴图，等待着大名们的队列。他们一边拿年鉴图上的家徽图案比对着那些队列，一边说道：“那个九曜星形状的是细川侯，这个是真田侯。”诸侯们登城时乡下武士过来见世面是很稀松平常的事，所以任何人都不会起疑心吧。

“佐野，我会第一个向前冲的。”

“不要抢风头啊。按照关大人的指示来。”

不久后便到了早上八点。

城内报时的大鼓“咚咚”地响了起来。

雪越下越大了。

“来了！”

“不，那是尾张侯。”治左卫门答道。萨摩的幼儿游戏中有一个就是记住诸侯们的家徽，所以治左卫门远远一看便知。

这支队列消失在樱田门内时，井伊家的赤红大门嘎的一声呈八字形地打开了。

站在队列最前方的人，向门外迈出了一步。

不一会儿，队伍中竖起了一道旗帜，清一色头戴斗笠，身穿赤红色斗篷的五六十人踱着急促的小碎步，静静地走了出来。

总指挥关铁之助手中高举一把油纸伞，身披斗篷，脚穿木屐，扮作路人模样，慢慢地走向井伊的队列。随后佐野等人紧跟其后。

佐野正准备脱下短褂冲锋，关铁之助保持着抬头看天的姿势不动，口里说道：“时机未到。”

左组的治左卫门等数人，在松平大隅守家长长的院墙边踱步。

队列的先头不一会儿就从治左卫门的眼前经过，并远去了二三十步。

(还没好么)

应该有短枪的枪响为号才是。

行列的先头走过松平大隅守家门前的大下水道时，早就跪伏在岗哨小屋后面的先头袭击组的森五六郎突然奔了出来，装作请奏的样子连声大呼：“小民请奏，小民请奏。”

“什么事?”位于队列先头的井伊家卫队长日下部三郎右卫门和副队长泽村军六走了过来。

这时，森五六郎啪地一声掀开斗笠，脱掉了短褂。

他早已缠上了头巾，身上呈十字形系好了束衣带。正以为森五六郎要一脚把雪踹起时，突然他便斩向了卫队长。

“啊!”被砍的卫队长大喊着握向刀柄，不过刀还没拔出来，就已被森五六郎的第二击击毙。因为天降大雪，井伊家的众人都在刀柄上系了柄套，刀鞘装入纱布、油纸制的鞘袋内，做好了严格的防雪工作。柄套的绳子不解开的话就无法拔出刀来。

大喊着“你这暴徒”的副队长泽村军六也被冲过来的森五六郎以一记右袈裟斩分为两截。

对井伊家来说更不幸的是，这时天空突然狂风大作，大雪纷飞，天气的突变导致众人视线只能看到五六尺外。

队列后方根本不清楚前面发生了什么。

片刻之后，作为暗号的短枪声响了起来。

治左卫门从左边开始突进，距离轿子大约二十间[21]远。

佐野从右边开始突进。

轿子右侧有着井伊家出类拔萃的高手——副队长川西忠左卫门。他迅速解开大刀的柄套，单手斩向飞奔过来的稻田重藏，然后抬起还未出鞘的胁差[22]挡住广冈子之次郎的一击。川西是个使双刀的名手。紧接着飞奔而来的海后嵯矶之介给川西造成了轻伤，广冈抓住空隙欺身而进，砍在了川西的肩膀上。身受重创的川西依然反手割开了广冈的额头。

冲到此处的佐野竹之助首先给了川西致命的一刀，然后跳过他的尸体，直奔井伊的轿子。

轿子此时已被扔在了雪地上。

“奸贼！”佐野大喊一声，用刀刺入轿内。

就在此时，治左卫门在另一侧也一刀刺穿了轿子。不知道他们二人是谁领先。

不过还有个人可能比他们更早。重伤倒地的稻田重藏爬过去一刀刺向了轿子。他这一刀可能是刺杀井伊的第一刀。

现场还有一位目击者。那就是从近在咫尺的松平大隅守家的窗户窥视的藩内看门人兴津。兴津的话记载在一本叫

《开国始末所引》的书中。

“一个身材高大的男人（治左卫门）和一个中等身材的人冲向轿子，不一会儿拉出了身穿礼服的轿子主人（井伊直弼）。有一人在轿子主人背后连刺三刀，这儿听起来就像是踢皮球的声音，响了三次。那个大个子砍下了轿子主人的头，然后大吼起来。听到他大喊井伊扫部[23]才知道原来被杀的是井伊大人。”

治左卫门拉开轿子的门，一把揪住井伊的衣襟，抓了出来。当时井伊气息尚存，双手撑在雪地上，这时治左卫门把刀高高地举过头顶，一刀砍下了井伊的脑袋。

当时治左卫门以萨摩方言大吼，大概是想告知同伴们奸贼已被斩杀吧。

与此同时所有人按照事先计划，高喊着胜利口号撤退了。

战斗似乎进行了十五分钟。由于对方是在大雪中被出其不意地攻击，所以彦根藩士大多如木偶一般被斩杀，有十几个人解开了柄套与对方战斗，不过全都战死抑或是战至昏倒。

战斗期间，离战场只有四五丁[24]远的彦根藩邸大门一直紧闭着，雪下得太大，没人注意到发生了什么。

治左卫门这群人中，稻田重藏被使双刀流的川西忠左卫门砍伤，当场死亡。井伊方面死于当场的有川西忠左卫门、加田九郎太、泽村军六、永田太郎兵卫。另外，重伤者中有三人没几天后便死了。

不过治左卫门一行人中除了几位监视待命者之外全员负伤。撤退途中不少人没走多远便精疲力尽，于是就地自杀。

佐野说道："治左卫门，我有把锄奸状送到胁坂阁老[25]家的任务在身，就此别过吧。"

说完他便迈开了步子，却发现举步维艰。刚才血战时没有注意到，原来自己的腿上、肩膀上、手腕上到处都是伤。每道伤口都在向外喷涌鲜血，每走一步雪地上就染红一片。佐野把刀当做拐杖拄着，好不容易走到了胁坂家，把锄奸状交出后便倒地而亡。

治左卫门自己也是，冲向轿子时砍杀了两人，似乎也被数人砍到了。他还以为自己身上的血是别人溅的，不过感到喉咙到衣领处有些痛，便把手指伸过去摸，哪知扑哧一声手指竟然伸入了伤口。此外还有左眼处从上至下长三寸深可见骨的伤口以及右手手背的伤口，而且连左手的食指也被砍断了。

但治左卫门还有带走井伊人头的重任。他用刀尖挑起井伊头颅，与广冈子之次郎一道离开现场，经过米泽藩邸的大门一直走到日比谷门附近的长州藩邸前时，有一个濒死的重伤者踏着积雪从身后追来。

两人都没有注意到。

追来的是彦根藩士，名叫小河原秀之丞。他在轿子边血战直至身负十多处重创而晕倒。

不一会儿他便醒了。正好看到敌人挑着主公的头颅离去。

小河原浑身是血地追了过去。

主公不仅被杀，甚至连人头都被带走，这对彦根藩来说是奇耻大辱。

最终，在长州藩邸门前追上了对方。

因为降雪的缘故，对方并没有察觉。小河原把拄着当拐杖的刀高高举起，使尽全身力气斩了下去。

刀刃击中了治左卫门的后脑勺，砍出长达四寸的伤口。瞬间治左卫门的头皮便裂开，伤口达到了七寸。鲜血喷涌而出，从衣领处一直流到了臀部。

可是治左卫门还没有倒下。他皱眉说道：“广冈君，有敌人。”

广冈回身一刀，砍倒了小河原。小河原再次昏厥。后来小河原苏醒过来时讲述了当时的场景。

治左卫门两人还在往前走。从和田仓门前走到龙口的远藤但马守宅邸的岗哨边时，治左卫门走不动了。

“广冈君，我就在这里切腹吧。”他说道。

广冈也是身负重伤，意识模糊，没听到他的话，依旧往前走着。走到不远处的酒井雅乐头的家门前时，他扑通一声坐在一块大石上，说道：“有村君，我在这里切腹吧。”广冈还以为治左卫门在自己身边吧。他把腹部一字形切开，然后在喉咙上刺了两刀，倒了下去。

治左卫门倒在路上，就这么躺着拔出胁差指向腹部，不过他已经不剩任何力气了。

远藤家的人出来贴着他的耳朵问道：“您是哪家人？”

“原是岛津修理大夫加注家臣……”只听得他这么呢喃着，后面的便听不清了。不一会儿就断了气。

这场樱田门外事变拉开了幕府垮台的序幕。不过本篇小说的目的并不在于讲述其历史意义。暗杀这种政治行径可以说在历史上从未产生过进步意义，但是这场事变却可以说是一次例外。如果对明治维新持肯定态度的话，那么可说这场维新便是从樱田门外开始。被杀的井伊正因为被暗杀，才完成了他最重大的历史使命。被称为幕府军三百年来最为精锐的彦根藩却被十几个浪士战至惨败，这件事增大了倒幕推进者的积极性，使得维新提前到来。对于这场事变的每一位死者来说，历史没有让他们白白牺牲。

至于事变后残存的阿静与松子，大久保利通在事变后不久于日记中写道：

“治左卫门战死消息传来，母女悲痛无以复加。她们二人对于大义的坚持非常人能及。女儿松子发誓永不改嫁，母女二人的节操，无人能够撼动。”

不过，事变后第二年的文久元年九月，母亲阿静回到亡夫故里鹿儿岛，同年十二月招治左卫门的长兄俊斋为婿，让他与松子成了亲。

记载有俊斋原话的《维新前后真实历史传》（大正二年五月，启成社刊）中，以俊斋传记的形式写道：

“文久元年十二月某日，俊斋因故成为已逝日下部伊三次之养子，改名海江田武次。”

海江田是日下部原来的姓氏。

“娶松子为妻。”

个中缘由无从知晓。总之俊斋，也就是海江田武次于风口浪尖生存下来，维新后担任弹正大忠[26]、元老院议员等官职，松子成为子爵夫人，阿静亦是安稳度过余生。

另外，次兄雄助因萨摩藩的工作东奔西走，于三月二十三日回到鹿儿岛。藩厅在这位事变相关者抵达当夜便令其速速切腹，理由是顾虑到与幕府关系的恶化。

注释：

【1】藩邸：江户时代各藩大名置于江户或者京都的公馆。

【2】示现流：日本的一种刀术流派。

【3】家老：武家氏族中掌管族务的重要职位。

【4】石：土地产量的一种计量单位，也用于计量俸禄。

【5】大老：江户幕府体制下辅佐幕府将军的最高职位。

【6】尊王攘夷：以王为尊，攘除外敌。江户时代末期特指拥护天皇、讨伐幕府、抵抗外国侵略的思想。

【7】脱藩：江户时代武士脱离藩政统治的行为。

【8】安政大狱：1858—1859年，大老井伊直弼对反对他的公卿、大名、幕臣乃至一般武士进行的严酷镇压。

【9】马巡组：战时骑马护卫于主公周围的武士。

【10】三味线：日本的一种弦乐器。

【11】五摄家：日本贵族藤原氏的五家分家，因轮流担任“摄政”一职而被称为五摄家。

【12】亲藩：德川家康的男性子嗣及后代所掌管的藩。

【13】浪人：脱离藩政统治的无属武士。

【14】权现：德川家康。

【15】十石三人扶持：1人扶持=12月×1斗5升=1石8斗，3人扶持=5石4斗，一共可以领到15石4斗的俸禄。

【16】谱代大名：世代侍奉同一主家的家臣即为谱代家臣。拥有藩镇支配权的豪族即为大名。德川家康给主要的谱代家臣们分封土地，赐予大名资格。这些人即为谱代大名。

【17】笔头：排名第一位。

【18】萨长土：萨摩、长州、土佐三藩。

【19】引手茶屋：为客人联系妓院的茶屋。

【20】社务所：神社事务管理所。

【21】间：日本旧时长度单位。一间约等于1.8米。

【22】胁差：武士配于腰间的两把刀中较短的一把称为胁差，长度在30厘米到60厘米之间。

【23】扫部：官职名。

【24】丁：日本旧时距离单位。一丁约109米。

【25】肋坂阁老：龙野藩（现兵库县内）藩主。

【26】弹正大忠：官职名。

奇人八郎

一

有一种被称为“剑相”的占卜之术，类似于“手相”、“骨相”之术，在幕末的志士之间非常流行。长州藩的高杉晋作[1]第一眼看到土佐脱藩浪士田中显助（后改名光显，受封伯爵）的安艺国友安[2]时便说“此剑的剑相太好了”，硬是从他手中求得此剑。作为补偿，高杉把显助收为门下弟子。显助因高杉的提拔而闻名于浪士之间，可以说那把名为友安的剑为他招来了好运吧。总之在那个风云变幻朝不保夕的年代，人人都会在意自己佩剑的吉凶吧。

在诸藩志士之间被称为“奇人”的出羽[3]浪人清河八郎的佩剑，出自相州[4]一位无名刀匠之手。据说此剑出鞘时，剑身上有七处会发出耀眼的光芒。

按照剑相的理论来说，这是最为吉祥的剑，名曰“七星剑”。如果在昏暗的光亮下观察剑身，会发现刃纹上有几处散发着星星一般的青光，数一数，一共七处。

据说手握这把祥瑞之剑的人会夺取天下。当然，数以百万计的刀剑中也仅此一把。

这把剑的主人清河八郎原本不是武士出身。

他是羽前国（山形县）东田川郡清川村的大地主斋藤治兵卫之子。自少年起被称为“神童”。十八岁时他立志远离故土闯荡天下。

他们斋藤家虽然只是村长，但在战国时代却是雄霸一方的豪门望族。在刀柜中一找便会发现满满当当封藏着的二三十把锈剑。

八郎出发时在刀柜中挑了称手的大小两把刀作为佩刀，但他父亲却在另外一处取出一把油纸包着的锈剑递给他说：“虽是无名之剑，你带去江户找人磨磨看吧，说不定是一把出人意料的好剑。”

虽然八郎很不情愿，说道“真是个负担”，但父亲还是硬塞给了他。

八郎到达江户后先是师从东条琴台、佐藤一斋研究学问，后来转入安积艮斋门下，最后又进入了昌平坂学问所[5]。剑术则是师从千叶周作，最终成为了文武双全的能人。特别是剑术异常精湛，短短数年间便取得大目录皆传[6]段位。“清河非常敏捷果断，他一击便能令人气绝”的评价甚至传到了别的道场。安政元年二月，清河便早早地另起炉灶，于神田三河町开办教授北辰一刀流的道场，同时也教授学问。在当时，有野心的浪人如果想发展自己的势力，开设私塾招募门人食客是一种普遍方法。

那时清河年方二十五。由于家境殷实，再加上他又很注意仪表，所以在衣着打扮方面特别讲究，外出时也一定要带上一群书生，自己走在正中间，被人说是简直就像大名家的贵公子。很快他便声名鹊起。一说到三河町的清河，大家都会把他当做江户尊王攘夷派的一方巨擘。

也就是在那个时候，他把父亲交给他的锈剑拿给芝爱宕下[7]的研芳去打磨。如果没有打磨这把剑，清河的命运一定会大不相同吧。

“这、这是产自古备前[8]的！”研芳一看到这把剑便睁大眼睛说道，“我认为这是初代兼光[9]所制，恕我斗胆说一句，恐怕在诸侯的收藏里这种剑也是极为罕见的。”

“你是说我一介浪人不配拥有它吗？”

“不，当然不是。”

“说话注意点。”

对待诸事都是一副盛气凌人的态度，这是清河的坏习惯。在他眼里世人都不过是愚笨之徒。

他把剑留在那里便转身离去，过了两月再去取时，发现已经被打磨得如同重生了一般。

“哈!”

清河拔下剑鞘把剑竖起，发现剑刃上布满耀眼的刃纹，整个剑身散发着令人胆寒的青芒。剑长两尺四寸，弹一下发出的声音犹如惊天雷鸣。

（这可削铁如泥）

清河注视着自己的剑看呆了。研芳双手抬起剑说道：“这是一把绝世的祥瑞之剑。请恕我冒昧问一句，您发现刃纹上浮现出来的七颗星了吗?”

“啊——”

还真是有。

“这是怎么回事?”

“从剑相上来说，这是一把七星剑。”

“你也懂剑相啊。”

“不敢当。恕我直言，松平主税介大人来本店时，目光一下子就被此剑所吸引，对我说道：‘这可是七星剑，在剑相秘传中记载有此物，未曾想到我能亲眼所见，真希望它的主人能屈尊来我家一坐啊。’如果您不介意的话，我可以带您前去。”

“不，这倒不必了。”

清河回到家便开始查找有关剑相的书籍，发现七星剑据称原是圣德太子[10]的佩剑，持此剑者必能登峰造极，成就万世霸业。

（我会成为将军[11]吗）

清河很认真地思考起来，他便是这样一个男人，自认气量在万人之上。另外，去年美国水师提督率领四艘战舰胁迫幕府开国，幕府胆小如鼠，狼狈不堪，导致世间攘夷论沸沸扬扬，一切都预兆着乱世即将到来。

（此时并非元亀天正年间的战国时代，所以倒是无望夺取天下。但是像我这样的男人一定要在世间大展拳脚）

可他身为小小道场主，即使乱世到来也难以有所作为。看来得拉拢权贵了。

清河立马便前往位于药研坂的松平家拜访。

这是由七星剑结下的缘分。

在德川家所有血亲之中，松平主税介的家系受到的待遇尤为特殊。他们家是第三代将军在位时，因谋逆之嫌而被灭门的骏河大纳言[12]家仅存的子嗣。或者说是坊间传闻及小说中非常有名的斩马长七郎[13]的子嗣，这样大家更容易理解吧。虽由于是幕府的连枝，代代领俸三百石，却无权插足政事，也就相当于被永远地软性流放。

如今的家主主税介是柳刚流的高手，在剑术方面于幕臣中被评为仅次于男谷精一郎。对于这位家世显赫、本领超群的主税介，清河希望他能有一种“反骨”，毕竟他的先祖乃是能够威胁到将军家光地位的谋逆人。

可惜清河的希望落空了。主税介确实体格健壮，但却是一位气质温和的贵公子。相对于清河本人，他对清河的佩剑兴趣更大，目不转睛地足足赏玩了一刻时分。

“啊，真是大饱眼福。”

道谢时，他脸上的笑容犹如一个茶人[14]。

虽然清河感觉主税介不过尔尔，但还是经常造访他家，并结识了经常活动于他家的幕臣们。

这些幕臣有人称铁舟的山冈铁太郎，人称泥舟、官至伊势守的高桥精一，还有松冈万等人。他们都是知名的沉迷于武术之人，并在后来清河的反抗幕府活动中起到了很大的作用。

七星剑还真是帮助它的主人结识了许多权贵。

但似乎祥瑞之剑也会带来意想不到的麻烦。因为这柄剑，清河卷入了一场意外的奇祸。

那是文久元年五月发生的一件事。

当时因为三河町的道场失火，清河便于神田玉池新开了一家私塾，平时招待有食客数人，有名的尊王攘夷志士来江户时也都会前来造访。私塾门柱上挂有门牌，上书“文武教授 清河八郎”。私塾内有道场、正厅、长屋[15]、库房，一应俱全。

还有一位女性。

清河说她“真是惹人怜爱”，便为她取名阿莲，对她万般宠爱。

阿莲原本是与清河同藩的出羽熊井出村一位医师的女儿，十八岁时被卖入鹤冈青楼，清河为她赎了身。她身材娇小，信仰虔诚。或者可以说她把清河当做神佛一般崇拜。

这位女子在事发当夜，一直有一种奇怪的预感。

“不知道怎么回事，从傍晚开始身子一直止不住颤抖。”

“身体不舒服么。”

清河抱过阿莲，发现她的身体异常发热，问她是不是感冒了。她答道不是。那是不是困了呢，清河想到此处，便合上书本对她说：“你先去库房等我吧，我马上来。”

当时清河并未在正厅内生活起居，而是在库房内，与志士们的密会也全是在库房进行，以防幕吏突击检查。

他打开库房门，发现阿莲已经点亮座灯，铺好了床铺。

“今夜好闷啊。”

令人意想不到的是，他这一句小声嘀咕甚至都已完完全全传入幕吏耳中。

清河把七星剑放在枕边，解开了衣带，不一会儿便脱光了。裸睡是出羽之人的习惯。

连清河这般杰出的人物都想不到，此时幕府的密探正匍匐于床下。

清河家的背面紧挨着当时知名的力士[16]凑川家，幕吏早在一个月之前便从凑川家中挖了地道直通清河家库房下面。清河与浪士们的密会完完全全被幕吏掌握于手中。明治时代，这段秘事被一些遗老公诸于世。

当然当时的清河做梦都想不到这一点。

大老井伊已于去年春天被杀，江户坊间盛传下一个暗杀目标是老中[17]安藤。火付盗贼改[18]的渡边源藏早已知晓清河家的库房便是这次暗杀计划的策源地之一，于是派手下前往窃听，列出了经常出入此处的浪士名单，计日以俟一网打尽。

当夜，渡边源藏亲自来到凑川家。根据线报，今晚会有水户藩的激进派浪士聚于清河家中。

据说清河极难对付，所以源藏还请来了小普请组[19]领俸七百石的佐佐木唯三郎一同前来。佐佐木唯三郎后来成为京都见廻组[20]组长，是一名与新选组[21]一道在京都引起血雨腥风的剑客。他是风心流擅长使小太刀的名人，至于居合道[22]使用的则是梦想心流。此人瘦小黝黑，双目深邃得令人发寒。

而且他还见过清河。

此人也经常造访主税介的宅邸。去年秋天，主税介在家举办“白昼观月会”，那是佐佐木与清河的第一次会面。

清河肤色白净，鼻梁挺拔，声音低沉，目光锐利，身穿带花纹的黑色双层夹衣，外套素雅七子短褂[23]，佩剑是朱红色的剑鞘，半透明的刀镡[24]上镶有金银制的葡萄，一看就像旗本寄合席[25]领俸五千石的家主。

（这家伙算什么东西）

佐佐木一看到清河那身打扮就生出一丝反感。或许事实上他是被清河的气场震慑到了吧。

清河是满席的中心人物，他一笑，便会带动所有人笑起来。不过他却不屑于看佐佐木一眼。他觉得佐佐木毫无教养，不成体统，在他眼中，佐佐木畜生不如。

（嘁，山冈、松冈等人真是的，身为直参[26]，居然与那种不入流的下贱之人来往）

对此清河感到无法忍受。

“清河老师，恕我冒昧。”佐佐木一脸谄媚地说道，“您的佩剑就是那知名的七星剑吗？”

清河那神采奕奕的目光锐利地扫了佐佐木一眼，沉默了一会儿之后说道："是。"那番风采，简直就像三国志里的天下英豪。

"能借我看一下吗?"

"哼，剑相之类的毫无意义。能让人立于天地之间的不是佩剑的气量，而是男儿的气量。比如说现在各方诸侯都在城馆内收藏着数以百计的名刀，却无一人有着断然施行攘夷大计的气概。"

"不，不。"

佐佐木十分尴尬地说道："我并不是为了说这么严肃的话题，只不过是为了余兴。"

"佐佐木君你是把观赏别人的佩剑当做余兴吗?"

这就是清河的个性。一旦批评别人时一针见血，不批得别人体无完肤绝不罢休，争论时一定要狠狠攻击直至对方哑口无言。当然清河本人并不知道，与他第一次会面的人，不是对他产生深深的厌恶，就是深深的崇拜。佐佐木属于前者，而山冈等具有进步思想的幕臣则属于后者。

因为这番争吵使得场上气氛降至冰点，不过随着山冈的调和，大家又恢复了谈笑风生。只有佐佐木直到最后都一言不发。

由于实在是怒火攻心，后来佐佐木对松平主税介说道："您贵为德川将军家连枝，为何接近那般登徒浪子呢。听其言，观其行，只怕他包藏祸心企图建立清河幕府啊。”

“清河幕府?”

真是荒唐的无稽之谈，主税介对此付之一笑。

话说回来——

佐佐木唯三郎与火付盗贼改的渡边正蹲在力士凑川家的茅房内，面前便是那条地道。不一会儿工夫，渡边的手下——一位名叫嘉吉的小赌棍从地道内爬了出来。他说道：“不顺利。”

“怎么回事?”

“也许是我看错了吧，我探查了一下屋内，今晚一个浪士都没有出现。”

“你确定么?”佐佐木问道。

嘉吉露出一脸可憎的笑容说：“我不是自夸，我曾潜入过一户人家，干了件了不起的事。如果您不相信我的话，何不亲自爬过去一探究竟呢?”

“喂，嘉吉，说话注意点。”

渡边虽然呵斥了嘉吉一番，不过佐佐木已经钻入地道了。

佐佐木就是这样一个人。虽然日后他因为在京都清剿浪士之功而领俸千石，受任见廻组组长，成为风云人物，但他一直都是近乎偏执般地不信任任何人，任何事如果不是亲眼所见便不会轻信。

“就是这里么。”

佐佐木小心谨慎地爬到库房之下，耳朵贴在地板背面偷听，意外地听到了一种奇妙的声响。

（有人）

不过仔细一听，发现发出声响的是一名女子。当佐佐木脑海中想象出这女子此时正在与男人行何事时，身为武士的他不禁为自己的行为感到羞愧。

（不过）

他一想到地板上的那位自傲伟岸的男人正在怎样地与女人调情，便感到滑稽。这人也不过是个凡夫俗子罢了。佐佐木心目中清河的形象瞬时变得微不足道了。

地板那边的阿莲却不这么想。

即使被清河紧紧地抱在怀中，她仍然忐忑不安。

“到底是怎么回事。”

阿莲止不住地忧虑，身体上的寒意无法消退。那种感觉就像此时正压在她身上的清河的动作突然变得缓慢起来，而后渐行渐远直至无影无踪。

第二天一大早，一直仰慕清河的彦根脱藩浪士石坂周造来到道场，邀走了师傅清河。

石坂学的是心形刀流，段位为免许皆传，是一位擅长砍草席靶的名家。他总是跟阿莲说："马上师傅便能夺取天下，到时候阿莲你就是将军夫人啦！"虽然他满口这般俗气的话，但他也有着另外一面。

"敢为人先身赴死，雷厉风行保皇安"，这一首诗深受清河喜爱。石坂为之配上精妙绝伦的韵调并且经常吟唱，每次吟唱完毕都会站立而起大声号哭。阿莲看不穿这个人的本来面目。

"阿莲。"清河出门时说道，"我傍晚回来。此次是去两国[27]万八楼，那里有场书画会。"

清河很罕见地交待了要去的地方。

这一天万八楼表面上在举办书画会，实际上清河是要与七八位水户藩志士密议暗杀安藤对马守阁老的事宜。

回来的路上，清河与山冈铁太郎、石坂周造戴着同样的斗笠，三人皆是压低斗笠遮住面容。走到日本桥甚右卫门町时，碰巧渡边源藏的手下嘉吉迎面而来。

（是清河么）

嘉吉一瞬间想到了逃跑，不过他转念一想，自己认识清河，清河不认识自己啊。而且嘉吉原为盗贼，身轻如燕迅捷如鼠，即使对方是著名的剑客，他也有着自己能够在千钧一发之际全身而退的自信。

（真是送上门来啊，那我就好好观察观察他斗笠下的那

张脸吧）

嘉吉迅速地把手伸入衣内，提了提裤腰带，摆着两袖装作喝醉的样子靠近清河等人，由于是盗贼出身，所以他倒也是胆子不小。

甚右卫门町的道路，即使在江户这种大城市中都显得特别拥挤，连两个人并排走的宽度都没有。清河走在最前面，山冈则在他身边，石坂周造、艺州脱藩浪士池田德太郎、萨摩脱藩浪士伊牟田尚平等人跟在后面。

“这位先生。”嘉吉摇摇晃晃地站在离清河等人十余步的地方，“把路让开。这条路这么窄，不是给你们搞仪仗队的，两个人并排着走是什么意思?”

“对不起，您说得有道理。”山冈苦笑着走到了清河身后，而清河依旧双手抱胸速度不减地往前走着。

至于嘉吉，由于他想窥探清河等人斗笠下的面容，便站在路中间一动不动。

不一会儿，清河便走到嘉吉跟前，停住了穿着白色布袜的双脚。

“嘉吉!”

原来清河认识此人。

“诶?”

“想看看斗笠下面吗?”

有好戏看了么。路上行人纷纷停住了脚步。四周的屋檐下挤满了人，惴惴不安地看向这边。嘉吉看到这么多人围观，便开始虚张声势，狞笑着吓唬众人。

“睁大狗眼看好了！”清河话音未落，众人只见他那古备前无名刀匠所铸之物一闪而过。嘉吉的鲜血从颈部“噗”地喷上高空，而他的项上人头则是保持着笑脸飞上了屋顶，跃过了三间房屋后才落到一家濑户物屋[28]的下水道井盖上，砸出一声巨响。

“好剑！”清河一边往前走一边擦拭着剑身，然后收入鞘中。砍掉了别人的头对他而言似乎毫无感觉。

清河的七星剑，就此给他的命运带来了第二次转变。

当时的清河觉得“不过是砍了个下贱商人的头”，完全没有放在心上，但是幕府却借此大做文章，以审议之名企图将清河及其同党全部拘留。这个消息传到清河耳里，他立即关闭道场逃出江户，借住在武州川越奥富村的一农户家中。

“我不是逃命，只不过是要让幕府走狗们劳心费神晕头转向罢了。”清河一如往常般堂堂正正地说道。

事实上清河的身边依旧热闹得很。阿莲、伊牟田尚平、石坂周造、村上俊五郎，还有清河的弟弟斋藤熊三郎等人都与他住在一起，他们对各地的志士也是毫不遮掩地说“清河在川越”。川越位于武藏平野中心地带，德川家在江户创立幕府之前，川越与府中一样是武州的政治中心，所以石坂等人也经常开玩笑说：“怎么样？咱取名川越幕府吧！”

不过，幕府并不是能随便小瞧的。

一天晚上，清河偷偷潜入江户小石川的高桥伊势守（泥舟）家中与山冈铁太郎等人会面，突然石坂周造闯进来说：“不好了师傅，据说有捕快去了川越。”

清河马上派人调查，发现阿莲和弟弟熊三郎被捕，已经被押到了江户。

“这可如何是好?”石坂问道。

清河突然拔剑出鞘，周围所有人都屏息凝神地看着他。灯光照射在长剑上，剑身的七颗星星闪耀出摄人心魄的光芒。

很快清河又把剑收入鞘中，说道：“男儿必经千锤百炼，区区小事无足挂齿。”

山冈一脸神往的表情看着清河，说道：“不过真是可怜了阿莲啊。”

“阿莲会以死殉节吧，她是肯为我欣然赴死的女子。不过想到她会受到惨无人道的拷问，我真是心如刀绞。”

“清河先生。”山冈和高桥几乎同时说道，“您还是离开江户吧。以此为契机周游各地倒也不错。我们会散布谣言说清河八郎已至穷途末路，郁郁而终。”

清河虽然不太情愿，不过在大家的苦苦相劝之下最终还是站起身来，当夜便在高桥家收拾好行李离开了。

按照山冈的建议，清河夜半时分来到永代桥，把两把佩刀、带花纹的短褂以及一封简单的遗书留在岸边，制造出投水自尽的假象。而他本人则换上其他服装，雇一艘小船前往行德，开始了自己的漂泊之旅。

不过幕吏们并不蠢，没有这么简单地被糊弄过去。升了职的渡边源藏把清河留下的两把佩刀展示给松平上总介（主税介后改此名，当时已就任讲武所[29]教授），问道：“是清河之物吗？”

上总介答道：“正是。不过清河还有一把在剑相中称为七星剑的佩剑。如果没有留下这把剑，就说明他并没有死。大概他正带着那把剑藏匿于山野之中吧。”

看来上总介也并不喜欢清河。

很快通缉令便传至各地，上面写道：“年龄三十上下，中等身材，曾居于江户玉池，器宇轩昂，面容棱角分明，留总发[30]，肤色白净，鼻梁挺拔，目光锐利。”

被称为“目光锐利”的清河此时正辗转于水户、会津、庄内、越后、仙台、甲州、伊势等地，最后来到了京都。

在京都，清河结识了著名的激进派策士田中河内介，二人接连数夜促膝长谈，惺惺相惜。最终，他们探讨出了一个出人意料的计划——于京都起兵。

河内介原为公卿[31]武士，却不是京都人。他出生于但马出石，后来成为中山大纳言家臣田中家的养子，在京都沸沸扬扬的尊王攘夷浪潮中他为执牛耳者。

他们两人的计划是救出软禁在京都相国寺内的狮子王院宫[32]，并拥护他在京都建立征夷大将军政权，对抗江户的德川将军家，召集天下浪士齐聚京都，施行攘夷政策，然后建立倒幕军队攻入江户。这真是幕末史上最富有想象力的一个阴谋了。

“真有意思！”清河突然拔剑出鞘。

河内介抬头看着他问道：“你干什么？”

“你看，这是七星剑。只要此剑在手，我们就能成就大业。”

“啊，原来如此。”

剑相学是宽永年间[33]京都神官和佐伊势守以信所创。久居京都的河内介更是耳濡目染。他也拿出自己的佩刀对清河说：“这是我的佩刀，您请看。”

清河接入手中观察，发现此刀薄如蝉翼，做工精良，锋利无比，整个刀身散发着一种妖气。

“此刀造型可怖，如果我没看错的话，这是村正[34]吧。”

“不，您没有看错，这就是村正。”

村正让将军家的家祖德川家康前后数代招致不幸，各地诸侯为避免德川家不满，都未收藏此种刀剑。[35]

不过，与德川家为敌的人都会刻意佩戴这种刀剑，大坂之战[36]时丰臣军中的军师真田幸村等人皆是如此。据说冬之战中，木村重成担当讲和使节时也故意佩戴着村正的短刀。

而河内介所用的这种村正佩刀，攘夷志士们也都是争相收集，后来就连西乡隆盛[37]都随身带着一把村正的短刀。

“清河先生，这真是祥瑞啊。以我的村正讨伐德川家，以你的七星剑恢复皇权，这不是大吉之兆吗?”

“是大吉啊。”

清河依旧凝视着这把村正。他发现距离刀刃一寸的刀棱上有一处伤痕。按照剑相来说，此处的伤痕乃是凶穴，稍有不慎便有性命之虞。

“这个伤痕。”

“啊，那伤痕啊。”其实河内介早就发现了，“不用放在心上。即使我身遭不测，只要能打倒奸贼德川氏，我的夙愿便达成了。”

“真是豪爽，倒不像是上方[38]之人。”

“并不是只有你们关东的男人才能称为男儿。”

两人收好刀剑，便开始准备举兵事宜。河内介斡旋于京都之中，清河则奔走于西国等地。

清河于九州的工作异常成功，连他本人都始料未及。

他先是四处游说：“各位地处偏僻，不知中央动向，其实攘夷倒幕的时机已经成熟。”九州各地的志士本就生怕错过了风云突变之机，所以听到清河的鼓动之后皆是愤然而起，众人都在感叹“原来时势已经发展到这种地步了啊”。

如果在京都树立新将军家，那就需要大量的亲兵。

众人在清河三寸不烂之舌的鼓动下纷纷前往京都。幕末风云的序幕，可说就是由清河八郎的九州游说拉开的。

㊃

但是，曾试图树立京都将军的清河却在第二年的文久二年八月回到了江户。

他一进入位于小石川传通院后面的山冈铁太郎家中便说道：“我困了，让我睡一下。”于是在房内的一个角落拉起了屏风，然后连衣服都没来得及脱便躺下了，睡到第二天的早上仍未醒来。一直到了吃晚饭的时候他才睡醒，扭过脸说了一句“西国的武士都不值得信赖”。之后无论山冈怎么询问，他都一言不发。

清河到底在上方、西国等地做了些什么，山冈直到明治时代才得以知晓。当时的清河距离举兵起义只有一步之遥。

九州的浪士们纷纷于大坂集合，住进了位于大坂土佐堀的萨摩藩邸。当时的萨摩藩以岛津久光为首的众多高层都属于佐幕派，而激进派的西乡隆盛等人则处于被流放的状态，所以藩邸对这些不请自来的客人感到很是头疼，总之把空着的二十八号长屋提供给他们居住，相当于软禁了他们。

但是志士们并不知晓自己是被软禁了，还在翘首以盼清河等人说的“萨摩大军”的到来。

清河所说的“萨摩大军”是指当岛津久光为守卫京都带兵前来时，众浪士于途中拥护其起义并进军京都。对此最为头疼的就是久光本人吧。

久光率领着清河所谓的“萨摩大军”于文久二年四月十日进驻大坂的萨摩藩邸。不过他听完浪士们的计划之后便完全置之不理，甚至命令藩内武士不得与这些浪士来往。

可惜浪士们还是没有意识到清河所说的举兵计划不过是空中楼阁。连清河本人也依旧沉醉于自己勾勒的空中楼阁之中，甚至还给家乡的老父寄去了绝命书，因此其他人都对他深信不疑。

清河在绝命书中写道:"天运将至，即使我死去，也要化作忠义之鬼，光宗耀祖，万古不灭。敬请父亲期待吾等起兵大义的后续。"

而且，清河的某位友人还与激进派公卿三条实爱有过交情，通过这层关系，清河直笔上书天子，托实爱转交。

"陛下应借此机会，愤然而起，复兴皇权。"

身为无官无位的一介浪人，竟然煽动天子"愤然而起"，恐怕幕末志士中敢这么做的除了清河八郎再无他人。

不过，在一个清晨，这一切都化为泡影。

举兵计划实施之前，身为领袖的清河竟被二十八号长屋内的浪士团赶了出去。理由无他，清河傲慢不逊的个性使杀气腾腾的浪士们尽皆对他深恶痛绝。甚至连最初提案者之一的田中河内介都在背后说"清河君不是大将之才，为了义军的团结应当把他赶走"。

清河不得不孤身一人离开大坂。

"七星剑，你为何不给我带来好运?"清河万分悔恨地说道。不过，好运并未远离他。他刚离开上方，便发生了"寺田屋之变"。萨摩藩有马新七等一部分浪士团首脑于伏见寺田屋内商议起兵事宜之时，被接到岛津久光密令的八位剑客尽数诛杀。清河之后的浪士团领袖田中河内介则被逮捕，于海上押送途中与儿子左马助一道惨遭萨摩士兵杀害，尸体被投入海中，后来漂到了小豆岛。直到现在都有很多传闻说在那片海滩看到了河内介的亡灵。

㊄

那时，佐佐木唯三郎则是出人头地，被提拔为讲武所教授。对于江户的剑客来说，这个职位具有无上的荣耀。

有一天，佐佐木于小川町讲武所内练习，练累了在休息室内歇息时，猛然发现外面有一道人影。突然那道人影一闪而过，出现在门槛边。

是清河八郎。

“啊！”佐佐木大吃一惊。这不正是幕府要找的人吗。

清河身穿带有龟甲花纹的夹衣，露出白色的衣襟，器宇轩昂地站立着。

“好久不见。”清河说道。他一点没变，身为区区一介浪人，与官至直参，甚至担任讲武所教授的佐佐木说话都不使用敬语。

“回到江户，倍感无聊，身体都变迟钝了，想流点汗。不知能否讨教一下天下闻名的讲武所刀法。”

（求之不得）佐佐木心想。他真想把这个男人狠狠地打到断气，于是便回答说："正好现在道场空着，我还没领教过清河先生的刀法呢，所以也想讨教一番。不过——"

"不过什么？"

"我所学的是古式流派，可不像清河先生的北辰一刀流那般比试时戴护具，不知您意下如何？"

"啊，那就使用袋竹刀[39]吧。"

"使用当世竹刀[40]如何？"

二人在道场内换上训练服，开始挑选竹刀。清河挑的一把看起来很轻，长三尺九寸。而佐佐木所挑的竹刀是由山城真竹所制，重达一百六十匁[41]。

比试按照古法，一招定胜负。

两人一站起来便双双后跳，拉开三间[42]的距离。清河双手举起竹刀，左脚稍稍向前，佐佐木则是平举竹刀，刀尖略微下沉。

（轻而易举）佐佐木心想。没想到对手只有这点水平，他剑尖所指的清河浑身上下满是破绽。

然而佐佐木渐渐发现，清河的站姿逐渐变得有如山岳般耸立，而且，他吸入一口气后似乎再也没呼出来。

（这个人到底还有呼吸吗？）

"啊！"佐佐木一声佯攻，但是清河毫无反应，只是屏住呼吸向前慢慢推进。其间佐佐木佯攻了数次，不过清河的姿势一直不变，依旧缓缓推进着。佐佐木一直退到道场墙边时，突然发现清河的身体似乎变小了，原来是那一口气他终于呼了出来。

(就是现在!)

佐佐木瞄准清河的手背如同大鹏展翅一般飞跃而起，窗外的阳光照射在清河的竹刀上，反射出一道闪光映入了他的眼帘。就在这一瞬间，清河飞速舞动竹刀，重重地打在佐佐木的左腹，几乎都要打断他的肋骨。

“我输了。”

清河静静地看着踉跄倒退的佐佐木，然后又高举起竹刀说道：“不够，再来!”

“混蛋!”佐佐木大吼一声跳起，狠狠地一刀刺出。清河横起竹刀，引开他的攻势之后，又是一击打在佐佐木的头上。虽然打得很轻，但是头上可没有护具。

“我输了!”佐佐木大叫着扑倒在地，只觉得头晕目眩，站也站不起来。

(猫——) 感觉自己就像老鼠一般的佐佐木突然在脑海中浮现出了这个字。他瘫倒在地，惧怕清河会像残忍的猫一般再次攻击，于是便举起竹刀在头上胡乱挥舞着。

一天，佐佐木唯三郎从上总介那里听说，清河通过松平上总介引荐，向老中板仓周防守（伊贺守）胜静进言，期望能够结成由幕府管辖的浪士组。听到这话，佐佐木甚至以为自己的耳朵出现了问题。

“不论清河说得多么天花乱坠，他不是一直都是倒幕论者吗？现在他要招募流浪剑客拥护幕府政权？到底是想搞什么名堂？”

“我也不清楚。”上总介用稳重的语气缓缓说道，“虽然不知道清河这只狡猾的狐狸在打什么算盘，不过如果此次幕府能够好好利用他的话，倒不失为一招妙棋。清河曾从九州召集了大量浪士聚于京都，如今又有不少长州、土佐浪士，甚至是周边地区的浮躁浪荡之徒混杂其中，这些人每日每夜都在寻衅滋事，只要发现有人与自己的意见稍稍相左，便假借天诛之名大开杀戒。亲近幕府的九条关白家的诸大夫岛田左近就被人砍下头颅弃于先斗町的河边。而宇乡玄蕃的头颅则被一杆旧枪挑着竖立在宫川町的河岸上。连续多日数人被杀。这群混账被清河诱骗至京都，可是身为脱藩浪士毫无收入，食不果腹，导致心焦气躁，但又没法回故乡，所以都是近乎发狂的状态。不得不动用武力镇压了。”

“不过还真是无巧不成书啊。”

京都那些跳梁小丑般的浪士们，大概都是清河施展歪门邪道的秘术召集而来的吧。如今又是这个清河将要采取武力手段去镇压他们。

“话说回来，清河在町奉行所[43]内还有案底吧。如此一来将会怎样处理呢?”

“这便是清河主要目的所在吧。他提出此项方案时便说希望幕府开展大赦运动作为回报。如果当真大赦的话，清河就能恢复自由之身，也能解救身陷牢中的小妾和昔日同伴们。”

“真是个有手腕的人。”

此时的清河居住在小石川传通院后面的山冈家中。他托人打探传马町大牢内阿莲的消息时，才知道阿莲已于上个月病死牢中。

（是被杀的吧）

清河这么想也是情有可原。体弱之人在大牢内呆上一年的话，十之八九都会死去。

得知阿莲死于狱中的当夜，清河从山冈的妻子那里借来灯油，在厨房的角落给远在出羽庄内清川村的老母亲写了一封长信，直至深夜。据说山冈的妻子从窗外看到清河当时的侧脸时真觉得清河如同一个孩子。

清河用端庄的平假名文字写给母亲的那封长信一直流传到了现在。

“再来说说有关阿莲的事吧，一想到她我便痛不欲生，懊悔万分。（中略）恳请母亲把她当做儿媳，早晚为她焚香诵经祈福。”

清河也有着这般柔情的一面。他还考虑良久，为阿莲起了戒名[44]——清村院贞荣香花信女，一并写入信中。

数月之后的文久三年二月八日，清河与幕府在江户征召的总人数达二百三十四人的浪士团一道，经由中山道板桥宿向京都进发。

浪士团头领为鹈殿鸠翁。山冈铁太郎、松冈万担任监察。

他们几个都是响当当的幕臣，这些职位名称也是按照幕府官制所设。不过监察并非战斗指挥官，而是类似于事务官，也就是所谓的负责人。

浪士团分为七队，编为一号队至七号队，每支队伍不足三十人，内设一名“伍长”作为浪士队长指挥全队。“伍长”是由清河指派的。后来从浪士团内分裂而出成立新选组的近藤勇、土方岁三、冲田总司、原田左之助、藤堂平助、山南敬助、井上源三郎、永仓新八等近藤系剑客此时都在浪士团中，不过清河并不认识他们，只把他们当做一般浪士随便分入队列之中。

而清河本人则不属于任一队列。

他在浪士团内没有任何职位。当然，他是浪士团的立案者，从知名度来说也与这些应征而来的浪士有着天壤之别，即便是就任总队长也理所当然，而事实上他也确实是浪士团领袖。不过幕府为了提防清河，并未给他一官半职。而清河本人，也不愿意与那些平庸浪士混在一起，所以一直都是处于一种超然的立场。

行进十六日后，浪士团抵达了京都，分开居住于洛西壬生乡的数间乡间武士屋内。

抵达当夜，清河的一席话在浪士中引起了惊涛骇浪。

他把二百余名浪士召集到壬生新德寺大殿内，背对本尊阿弥陀如来佛像而坐，开口说道："我想把组建此浪士团的本意告诉诸位。"

"诚然，我们是应幕府所召来到京都。但是身为浪士，我们不可能在幕府加官受禄，所以也不必听从幕府摆布。我们不需要遵守幕府之命，只遵守尊王大义！"

清河之言令满座皆惊。原来清河组建此团的本意并不是为了守卫即将进京觐见天子的将军德川家茂，更不是为了镇压京都之内的浮躁浪士。

清河继续说道："如果有人胆敢阻扰皇命，即使是幕府高官也当杀无赦。"

如果有人反对皇命，即使是守护职[45]、所司代[46]也要斩立决。也就是说建立一个凌驾于幕府之上的新部门，至此清河的野心终于达成，在这一瞬间，他成为了名副其实的新将军。

接下来便是以浪士团之名拥护天皇，挟天子以令诸侯。这种手段，木曾义仲、织田信长、丰臣秀吉等历代霸主都曾用过。

“各位可有异议?”

清河把七星剑放于膝边，左右是他的心腹石坂周造、池田德太郎。两人都蓄势待发，提防有浪士突然杀向前来。

整个大殿静得连一根针落地的声音都听得见。

“没异议就好。明天早上我便上奏天子。”

直到第二天，清河都端坐在座位上一动不动，虎视眈眈地盯着众人，而七星剑一直放在身边。如果有人内心动摇改变主意，那么清河会在他起身的一瞬间将其斩于当场。

而清河的心腹石坂、池田等人则按照清河所说，进宫呈上奏折。他们还在殿内言辞激烈地对学习院勤仕公卿[47]们做思想工作时，近卫关白[48]出来说道：“已经上达天听，陛下龙颜大悦。”然后还给石坂等人颁发了正式敕令。

当时，一名英国人在武藏生麦[49]被萨摩藩士所杀，引发了萨英战争[50]。随着事态的发展，英国舰队将武力进攻关东的传言甚嚣尘上，满朝文武惶惶不安，天皇颁发的敕令里也写道：“诸位浪士应当速速东下，为国尽忠保国安泰，粉身碎骨在所不辞。”

有此敕令，浪士团成为了全国唯一一支不受幕府调遣的武士团队。

“那就领受皇命，前往关东。”抵达京都不过二十天，清河便命令武士们返回关东。不过以芹泽鸭、近藤勇为首的十余人反对东下，留在了京都，驻扎在壬生乡内，成立了受会津守护职管辖的新选组。

而浪士团的大部队（取名新征组）正准备离开京都时，幕府派遣了六名旗本加入，担任监察。其中以佐佐木唯三郎为首，另外五人是速见又四郎、高久保二郎、永井寅之助、广濑六兵卫、依田哲二郎。这些人全是讲武所的教授，在旗本中属于屈指可数的剑客。

这六人刚刚到任，浪士团便开拔返回关东。佐佐木等人连凳子都未坐热便一同折返。

途中，他们进驻中山道马笼宿的本阵岛崎吉左卫门居所时，佐佐木瞧见山冈铁太郎正独自一人在屋内坐禅，便溜到他身边低声说：“山冈先生，我有要事相商。”

“什么事。”

“我能先检查一下隔壁吗？”

“没必要，隔壁没人。你所说的要事，是指杀掉清河吧。”

“你已经知道了吗？”

“不知道。看到你们突然加入浪士团，便猜到一二。是老中板仓指使的吧。”

“任凭你想象吧。总之某位阁老说八郎太过怪异，如果这位稀世罕见的策士此时进入江户，并且还手握敕令，谁知道他会玩出什么花样。恐怕他会在江户、神奈川又引起一场攘夷暴动，让他得手的话弄不好他便会揭竿而起兴风作浪了。”

“但是。”山冈停顿了一会儿，然后说道，“凭你杀得了八郎么？”

“杀得了。”

“就你一人？”山冈说道，表情震惊。

“我怎能说出详细计划呢？只不过想事先知会你一声罢了。不过此事万万不可告诉清河。”

“不用操这个心，本人一向守口如瓶。不过我有一句丑话说在前头，任你怎样，我一定会保护清河。他是百年难遇的英雄豪杰，只可惜没有身份背景。我们身后有着幕府，而萨摩长州那些纵横家的身后有着藩内支持。但是清河走到如今全凭他独自一人。清河一个人想要成就大业，只能靠各种奇思妙想甚至坑蒙拐骗。何不放过他一次，目送他成为真正的大英雄呢？”

“这可是上头的意思。”

“你难道是板仓阁老的家臣吗？身为直参，我们的上头只有将军家。”

㊅

文久三年四月十三日。这一天清河从早上起便感到头痛。

最近几天，他都住在与山冈家亲如一家的邻居高桥泥舟家中。泥舟的妻女担忧地对清河说：“是感冒了吧，今天还是不要外出为好。”

“不，今日还有约，别人还买了酒等着我呢。”清河丢下这句话便出门了。目的地是麻布上之山藩邸的长屋。他前去拜访以前在安积艮斋门下学习时的同学金子与三郎。

清河数日前便与金子打招呼说要于今日来访，所以金子便早早备好酒宴等着他。

清河来得比约定的时间稍稍晚了点。

金子明白清河前来的真正目的——为了让他在攘夷联名簿中签字画押。清河怀中的账簿上已经收集到了五百余人的署名，不日他便会举兵起义，第一个攻击目标是横滨的外交部门，然后将这支义军建立成复兴皇权的倒幕军。

“都是老同学了，不多说你也明白我的想法吧。”

“明白。让我加入吧。”

金子毫不犹豫地在账簿上签字画押，然后让妻女摆出酒宴，把酒壶递给清河。

清河没有注意到酒壶碰到酒杯时发出了一声脆响。

此时，有数位武士正在藩邸的后门边走来走去。

后门外面只有一条路，直通赤羽桥，桥边有一家挂着苇帘的茶店，店内也有数位武士围在一起喝茶。这些人的打扮看起来都像领俸两三百石的直参。其中只有领头的佐佐木唯三郎戴着斗笠，余下几人是讲武所教授速见又四郎、高久保二郎、窪田千太郎、中山周助。

过了亥时，清河离开了藩邸。

他戴着与佐佐木一样的扁柏所制套有黑纱的斗笠，虽然已经酩酊大醉，但依然步伐稳健。走过麻布一桥时，突然听到旁边有人叫了一声“清河先生”。

“嗯？”

“是我，佐佐木。”

佐佐木装作打招呼的样子摘掉了斗笠。这便是他精心准备的圈套。

看到佐佐木前来打招呼，清河不得不停下脚步，伸出握着铁扇的右手打算解开斗笠的绳结。

就在这一瞬间，一直徘徊在他身后的速见又四郎拔刀横切而过，甚至都切断了他的左肩胛骨。清河向前一个踉跄，然后一步踏出稳住身形，意欲把手伸向刀柄，谁知在这关键时刻他那握着铁扇的右手竟然被斗笠的绳结缠住了。

“清河，受死吧！”佐佐木从正面给了清河致命一刀。这一刀砍在了他的右脑勺上，几乎把他的脑袋砍成两半。清河整个人由于这股冲击力向左飞出数步远后横倒在地，裂开的脑袋耷拉在泥土之中。

地上散发出一股冲天的酒气。

佐佐木因为此战之功，后来升为见廻组组长，俸禄增至千石。

清河竟然陷入了这么简单的圈套。身为一流策士的他万万没有想到有人会用这种小伎俩来对付他。

大概清河自己都会愕然吧，他做梦都没有料到聪明反被聪明误。

注释：

【1】高杉晋作：日本幕末时期著名的政治家、军事家，奇兵队创始人。长州藩尊王攘夷志士领袖之一。

【2】安芸国友安：安芸国为地名。安芸国友安即为产于安芸国的名为“友安”的刀剑。

【3】出羽：日本古代令制国之一。大致位于现今山形

县、秋田县境内。

【4】相州：日本古代令制国之一。位于东海道境内。

【5】昌平坂学问所：设于1790年的江户幕府直属教学机构。

【6】大目录皆传：北辰一刀流的段位分为初目录、中目录免许、大目录皆传三段。

【7】芝爱宕下：地名。

【8】备前：日本古代令制国之一。刀剑的名产地。

【9】兼光：古备前国著名刀匠。

【10】圣德太子：公元574—622年。日本飞鸟时代的皇族、著名政治家。派遣遣隋使引进隋朝文化、制度。

【11】将军：幕府最高领袖征夷大将军。日本武家政权时代，天皇权力被架空，幕府将军是实权掌控者。

【12】骏河大纳言：德川忠长，第三代将军德川家光的胞弟。忠长与家光之间曾有继位之争。

【13】斩马长七郎：传闻中是德川忠长之子，但并无史料证明其存在。

【14】茶人：喜欢泡茶、精通茶道的人。

【15】长屋：集体宿舍。

【16】力士：相扑运动员。

【17】老中：幕府重职，地位仅次于将军及大老。

【18】火付盗贼改：幕府设置的主管杀人放火、盗窃赌博等重罪的机构。

【19】小普请组：江户时代的旗本（幕府直属家臣）中因老幼、疾病、处罚等故无法担任职位，领俸三千石以下的人。

【20】京都见廻组：幕府设立于京都对抗反幕府势力的组织。

【21】新选组：类似于京都见廻组。两组管辖范围不同。

【22】居合道：拔刀术，讲求以拔刀瞬发之力克敌。

【23】七子短褂：绣有类似鱼卵突起的短褂。

【24】刀镡：刀剑的护手部分。

【25】寄合席：旗本中领俸三千石以上的人。

【26】直参：直属于江户幕府领俸一万石以下的人。

【27】两国：地名。

【28】濑户物屋：贩卖日用陶瓷器的商店。

【29】讲武所：幕末时期，江户幕府设置的武术训练部门。

【30】总发：江户时代医生、行僧等的一种发型。

【31】公卿：旧时日本官阶从三位以上的高官称为公卿。

【32】狮子王院宫：久迩宫朝彦亲王（1824—1891年），日本皇族，伏见宫邦家亲王第四王子。

【33】宽永年间：1624—1645年。

【34】村正：原为伊势国桑名市一刀匠之名，此刀匠铸剑技术传承数代，极负盛名。以此技术所制刀剑亦被称为村正。

【35】德川家康的祖父、父亲、弟弟均是死于村正刀下，家康本人亦曾被村正所伤，所以家康把村正称为妖刀，禁止世人使用。

【36】大坂之战：是江户幕府消灭丰臣家族的战争。包括1614年11月—12月的冬之战和1615年5月的夏之战。

【37】西乡隆盛：幕末萨摩藩著名的军人、政治家，与桂小五郎、大久保利通并称“维新三杰”。

【38】上方：指靠近天皇居所的京都、大坂等地。因是天子脚下，所以人们对上方之人有着“贵族靡靡之风”的印象。

【39】袋竹刀：硬度不及一般木刀，减少受伤概率。

【40】当世竹刀：当世柳生新阴流（一种刀术流派）所使用的袋竹刀。

【41】匁：日本旧时重量单位。一匁约等于3.75克。

【42】间：日本旧时长度单位。一间约等于1.8米。

【43】奉行所：类似于如今的公安机关。

【44】戒名：入佛教时为信者所取之名。在日本人的生

死观念中，人人死后成佛，所以有着给死去之人取戒名的习俗。

【45】守护职：江户幕府设置于京都镇压暴动浪士维持治安的职位，由会津藩主松平容保担任。

【46】所司代：江户幕府设置于京都的职位，主要任务是管辖京都，监视皇族、公卿以及西日本地区诸侯。当时由桑名藩主松平定敬担任。

【47】学习院勤仕公卿：于学习院内就职的公卿。学习院为日本皇族进修的学府。

【48】近卫关白：近卫忠熙。近卫家是五摄家之一，关白是代替天皇处理政务的朝廷第一要职。

【49】武藏生麦：地名。

【50】萨英战争：1863年8月15日—8月17日，英国与萨摩藩因武藏生麦事件于鹿儿岛湾展开的战争。

花屋町的袭击

㈠

京都已是临近腊月。

这一天早上便飘起纷纷扬扬的小雪，吹落了枝头的红叶。到了午后则下起雨来。

河原町内有一家叫做“醋屋”的店铺，实际上做的是木材生意。这天有一位浪人偷偷潜入了店内。此人头上缠着宗十郎头巾[1]，身穿黑色绸缎短褂，体型修长。

他是海援队[2]的陆奥阳之助（后来的伯爵陆奥宗光）。

陆奥由厨房经过中庭，来到阿桂借住的侧室窗边，轻拍了一下双手，低声说道：“在吗？阿桂。是我，海援队的陆奥。”

“……”真是个没有预料到的来客。

阿桂起身把陆奥引入屋内。陆奥蒙着脸走到火炉边，就像要钻进火炉一般地烤着火，温暖冻僵的身体，过了一会儿才摘掉防寒用的头巾，抬头说道：“有件大事要拜托你帮忙，能帮我吗？”

他的声音有一丝颤抖。阿桂仔细打量陆奥，发现他肤色白净，刮完脸的胡楂呈青绿色，没料到倒是个美男子。

“什么大事？”阿桂问道。不过她已经猜到与什么事情有关了。就在前几天，陆奥等人的领袖坂本龙马在河原町三条的近江屋二楼被身份不明的刺客团偷袭，惨遭杀害。

陆奥从怀中拿出一件坂本的遗物——刻着桔梗纹的黑漆印盒，铁青着脸说道：“对于此事，我们决定复仇。”

“是谁下的毒手？”

“正打算跟你说这些。”

陆奥埋头抚摸着印盒，大概是出于对故去之人的眷念，双手一直在颤抖。

“他可不是那么容易被杀的人，只可惜当时太大意了。”陆奥说道。

确实如同陆奥所说，这个印盒的主人曾经担任过千叶道场的塾头[3]，可不是任谁随随便便就能杀得了的。

事件发生在庆应三年十一月十五日，也就是十天之前。当时坂本在二楼，没有带上佩刀，正俯卧着与同志中冈慎太郎（陆援队[4]队长·洛北白川村浪士团领袖·土佐藩士）闲聊。突然数名刺客飞奔上来刺杀了两人。无人知晓刺客姓甚名谁，大概都是些剑术高超的人物吧。

当时的坂本对于幕府来说是头号危险人物。他早在数年前便把长崎当做大本营，召集陆奥等各地脱藩浪士，建立激进浪士团海援队。海援队并不是简单的浪士团，甚至还教授操作战舰的技术。他们开着从诸藩借来的军舰，常年进行批发营运等经济活动，如果爆发倒幕战争，甚至可能会摇身一变成为私人海军舰队。去年他们就与攻打长州的幕府舰队在马关海面进行过一场海战。

坂本时不时会来京都，而且经常与同为土佐系的浪士团陆援队队长中冈慎太郎一起居住在市区内的公寓中。数天前起新选组、见廻组便开始疯狂搜查，终于查到坂本住处，并于十五日夜晚九时许完成了暗杀行动。

海援队副队长陆奥阳之助与六名武士跟随坂本一同进京。得知事变消息后他们立即逃到了白川村，潜伏在陆援队本部之中。所有人都咬牙切齿地发誓："一定要报仇雪恨!"只可惜胜算难料。

对于海援队来说非常不利的一点是，他们的大本营远在千里迢迢的长崎。岩崎弥太郎已经坐上了海援队所属的战舰空蝉号前往长崎汇报坂本遇害的噩耗。不过考虑到往返路途耗时太长，陆奥等人不可能等得到大部队赶来。

所幸陆援队的大本营正在京都，而且他们的队长中冈同样遭到了杀害，所以副队长田中显助、斋原治一郎（土佐藩士·后改名大江卓·明治时期政客·部落解放运动家）也在计划着复仇。

——正好。联手复仇吧。

按照斋原的提议，陆奥在洛北白川村建立了一个侦查委员会，一共六人，首要的任务是查出下毒手的人。侦查的任务主要落在了菊屋峰吉的身上。

他是一个十六岁的少年，是河原町三条旧书商人菊屋的小儿子。

菊屋峰吉把坂本当做自己的亲哥哥一般仰慕着，每次坂本进京便跟在坂本身边忙里忙外。案发的当夜他也正为坂本忙活，出去买鸡肉。峰吉回来发现坂本已遇害，便打算当场自尽，幸好被随后赶到的板垣退助制止。

看来坂本还真是一个魅力非凡的人。

话说回来——

十一月十五日的案发现场，有两件疑似刺客所留之物。

其中一件是木屐。木屐上有一道葫芦形的刻印，葫芦中间有一个“亭”字，可以判断是先斗町葫芦亭酒馆之物。菊屋峰吉暗中调查得知，新选组的人经常出入这家酒馆。

还有一件是被丢弃在现场的黑漆刀鞘。御陵卫士[5]伊东甲子太郎（原新选组参谋，坂本·中冈遇害三天后伊东甲子太郎在油小路也遇刺身亡）看到这柄刀鞘便说道：“错不了，这是新选组副长助勤[6]原田左之助的刀鞘。”

看来下毒手的就是新选组。

菊屋峰吉伪装成一个卖年糕的小贩，试图侦察新选组阵地并画出示意图。峰吉虽然只是个少年，但他极为机敏。

当时新选组的阵地由西本愿寺搬至不动堂村的一栋新建宅院内。这间宅院长宽皆有一丁[7]，堪比一个小诸侯的府邸。

峰吉把五文一个的年糕两文钱贱卖，在宅院守卫中大受欢迎，之后更是大胆地进入宅内叫卖。

“于是。”陆奥对阿桂说，“我们已经大致掌握了那座宅子的内部构造。”

“然后呢？”

“然后。”陆奥的眼神变得空洞起来。

“您怎么了？”阿桂问道。其实阿桂的身体也在微微地颤抖。

对方可是新选组啊！尊王攘夷的浪士们已经不知道策划了多少次杀入新选组阵地的计划，但至今尚未有任何人能够付诸行动。

“然后。”陆奥仿佛回过神来，继续说道，“杀进去便是了。”

“召集了多少人？”

“打算从海援队、陆援队的残余之辈中挑选一些不怕死的剑士。”

“都有哪些人呢?”

“待定。不过……”陆奥斩钉截铁地说,“有一个人一定会参加。”

“是谁?”

“就是本大将。我来担任指挥。”

“陆奥先生吗?”阿桂知道,陆奥在海援队中也只是个文官。

这个二十四岁的青年,是纪州藩上士伊达宗广的小儿子。年少时在江户修学,后来脱藩进京,广交诸藩志士。再后来得到了坂本的赏识,坂本组建海援队后任命他担任测量官兼队长秘书。

从陆奥的人生轨迹来看,他应该在剑术上没有什么特别的修为吧。

“哎!总之试试吧。”陆奥仿佛是自言自语。这个血气方刚的才子为报坂本知遇之恩,已经做好赴死的准备了。

“对了,我有件事要拜托你。”

“就是你起初说的那件‘大事’吗?”

“正是。首先我想问一下,你愿意帮我吗?”

“愿意。”阿桂说。只是她这么回答时,内心也有一丝犹豫。她与那个坂本，甚至都没有交谈过一句话。

之所以愿意帮忙，理由只有一个。那就是她还欠这个被害的土佐人二十两银子。

阿桂原是洛东妙法院内佣人的女儿，数年前双亲相继去世，迫不得已寄住在亲戚家这间“醋屋”的侧室内，靠教授附近的孩子们读书写字为生，不知不觉已过了结婚的年龄。

后来有人做媒，让她嫁给一位居住在柳马场的医师作后妻。这位医师经常出入王公贵族之家，极富声名地位。

结婚需要置办嫁妆。

可阿桂毫无积蓄。在京都这种讲究排场的地方，如果出嫁不带嫁妆还不如去死呢。

这件事似乎传入了坂本耳中。

由于这间“醋屋”隶属于土佐藩邸，所以坂本每次进京不是住在近江屋就是住在这里，使得“醋屋”都快成为海援队的京都办事处了。

阿桂是住在侧室内，与坂本几乎没有任何交集。在她的印象中，坂本是个相貌并不出众的彪形大汉，不修边幅，头发乱糟糟的，衣服上也没有折痕，脚上穿着皮靴。现在阿桂只记得他的皮靴，至于长相已经想不起来了。

数月之前的九月，坂本突然出现在了京都。多年后回想起来，那时的他应该在进行促成萨长联合[8]的秘密工作吧。

当时坂本只在“醋屋”内住了一夜。而就是那一夜，他从店员那里听说了阿桂的婚事。

“把这个交给住在侧室里的那位姑娘吧。”坂本说着，把二十两银子递给了店主。阿桂深感震惊，在京都可没有这般慷慨大方的人。

但是她又怎好意思收受陌生人这么一大笔钱呢？比起感激，她内心的屈辱更甚。她决定一有积蓄便立马归还，可之后一直不知道坂本的行踪。这个月初，陆奥阳之助因事来到了“醋屋”，阿桂与他说了此事，当时坂本还活着。

不知道陆奥听了阿桂的话之后脑袋里面想了些什么，突然脸就红了，然后对阿桂说：“你留着吧。”

他大概误以为阿桂是坂本的情妇吧。即使不是情妇，他俩之间也一定有点什么。直到现在陆奥还这么认为，所以这复仇一事，才会特意来找阿桂帮忙。

阿桂也知道陆奥一定是误会了，不过并没有刻意做解释。

“是要我帮什么忙？”

二十两欠款已经不可能还给已死之人了。那就参与这个复仇计划，作为对那位亲切的土佐人的报答吧。虽然内心有些沉重，甚至可能遭遇横祸，但她心甘情愿。为了“欠债还钱”的礼节，她在所不辞。或者可以说，这种天经地义的礼节给了她勇气。

陆奥拜托给阿桂的事，是寻找一名剑客。他是伊予宇和岛的脱藩浪士，传闻是居合道的高手。

“据说坂本先生于此人也有恩，不过我对他一无所知，只是坂本先生生前曾偶尔提过。名字好像叫后家鞘彦六。”

“后家鞘？”真是个奇怪的姓氏。

“应该是化名吧，不知道他真名是什么。据说他在大坂。”

“大坂的哪里？”

“这些就不清楚了，坂本先生似乎也不清楚。我希望你能找到他，然后说服他加入复仇计划。本来这种事应该由我们来做，但是最近伏见和大坂八轩家的港口常有新选组的人在巡逻，见到浪士便会盘查，所以只好委托你了。”

当夜阿桂便从伏见乘船而下，前往大坂。

庆应三年十二月七日的天满屋事件便由此拉开了序幕。

留在京都的陆奥从海援队、陆援队的四十余名余党中严格地挑选出了十六名壮士，不过当中没有一人是剑术高手，他还需要两位高手充当先锋。

“我认识一位。”说这话的，是最近才加入陆援队的水户脱藩浪士香川敬三（后成为东海道镇抚总督府军监，受封伯爵）。

“是谁?”

“我明日带过来。”

第二天他带来的，是十津川乡士中井庄五郎。

此人在京都的尊王攘夷浪士间极负盛名，不过久居长崎的陆奥并不认识他。

他绰号“刽子手庄五郎”。去年，长州藩的品川弥二郎委托他刺杀逃入新选组的村冈伊介，他一刀便砍裂了村冈的胸膛。

在京都市区内他数次与新选组之间发生冲突，每次都能全身而退。

陆奥把他请入白川屋的书院内，握着他的双手说道：“拜托了。”

当时的中井庄五郎只有二十一岁，是个为人冷淡的人。他稍稍低下头，只说了一句“竭尽所能”，便再不开口。

听香川说，他与死去的坂本有过一面之缘。

有一次他住在伏见的船员旅馆寺田屋伊助处时，碰巧遇到同样住在那里的坂本。坂本把他请入自己屋内，摆出酒宴款待他。中井性格单纯，粗枝大叶，为此经常遭到其他志士的蔑视。而坂本身为天下名士，竟然与他平等对话，共谈国家时事。为此中井十分感激，逢人便夸坂本之为人。

（那就好）

陆奥放心了。他想虽然中井只不过喝了坂本一杯酒而已，但一定会心甘情愿为坂本抛头颅洒热血。坂本就是有着这种奇妙的魅力，对此陆奥再清楚不过了。

“接下来便是等待后家鞘了。”

陆奥静待阿桂回来。

这天傍晚，陆奥在白川屋内吃着鸡肉挂面时，陆援队的一位名叫白井金太郎的年轻人走进来冷不丁地问道：“陆奥先生，您杀过人吗？”

陆奥答道没有。然后白井一脸亲切地说：“这可不行。这样的话是没办法展开袭击的。今夜就让我来教您杀人之术吧。”

他是水户脱藩浪士，拿过神道无念流的证书。去年夏天他在清水寺内与桑名藩士发生冲突，斩杀了两人，为此他一直引以为豪。当然，他也是被陆奥选中的十六人之一。

“你打算怎么教？”

“今夜实战杀人。请跟我来。”

两人稍作准备，便出了白川屋。

目标是水户藩士酒泉彦太郎。此人最近周旋于京都各势力间，名声大噪。由于酒泉是一个极端的佐幕派，所以尊王攘夷浪士们早就把他列为了“天诛”的对象。

“酒泉在哪儿呢?”

“香川先生傍晚时看见他进入了祇园花见小路的一力酒馆。等会儿我来砍第一刀，然后您来了结他。只要杀过一次人便能产生自信了。”

这可以说是为复仇行动所举行的演习吧。

香川和一名水户浪人已于祇园石梯下等候多时了。

一行人走到花见小路后，吹灭灯笼，分散开来躲在一力酒馆周围的暗处。下午下的雪还积在路面上，尚未融化。

这时，一位身穿黑色丝绸短褂，大小佩刀刀柄皆为白色的威严武士从一力酒馆内走了出来，一个仆从走在前面为他提着灯笼。从灯笼上的家徽来看，那武士应该就是酒泉了。

白井一下子从暗处走了出来。

他果然胆量过人，一边走近酒泉一边说道：“是水户藩的酒泉先生吧。”

“不是。”那武士边走边答，“我是萨摩武士，名叫中马。”

此人说话带有萨摩口音。当然这只是他故意为之，但是白井就这样上当了。

白井以为自己认错了人，便继续往前走去，与酒泉擦肩而过。就在那一瞬间，酒泉回身一记拔刀便斩，砍在了白井头上。白井连刀都未拔出来便“咚”地一声栽倒在雪地上。

见此情景，陆奥立马拔刀冲了过来，没料到竟被白井的身体绊了一下，狠狠地滚到了酒泉脚下。

对此酒泉倒是大吃一惊，还以为又有人杀过来了，“啊”的一声大叫便跳开了。

酒泉就这样逃了。

陆奥马上把白井扶起来，发现他气息尚存，只不过头被切开了。

“不要担心，我为你缝针。”

陆奥也懂医术。他把白井扛回营地放在油纸上，用烧酒为他清洗伤口后拿木棉针缝上了。但是鲜血混着脑浆依旧源源不断地流出来。

白井临死前笑着对陆奥说：“所谓刀剑，您现在应该明白了吧。陆奥先生。”刚说完便断了气。经白井这么一说，陆奥似乎明白了点什么。

这场骚乱，发生于十一月二十六日。

阿桂抵达大坂后开始寻找后家鞘，正好也是在这一天。

京都正下着雪，而大坂则正下大雨，寒冷异常。

要找人的话就应该住公事宿[9]。公事宿的老板被称为公事师，那都是包打听，关于衙门的任何事情都知道得清清楚楚。

阿桂经过八轩家的船员旅馆介绍，住进了肥后桥北的公事宿钉屋十兵卫处。

从肥后桥至筑前桥的河道两岸有很多四国[10]诸藩设于大坂的藩邸。当然，宇和岛伊达家的藩邸也在此处。钉屋的老板和宇和岛藩邸的官吏很熟，所以便直接前去打听那位化名后家鞘彦六的脱藩浪人。

藩邸内的藏役人[11]说道："本藩确有此人，只是不知道现在何处。"

当然，这只是场面话。即使他知道也不会说的。

不论世道如何混乱，身为武士，脱藩即是重罪。藩邸即使知道后家鞘潜伏在何处，也不会明说。如果明说了，却又不兴师动众前去正式批捕，颜面何存？

"别担心。"公事师对阿桂说道，"这件事你就放心地交给我来办吧。那藏役人虽然没有明说，但偷偷地给了我一条线索。他说后家鞘的伯父住在佐野屋桥附近，我派人去打探打探。"

另外，公事师还从藩邸内的官吏那里听说，后家鞘彦六是藩内的居合道第一高手，二十六七岁。

但是藩邸内没有任何人知道他的真实姓名。

说来也怪，此人从五岁开始便更换过无数次姓名。

起初，他出身于城下元结掛町，排行老六，乳名万之助。父亲名叫大塚南平祐纪，是个身份低微的武士。

后来他辗转被很多家庭收为养子。在同藩的松村彦兵卫家作养子的时候改名保太郎，开始修文习武，武艺、学问、算术全都出类拔萃。

后来因故被赶出松村家，最后成为同藩的御船手组[12]中村茂兵卫家的上门女婿，娶了中村的女儿。但没过多久中村的女儿连子嗣都没有留下便死了，所以后家鞘又被赶出了中村家。如果把人比作植物的话，那后家鞘真是无根的浮萍。

再后来他便脱藩去了大坂，按照藩邸的记录来看是在庆应元年七月十八日。至今已经三年多了。

“真是个不幸的人啊。”阿桂感叹道。不过她也有一丝失望。按后家鞘的人生经历来看，他真是一个罕见的人才。这样的人大概不会有能成为刺客的极端性格，倒像是个积极健康的“好孩子”。

“但是他剑术异常高超。”公事师开始讲述这么一个故事。

那是春日祭礼时，宇和岛城下一间名为和灵的神社正在举办撒年糕的活动。据说每一百个年糕里面就有一个包有银子。

后家鞘与一群同藩的年轻武士前往参拜，看到栏杆边有一位略施粉黛的巫女[13]正在把年糕每三个一组抛出去。

一个年轻武士指着那堆年糕说："不用手摸，你们能确定哪个里面包有银子吗？"

"能。"说这话的，正是后家鞘。

他们退到正在参拜的人群后面，等待着撒年糕。

巫女开始撒年糕了，有三个年糕高高地飞到了后家鞘等人的头顶上方。

只见白光一闪，后家鞘拔刀出鞘，举刀在头顶一阵飞舞。而那三个年糕直到落地时才一分为二。

"真是神技啊。"公事师说道。而和灵神社住持所写的日记中有这么一句话——"此人技艺，最为精妙"。

"话说，后家鞘是什么意思？"阿桂犹豫地问道。凭她的想象，这个姓氏似乎带有一点色情，说不定那人是个好色之徒吧。（译者注："后家"在日语里是寡妇的意思）

"不，不，不是你想的那样。"公事师摇头道。看他神情，他应该猜到了阿桂所想。

"后家鞘"三字，是彦六对自己身世的自嘲。这三个字的意思是刀鞘与刀身的弯度不合。彦六的佩刀就是如此。

他的佩刀上刻有“土佐锻冶久国”字样，虽不是古世名刀，但也是上乘之作。此事在宇和岛人尽皆知，所以那藏役人虽在大坂藩邸之中也是略有耳闻。

彦六在生育他的大塚家中寻得此刀，后又在中村家的仓库内找到一个斑驳的古鞘。他在古鞘内削了削便使蛮力把刀塞入其中。

在武术界，一把刀的刀身配另一把刀的刀鞘便被称为“后家鞘”。

他的这把刀很难拔出，但他就凭这刀把居合道练得出神入化。众人感叹他技艺之高超，于是便直呼他为“后家鞘”了。

从字面意义上来说，“后家鞘”就是刀与鞘弯度不合。如果把彦六比作刀身，收养他的家庭比作刀鞘的话，那么也就是说，他与任何家庭都合不来。

这便是后家鞘彦六。

(原来如此)

阿桂突然很想见见他。

公事师略微想象了一下后家鞘与阿桂浓情蜜意的模样，脸上浮现出一种异样的笑容。他打趣道：“这个彦六现在是个单身汉哦。”

傍晚时分，公事师派出去的伙计回来了。他找到了彦六那位住在佐野屋桥附近的伯父。

“是个商人。”

那人是位卖炭翁，开着一家名为“伊予屋”的店铺，而他本人名叫为藏，是彦六亲生父亲的次兄。他曾错过了被藩内武士家族收为养子的机会，于是便早早来到大坂下海经商。

后家鞘彦六脱藩后，曾一度潜伏在为藏的伊予屋内。但是为藏生性胆小，生怕因包藏脱藩浪士而遭到牵连，便把彦六送到了友人高池屋三郎兵卫家。高池屋家住心斋桥边，是大坂南组[14]很有名的商人。

而现在，彦六便在高池屋家当伙计。

“这个高池屋，做的是什么生意?”

“您是京都人，不了解也是理所当然。他做的是高利贷生意。”

“高利贷?”

阿桂陷入了沉思。一个做高利贷的伙计，会答应她去袭击新选组么。

大坂的雨，从昨夜便一直未停。

㊃

京都依然下着雪。

袭击新选组的计划，正在陆奥阳之助的精心指挥下有条不紊地进行着。

当然，头盔、短矛、手枪等物不可能十六人人手一份。手枪只有一支，据说是由堺市的铁匠所制，带有雷管，一次只能一发。而子弹，陆奥也只有一颗。

二十七日夜晚，有一位意外来客伪装成小贩偷偷潜入了白川村的陆奥屋内。他是纪州藩所属的木材商、得到藩内赐姓的加纳喜兵卫的儿子宗七。

宗七身为商人，却也关心勤王运动。由于和陆奥是老乡，所以两人关系亲近。

“不要吃惊哦。我已经知道是谁通过守护职教唆新选组、见廻组刺杀坂本先生了。是个意想不到的人。”

“是谁?”

“纪州藩执事三浦休太郎。”

“啊。”一定错不了，陆奥心想。

三浦对坂本一直怀恨在心。

今年春天，坂本搭乘海援队蒸汽船伊吕波丸（吃水一百六十吨）由长崎前往神户。四月二十三日晚上十一时行至赞岐箱崎海域时，突然一艘巨大的轮船从暗处驶来。海援队值班士官佐柳高次看到那艘巨轮的白色前灯和青色右舷灯，便立马向左转舵试图避开，但不知是巨轮的舵手技术太差还是其他原因，巨轮加速右转逼近，最终撞击在伊吕波丸的侧面，将其一分为二。幸好伊吕波丸是木制的，并未立即沉没。

坂本大喊道："跳上那艘船！"并率先跳至巨轮的甲板上，然后飞奔进船长室扣下了巨轮的航海日志。

这艘船乃纪州藩所属，名曰明光丸（吃水八百八十七吨）。

此次事故的责任当然在纪州藩。坂本按照英国的海事判例向纪州藩索取巨额赔偿金，为此纪州藩与海援队纠纷频起，最终在长崎进行最后谈判。

坂本把"不赔钱，就进攻，杀其人，占其地"这句话配上童谣曲调，令大街小巷传唱，给纪州藩施加压力。最终，纪州藩同意赔偿白银八万三千两。

之后坂本赶往京都与纪州藩签订协议。不出一个月便惨遭杀害。

陆奥认为三浦一定是幕后主使。

纪州藩执事三浦休太郎在京都政界属于佐幕派的一方巨

擘，与新选组的近藤勇、见廻组的佐佐木唯三郎私交甚密。

“杀了三浦这厮吧。”

复仇计划的主要目标就这么决定了。不过，三浦身边常有数名新选组队士守卫。也就是说，到头来还是和原计划差不多，作战的对手是新选组。

另外听传言说，三浦将在不久后率领藩内军队大举进京，与大垣藩一起火烧都内三间萨摩藩邸，一举粉碎京都反幕势力。

“三浦一般在哪里？”

“大家知道，纪州藩设于京都的藩邸远在圣护院森林以东，来回都内极不方便。所以他要是因事在祇园逗留至深夜的话，便会就近住在下京油小路花屋町南面的天满屋旅馆。”

“很好。”

这样一来，战斗就变为了街巷之战。

陆奥把这些情报转告给了陆援队代理队长田中显助。但之前一直高喊着要报仇的显助，却在那夜来了个一百八十度大转弯。

“要慎重啊。”他说道。

陆奥一声冷笑。把临阵退缩之徒带去也没有任何意义。

“你若无心为之，我便不再劝说了。但是，不要阻止我。另外，我要借用一下你麾下的勇士。”

“……”显助无言以对。

维新后受封伯爵的田中，为何在那时突然改变了主意呢？他在昭和十一年四月刊发的自传中这么写道：

“我年轻时也是一个轻狂之人，做过不少粗暴的荒唐事，但后来渐渐看清了奋斗的方向（倒幕），再加上肩上有着率领全队的重担，便戒掉了血气方刚之流的轻举妄动。藩内赦免了我的脱藩之罪，自由之身的我立志一定要干出一番大事业，于是处处谨慎，唯恐平白死去。（当时显助二十五岁。比陆奥年长一岁）

“（中略）陆奥等人的计划太过轻率。而大号令（大政奉还[15]·维新大号令）又是秘密中的秘密，所知之人甚少。”

田中显助这段自传的意思是，当时的陆奥一门心思想着复仇计划，却不知京都政界（激进派公卿与萨摩长州谋士们）已在暗处策划出一步扭转乾坤的棋，那就是在不久后的十二月九日，突然发布王政复古的大号令。而陆奥等晚辈志士自然不可能知道这些，但是我知道，所以我想制止他进行复仇计划。

不过，田中本人当时也绝不可能知情。制定王政复古的大号令以及策划讨伐幕府的秘密工作仅由萨摩长州的首脑来进行，消息并未通知土佐藩。因为土佐藩的藩主主张挽救幕府颓势，萨摩长州首脑担忧他会泄密给幕府。

田中显助提出要“自重”，并无深层原因，只是其性格使然吧。

陆奥在这方面就很守规矩。

坂本的仇一定要报。身为海援队士官的陆奥，把这件事看做是自己的任务。多年以后的日清战争[16]时期，陆奥担任外相，以雄辩之才据理力争，人送外号“剃刀”。而在这个时候，他认为复仇既是合乎道理，也是经过了冷静考虑的吧。

十一月二十九日下午，大坂肥后桥边的公事宿钉屋十兵卫处，阿桂正在等待后家鞘彦六。

此前阿桂让钉屋的伙计去给彦六传话说：“我在钉屋内恭候您的到来。”差不多再过一刻他就到了。

(会是个怎样的男人呢?)

阿桂抱有一丝期待。

伙计在心斋桥边的高池屋附近收集了一些关于彦六的传言，据说他在这一带也非常有名。

至于有名的原因，是因为他算术极好（对此阿桂也有点失望），深得老板三郎兵卫的信赖，从做账到复杂的利息计算、贷款的征收全部能够胜任。

——作为放高利贷的伙计，他可是大坂第一。

三郎兵卫经常自豪地拿这句话四处宣扬。

同行的朋友们以及附近的街坊邻居也都知道彦六以前是个武士，不过所有人更关注并且敬佩的是，他曾是伊予宇和岛算术学家不川显贤先生的爱徒。

——高池屋的伙计计算利息的手法远远不是一般学徒拿算盘能比的，他那是用深奥的算学算出来的，完全不是一个档次。

传言如是说道。

对于阿桂来说，她完全不关心彦六是怎么计算利息的，算术可杀不了新选组。

不过这个彦六（后改名土居通夫）在南组留下过一段被传得沸沸扬扬的逸事。

店主高池屋三郎兵卫由于做的是高利贷的买卖，仇家很多，不过一般老百姓对他构不成任何威胁。能够威胁到他的是船场[17]的批发商们。其中就有一家批发商无力还债，便雇了一批打手，这在当时的大坂非常常见。一天，三郎兵卫走过常安桥时，这批打手便围了过来，喊道："把欠条给我撕了！"

在打手身后的地上本来有个地灯，却被他们故意吹灭了。不远处便是柳川藩的粮仓所在，但是那儿的守卫皆是一副事不关己的模样。

打手共有五人，看面相便知都是些落魄力士、浪人或无赖汉。

后家鞘彦六站在店主背后，起初故意装出一副吓坏了的样子，突然他一步踏出，靠近那个看起来像是头领的落魄力士。

只见他出拳如风，“啪”的一声那力士的鼻梁就断了。力士一声惨叫，捂着脸晕倒在地，似乎还被腰间的墨斗捅了一下。

之后彦六迅速抽出力士腰间的长刀，用刀背砍在剩余四人的右肩锁骨处，结束了战斗。

这件事当然闹到了奉行所内，不过三郎兵卫上下打点一番之后，彦六便被无罪释放了。

可是，这件事带来了一个小麻烦。

当时，有几位长州浪士潜伏在大坂松屋町的一家年糕粥店内，一天夜里遭到了新选组谷万太郎等人的偷袭，也就是所谓的松屋町骚动。(当时田中显助也在那群浪士之中，因临时有事去了道顿堀从而躲过此难。土佐藩士大利鼎吉被杀，此人取得过无外流证书)

为给这场松屋町骚动善后，数位新选组干部来到了大坂。他们偶然中从奉行所的捕快那里听说了彦六的事。

——一定要拉他入队。

新选组干部们立即做出了这个决定，然后便通过奉行所下达了正式的传唤令，将彦六传唤到了东町奉行所（现在的国际旅馆附近）。

“怎么样？答应我们吧。”众人劝说道。

但是彦六还有着别的考虑，便再三推辞。

这时，一位与彦六年龄相仿，目光锐利的年轻队士走了过来，用非常温和的语气说道：“您看上去应该与我同龄，难得今日我们有缘一聚，还请您答应加入我们，一起为国事鞠躬尽瘁。”

此人一口武州腔调。后来彦六才知道他是新选组局长近藤勇的侄子宫川信吉，当时只是一名普通队士。

话说回来。——

刚好到了约定的时间，阿桂便听到楼下有人声响起。

钉屋的一名伙计登上楼来，走进阿桂所在的内室，说道：“人来了。”

伙计的身后，站着一名男子。

出人意料的是，他身材矮小，嘴巴大，嘴唇薄，给人一种非常能吃的感觉。明明很年轻，但头顶却秃了一块，眉毛稀少，倒是个理财家模样。怎么看都觉得那就是个放高利贷的伙计。

只是，他极少开口说话。

阿桂让钉屋的伙计退下，然后低声把陆奥等人的计划说给彦六听。说完之后，她拔出了放在膝边的短刀。

彦六若不答应，她便会当即以死相逼。如果自己没有赴死的觉悟，又怎能求人去做可能丧命的危险之事呢？阿桂深深明白这个道理。

“您意下如何？”

“加入。”后家鞘答道。

听得此言，阿桂便收刀入鞘。不过彦六这么容易便答应了，反倒使得她不安起来。此人真的有为坂本而死的决心么。

“为慎重起见，我能问一下您与坂本大人之间的渊源吗？”

“见过一面。”

阿桂深感震惊，原来此人与自己一样，都只是和坂本萍水相逢。

“那是在四年前。”

算一算的话，那应该是坂本快要从土佐脱藩之时。他向藩内递交申请说要前往长州切磋剑术。途中行至宇和岛城下，留宿在了旅馆中，大概是为了将来的计划想在此寻求一些同志吧。

不过当时宇和岛藩内并没有人知道他是著名的策士，只知他担任过千叶道场塾头，是个剑术高手。

宇和岛藩的年轻习武之人争相前来拜访，修习田宫流居合道的后家鞘彦六也在其中。

坂本似乎对彦六很感兴趣。

“能把你的佩刀借我一看吗?”

坂本接过后家鞘这把在宇和岛非常知名的佩刀，拔了一下发现很难拔出鞘。好不容易拔出之后，坂本看着刀身“哈哈”地大笑起来，然后把自己的佩刀推到彦六跟前说：“你看看我的。”彦六拔出来一看，便明白了坂本为何发笑。他的刀上，也刻着“土佐锻冶久国”。

“用同样的刀，我们注定成为好兄弟啊！说不定是咱俩上辈子积下的缘分呢!”坂本说道。

后家鞘被这句话打动，第二天夜里又前来拜访。

坂本对他大谈天下局势，后家鞘则随声附和，不知不觉中他便开始讲述自己寄人篱下的辛酸以及与养父之间的矛盾。当然，彦六这个话语不多的人无论是以前还是后来都没有跟任何人发过这样的牢骚。眼前的坂本，让他感觉到一种不可思议的吸引力，令他想要把自己的心里话说给这个真诚而又豪爽的土佐人听。

“家庭之类的，全可抛弃。”坂本劝说道，“甚至连藩国都可抛弃。总有一天会出现一个以京都为中心的新政权。到那时，这个新政权就由天下各地脱藩浪士来守护。”

第二天早上坂本便离开了宇和岛。从此以后两人再未谋面。

没过多久，彦六的妻子安子便死了，他回到了元结掛町的老家。由于他已经成年，估计再也找不到肯收养他的家庭了。再加上他听到邻藩的传言，说坂本已经脱藩，便不管三七二十一也脱藩离开了宇和岛来到大坂。

不过，坂本脱藩之时早已是天下名士，与萨摩长州的诸多志士交往甚密，可以说当今天下就是他活跃的舞台。而彦六却是孑然一身。他唯一的期盼就是找到坂本，但坂本从来都是神龙见首不见尾，彦六根本无从得知他身在何处。浑浑噩噩间彦六便由卖炭伯父家的寄生虫变成了放高利贷的伙计。

“我有一件事想拜托阿桂小姐。”彦六脸色恢复，平静地说道，“我想把头发缠回武士顶髻形状，不知能否劳烦阿桂小姐帮忙。”

“好。”

“就用你的手，让我重生吧。”

阿桂从楼下借来脸盆等物。当她梳洗着彦六的头发时，似乎萌生出一种对男人从未有过的情愫。

“要不帮你把脸也刮一下吧，还有脖颈。让你重生成为一个仪表堂堂的男儿。”阿桂说道。

“那就有劳了。”

男女之情真是妙不可言。之后彦六去了一趟高池屋便回来了，由于打算第二天进京，于是留宿在了钉屋之中。当夜，两人自然而然地缠绵在了一起。

“阿桂。”彦六在被窝里低声说道，“我似乎生平第一次找到了合适的刀鞘。”

对于错过婚期的阿桂来说，彦六也是她的第一个男人。

“阿桂也很开心。”她用京都腔说道。

“我也很开心。无论是宇和岛藩还是收养我的家庭，都不是适合我的刀鞘。但是现在，多亏陆奥先生，我找到了海援队这个好刀鞘。”

“……”

男人这种生物，阿桂真是不能理解。

这天，陆奥等人收到了一条确切情报。

这已是后家鞘彦六来到洛北白川村的第八天——庆应三年十二月七日。

加纳宗七安插在纪州藩邸内的探子回报，今天晚上，三浦会在他经常居住的天满屋内摆设酒宴。

“确定么?”陆奥脸色铁青地说道。

“确定。”

不一会儿，在新选组宅院门口卖年糕的菊屋峰吉奔回来说，新选组第三小队队长斋藤一以及大石锹次郎、蚁道勘吾、中条常八郎、梅户胜之进、前野吾郎、市村第三郎、中村小次郎、宫川信吉、船津谦太郎等十余人出了宅院。

菊屋听到那些人的话语中出现了“纪州”、“三浦”等词，看来他们应该是去与三浦见面，或者是担当三浦的护卫吧。

“错不了。”陆奥点头说。他马上恢复了身为指挥官应有的冷静，下达一道道命令。

“诸位，我们按计划行事。”

动员人数一共十六位。

香川敬三以与田中显助同样的理由退出了。然而，身为商人的加纳宗七却自愿加入进来。

“那就出发吧。”陆奥站起身来。

不过他们并没有直接前往天满屋。白川村到下京路途遥远，因此他们之前便指定下京西洞院御前街的酒馆“河龟”作为前沿阵地。众人为了不引人注意，便分为数批，三三两两出发。

陆奥阳之助、中井庄五郎、后家鞘彦六三人最先抵达“河龟”。彦六此时化名为“宫地彦六”。

他怀抱着那把二尺五寸长的后家鞘大刀，倚着柱子，没过一会儿便意识到这把刀可能会泄露自己的身份，立即神经紧绷起来，牙齿咬得咯咯作响。

但他脸上还保持着微笑。牙齿明明咬得咯咯作响脸上却还在笑，那副表情的彦六真是可以称作丑八怪了。不过彦六本人内心却很高兴。回想起在大坂那孤苦伶仃浑噩虚度的两年，而现在自己已经是这些天下名士们的伙伴了。他第一次尝到了好刀鞘的幸福滋味。

与他相比，十津川乡士中井庄五郎则是端然而坐喝起酒来。他虽然年纪轻轻，却不愧是个职业杀手，沉着冷静。

不一会儿，所有人都陆续赶到了。没有一人临阵脱逃。

陆奥开始进行准备工作。

首先给每人一顶白头巾，便于在乱战中辨认。然后给每人发了四两银子。这钱是身为木材商的加纳宗七所捐，他们计划袭击完成后便四散逃亡，这四两银子就是那时的盘缠。

“战斗分组进行。”为慎重起见，陆奥叮嘱道。

这参照的便是新选组的格斗方法，每两三人一组，不间歇地发动进攻。

之后，众人都是沉默饮酒。

从“河龟”到天满屋的距离不足半丁，道路宽度两间[18]左右，非常狭窄。附近是密集的民房。

九时。兴正寺、本愿寺报时的钟声传了过来。

路上早已没有一个人影。

前去打探的菊屋峰吉回来说：“他们已经开始推杯换盏了，人数增加到了二十四五，而且还唱起歌来，听声音像是新选组的斋藤一。”（也有一种观点认为斋藤一当时唱歌是故意装醉误导对方，新选组早已从都内土佐浪士的动向中觉察到今晚将有袭击）

“很好。”伴随着陆奥这句话，十六人全部站了起来。

他们的部署是：

一组由正门攻入。以陆奥为首，加上中井庄五郎、后家鞘彦六、本川安太郎、松岛和助、竹野虎太、山崎喜都马，共七人。

一组堵住正门通道。是以岩村精一郎为首的六人。

一组堵住后门。是斋原治一郎等余下三人。

共一十六人。

一行人在路上小跑着。

没有一丝月光。不过道路两边有三尺厚的积雪，倒是极好认路。

陆奥手里握着那把唯一的手枪。

（好使么）

他对这把枪的机能感到不安。但是因为只有一颗子弹，所以也没法试射了。这枪如果能成功射击的话威力可不小。枪身由薄钢所制，口径很大。若打到人的胳膊便可把整条手臂都震飞。

众人围在天满屋的门口，担当先锋的两名剑客——后家鞘彦六、中井庄五郎——率先行动起来。

陆奥是指挥，所以并未打头阵，而是站在了彦六等人身后的雪地上。

后家鞘向着格子门走了两步，突然停了下来，回头看向陆奥。

（他害怕了么）陆奥心想。

后家鞘似乎是为了掩饰内心的动摇，开口说道："你看这样如何。我们就用杀害坂本先生的那个刺客所用的招数，先过去递上假名片，然后杀他个猝不及防。"

日后陆奥根据自己当时的心理状态做了一下揣摩，认为后家鞘之所以踌躇了一下，归根结底还是因为身为知识分子，内心深处总有那么一丝一毫的软弱。

不过，那个绰号“狗熊”，出生于十津川大山里的杀手庄五郎则完全不同。他踏上前来，说了句“我先行一步”，便猛地拉开了格子门，钻入屋内。

眼前是一条通道。

后家鞘略显恍惚地跟上了。

没走一会儿便看到了楼梯。三浦的酒席在二楼。中井、后家鞘踮起脚尖登上楼去，然后“哗”地拉开了内室的隔扇。

对方二十余人都震惊地抬起头看着这两个突然出现的入侵者。

中井一身是胆，在新选组队士的警戒下慢慢进入房内，一双眼睛狠狠瞪着一名背靠木柱身穿黑色丝绸短褂的武士，吼道：“你是三浦氏吗？”

被吓到的三浦战战兢兢地站起来，答道：“是。”

中井右膝跪在三浦面前的桌台上，吼道：“拿命来！”“啪”地一声拔刀砍了过去。据说他这一招使的是非常高超的居合道技术。

但是他距离估算有误。

“哇！”三浦一声惨叫。不过这把刀并没有砍到他的头上，只是把他眼睛下方处划开了一点点。

这一刻，中井的人生便走到了终点。站在三浦身边的新选组第三小队队长斋藤一几乎与中井同时拔刀。他这一刀由中井左边脖子进入，一直切到了胸口。

“我完了——”

中井仰面倒下。

就在他倒下的一瞬间，一股大力推着他的后背往上，那一幕简直就像是中井的尸体突然站了起来，使得众人一阵愕然。

就在这个空当，一人以迅雷不及掩耳之势砍向了斋藤一。

正是后家鞘彦六。

这一刀砍在了斋藤一的右护手上，斋藤手中的刀“哐当”落地，却没见他的手出血。原来是套着锁甲。

不过这一刀还是伤到了他的骨头，现场第一高手斋藤一就此战斗力大减，对于陆奥等人来说战斗变得轻松了很多。

左边一人杀向尚且右膝跪地的后家鞘。后家鞘并未躲闪，反手提刀跳将起来，砍向了那人的下巴。

那人“啊”地一声大叫，身体后仰。后家鞘左脚迅速向前逼近，一刀刺入对方的胸膛。

那人摇摇晃晃地倒向侧边断了气。杯子器物被他撞翻一地。

他就是曾经在东町奉行所内对后家鞘说“您看上去和我

同龄”的宫川信吉。不过现场混乱，后家鞘并未注意到。

突然隔扇被人撞翻，海援队士关雄之助（后改名泽村惣之丞）、小野淳辅（坂本龙马的侄子）、竹野虎太等人杀了进来。

与此同时，后家鞘给了三浦的家臣平野藤左卫门致命一击，并回身一刀砍在新选组队士梅户胜之进的左腿上，伤口深可见骨。

不过，对于新选组来说，这种场面简直就是家常便饭，他们立即吹灭了所有灯烛，然后一人吼道：“我杀掉三浦啦!”

陆奥方面的志士一下子就上了当，高喊着“撤退!”纷纷奔下了楼梯。

随后新选组的船津谦太郎立即追下楼来，看到身材高大动作迟缓的陆奥还在那里。

突然，陆奥扣响了扳机。

一声震耳欲聋的巨响，捏着手枪的陆奥被反作用力推得跌倒在地。而船津肩膀中枪，倒在陆奥身边翻滚。

陆奥跳起身来，跑到外面便喊：“撤退!”

所有人在雪地上四面散开，各自潜逃。

关于这场天满屋骚动的双方伤亡，现在有各种各样的说法，并没有一个明确数字。

不过可以确定的是双方皆有一人死亡。新选组方面死的是宫川信吉，海陆两援队方面死的是中井庄五郎。而三浦休太郎则是身负重伤，但好歹命保住了。

事件发生后，陆奥一路向北，奔到相国寺门前的萨摩藩邸。他敲门喊道："请开门。我是海援队陆奥阳之助。刚替队长坂本复仇，投奔至此。"

藩邸内的人并不认识陆奥，不过听到这句话便打开了门。看来萨摩藩也有很多人对坂本的死深表同情。

进入门内的陆奥松了一口气，发现后家鞘正站在他身后。

"你跟过来了啊。"

"正是。在下不像各位那样都有投奔之处。还请您收留。"

对他而言，以前因为没能跟在坂本身边而随波逐流无处安身，现在无论如何也不会离开陆奥了。

他的运气非常好。

事件两日之后的庆应三年十二月九日，朝廷便颁发了维新大号令，一个月之后展开了鸟羽伏见之战[19]。

鸟羽伏见之战中，后家鞘迅速赶往江州大津，与当地的大米批发商们取得联系，确保了新政府军的粮食供应。因此功绩，他声名远播，甚至传到了故土宇和岛藩。宇和岛赦免了他的脱藩之罪，藩主伊达宗城更是亲自召见他，对他大为赞赏地说道：“为了维新大业，你多年辛劳，精神可嘉。宇和岛能出你这样的功臣，实乃我藩大幸。”

因为维新两天之前的那短短一场苦战，改名土居通夫的后家鞘被新政府提拔为外国事务局御用员工，之后更接连担任大坂府权知事[20]、兵库裁判所长。后来他辞官从商，于明治二十六年成为大坂商工会议所会长。

据说担任大坂府权知事时，有一次他的马车偶然经过放高利贷的高池屋附近，街坊们指手画脚地议论道“好像啊”。当他们得知此人就是数年前那位高池屋伙计时，无不感叹他的人生际遇。

人的命数，真是无法预测啊。

注释：

【1】宗十郎头巾：江户时代的一种男用头巾，由泽村宗十郎设计而得名。

【2】海援队：幕末时期土佐脱藩浪士坂本龙马组建的组织，集海军建设、经济贸易、运输、开采、教育等政治经济活动于一身，并为萨摩藩等倒幕派提供资金援助。

【3】塾头：私塾内学生的领队，班长。

【4】陆援队：中冈与坂本合议建立的武力讨幕浪士团。

【5】御陵卫士：孝明天皇御所的守卫。伊东甲子太郎与新选组意见不合，退出新选组后召集其他离队人员组建而成。

【6】副长助勤：新选组内职位。地位仅次于局长、副长。

【7】丁：日本旧时长度单位，约等于109米。

【8】萨长联合：1866年，幕府对攘夷派长州藩发动第二次进攻，萨摩藩受命出征。后来在坂本龙马的斡旋之下，萨摩藩与长州藩结成秘密联盟，共同对抗幕府。此次联盟彻底改变了日本的局势。

【9】公事宿：提供给因公事诉讼或官司而来的外地人居住的旅馆。

【10】四国：日本地区名。包括现在的德岛县、香川县、爱媛县、高知县。

【11】藏役人：看管大米及财物的出纳。

【12】御船手组：在使节或藩主所乘的船上担当警卫的组织。

【13】巫女：在神社中服务，从事奏乐、祈福、请神等事务的未婚女子。

【14】南组：地名。

【15】大政奉还：1867年10月，江户幕府第十五代将军

德川庆喜将政权奉还给天皇，结束了持续260多年的江户幕府统治。

【16】日清战争：中日甲午战争。

【17】船场：地名。

【18】间：日本旧时长度单位，一间约等于1.8米。

【19】鸟羽伏见之战：1868年1月27—30日，支持明治天皇的新政府军和德川幕府军队在鸟羽、伏见展开激战，最终以新政府军的全胜告终。

【20】权知事：明治政府体制下的官职。大阪府权知事即为大阪最高首长。

猿十字路口的血斗

一

“今天，那位贵客便会到来。”

所有人因此从大清早便开始忙里忙外，为了迎接客人做着各种准备工作，按照京都风俗在铺路石上洒水，中庭内的一间八叠[1]的房间里早已点上了线香。

此处是釜师藤兵卫位于东山的宅院。

宅院在京都大佛后面。话说中庭内还栽有一株据称能防火的公孙树幼苗，树叶尚未完全转黄。

此时是文久二年九月。

京都之中每天都有尊王攘夷浪士杀手猖獗横行，所司代的警力形同虚设。(新选组于第二年才成立，所以当时京都的治安可谓差至极点)

这一天午后下了一阵太阳雨，快到六点才停止。此时，一位身穿行装的大汉警惕着四周溜进院内，他的佩刀长得可怕。

这位武士只说了句“我来自会津”，主人藤兵卫便把他带入了那八叠的房间。他就是这家人恭候多时的贵客。

“在下收到了会津家老[2]大人的书信。”藤兵卫跪伏在地说道，“所交代之事在下已经明白。这间宅院平时只有极少人居住，请您随意使用。”

武士只是稍微颔首。

之后，藤兵卫的那位居住于此的叔母小里在隔壁房间对着武士请安，随后进来上茶。虽是叔母，其实小里却比藤兵卫还小了十岁。此时她的内心十分震撼。

（这就是会津大人松平容保特地派来京都的密探么）

这位名叫大庭恭平的会津藩士与“密探”二字完全不搭调。樱色皮肤，看起来像三十多岁，眉毛粗大。胡须虽然没有从脸颊一直连到下巴，但也长得十分茂密。

可以说长得像个豪杰吧。但是，不搭调。这长相不适合当密探。他还有一处不搭调的地方，那就是会津口音。为何会让一个这么显眼的人来当密探呢？

“妾身名叫小里。”她说道，“家主藤兵卫及家中其他人平常住在位于二条高仓的家里，而这间宅院便交由妾身打理。如果妾身给您添造了任何麻烦，还请不要客气尽管呵斥。”

“本人身为一个乡巴佬，尚未适应京都的生活。”大庭仅仅回了这么一句后便弯下身来行礼。随着他弯腰，那巨大的身躯似乎在咯咯作响。

不仅仅是他不适应京都生活，就连他的主公——今年年末便会领江户幕府之令前来京都管理治安的松平容保——也是如此。会津藩兵全是如此。

他们就如同出生在奥羽[3]的荒夷[4]。德川家的亲藩之中，领俸二十三万石的会津藩的铮铮铁骨当属第一。

这样的会津武士团，便将于今年年末来到京都。

而原因则是如下所述——

今年伊始，从各地窜入京都的浪士数量显著增加，他们以萨摩、长州、土佐三藩设于京都的藩邸为落脚点，在都内四处出没，喊着“天诛”的口号大肆刺杀亲幕派的公家武士、学者、辩论家。在这混乱的状况下，以所司代的警备能力已完全无法维持治安。

焦头烂额的幕府决定新设一个职位——京都守护职，并在此职位下配置强大警力。幕府打算让会津藩担负此任，便与其藩主松平容保进行交涉。起初，容保断然拒绝了。

据说他认为“如此一来，我将背负逆贼恶名遗臭万年”。

不过与他进行交涉的现任幕府总裁与前任井伊直弼之流截然不同。此人是声名远扬、在京都都享有盛誉的松平庆永（春岳）。

春岳特意拜访容保在江户的宅院，对他说道："守护天子所在的京师之治安，便是武家尊王的最佳方式。"

容保已经没有任何理由拒绝了。

不过，据说容保首肯之后，会津全藩上下都沉浸在悲痛之中。因为接受幕府的这种任命，就意味着要镇压尊王派。稍有不慎，便会与那些浪士，甚至是萨摩、长州、土佐三藩在京都爆发血战。

最后还是决定受命的容保吟唱了这样一首诗：去则忧也，不去亦愁，进退两难，不知所措。三位家老走上前来说道："此次会津君臣都将葬身京都。"

但是，会津人并不了解京都。数年后容保辞任之时也提到"我藩地处东北偏僻之处，家臣至今不懂上园（京都）习俗"。（不过对于京都人来说，大量东北兵士进京也是南北朝[5]时期镇守府将军北畠显家以来首次）

容保命令家老田中土佐设立京都侦察团（野村左兵卫、小室金吾、外岛机兵卫、柴太一郎、柿泽勇纪、宗像直太郎、大庭恭平），让他们作为先遣部队先行进入京都了解局势。侦察团尚在建立之时容保便单独召见了大庭恭平，对他说道："你装作激进派，使用化名，前去与浪士们交往，掌握他们的动向。"并让大庭独自打头阵前往京都。

会津兵士进驻京都一事，竟谨慎周密到了这种地步。而大庭的落脚之处也是经过了慎之又慎的挑选。釜师藤兵卫的亡父曾是会津藩的司茶者，而藤兵卫如今依旧与藩内保持着紧密联系，所以才会被选中。

“二位。”大庭对藤兵卫以及小里说道，“不要告诉任何人我是会津藩士。有人问起的话，就说我是御府内[6]浪士一色鲇藏。”

“告诉别人您是江户人么？”

“嗯。幸好我以前在江户修习过剑术，所以说话没有会津口音。”

“诶……”

他的会津口音简直浓重到藤兵卫他俩一句都听不懂。还真是个乐天派，大庭自以为他的江户口音相当标准呢。

（人还是挺不错的）

此时小里倒是对这个大个子产生了兴趣。

当夜，大庭便开始了在这间宅院内的生活。

他似乎忙得不可开交。每天都会出门，直至深夜才回来。有时候甚至连续几日不归。

有一天夜里，小里帮大庭叠裤裙时，发现有血迹从下摆边缘的丝绸上一直蔓延到上边。她震惊得睁大眼睛说道：“这是，血！”

随后她找到大庭，装作一脸迷茫的样子问道：“这是血吗?”似乎演技倒是不错。

“经过木屋町的暗处时，一只恶犬对我狂吠，我便宰了它。京都人都很和善，只不过狗很凶狠。当然，凶狠的不仅仅只有狗。”

“除了狗之外。你是说九州浪人吗?”

“嗯。”大庭咬牙切齿地说道，“对于那些家伙，小里夫人你怎么看？对他们有好感吗?”

“这个嘛。”小里陷入了沉思。

那些整天喊着“天诛”的猖獗浪人确实很令人生厌。

不过京都人的感情都很复杂细腻。正因为那些浪士群体的行动，使得京都如今地位堪比江户，很多大名[7]都聚集而来，都内也日渐繁华。

“我不知道。”

大庭紧紧地盯着垂下头来的小里，说道：“因为小里夫人也是京都人嘛。总之，我们会津人无法接受这个。我想即使是我们主公驾临，也会与此地水火不容吧。”

“哪里哪里。会津中将大人将在近期驾临京都担任守护职的传言早已在坊间传得沸沸扬扬啦，很多人都在翘首以盼呢。”

这倒是事实。会津中将要来京都的消息已经让浪士们战栗不已。

不管怎么说，会津都是东边的雄藩，而藩兵以长沼流军术[8]操练，个个都武艺高强。此藩杀伐果断的风格获得了极高的评价。

——如此雄藩，竟然要来驻扎于王城之中，到底是何居心？

公卿们心急如焚，甚至有不少人已经开始大张旗鼓地反对了。

金秋十月。

一色黏藏的名字，已经在京都浪士间传播开来。

——此人武艺高超，而且也是激进派：（当然是伪装的）。他一来到京都，便接连斩杀数名意志不坚的浪人，具体为：在下河原斩杀一人，在三本木斩杀一人，在四条鸭川堤斩杀一人，真是了不起的战绩。最近他已经开始出入位于河原町的长州藩邸和土佐藩邸了。

“一色黏藏之名，以前倒是从未耳闻，他是个什么样的人？”

问这话的，是居住在锦小路萨摩藩邸内的萨摩激进派田中新兵卫。此人与土佐的冈田以藏、肥后的河上彦斋齐名，是幕末时期著名的杀手。

他似乎对这个鲇藏很感兴趣，亲自前往河原町的土佐藩邸找到友人岛村卫吉（镜心明智流[9]的高手。文久三年土佐藩镇压勤王党[10]时死于狱中）打听此人。

“我也不太清楚。不过他在一些小地方来的脱藩浪士之间很有人气。”

然后，岛村讲了一件这位神秘东北人刚开始结交浪士时的趣事。

佛光寺的后面，有一家叫做“雁金”的客栈。

有一天，这家客栈的屋檐下挂上了一块写有“会津藩临时住所”的牌子。

这是比大庭恭平稍微晚点来到京都的家老田中土佐等侦察团员的住处。他们与大庭的任务不同，所以并未隐瞒身份。

挂上牌子那天早晨，有几位路过的浪士盯着那几个字读道“快津藩临时住所”。（当时很多四处流窜的浪士都不学无术，只有这点文化程度）

“快津是什么藩？怎么没听说过啊。”

住在附近的一些老百姓看到这一幕，告诉他们说：“这读作会津。”浪士们立马脸色大变，说道：“这就是据说要来担任守护职的会津吗？为了知道他们的本意，我们必须进去找他们议论一番。”

他们喊来十几名同志，气势汹汹地闯进去要求会面。

当然，家老田中为了了解尊王攘夷浪士，也很想见他们一面，便把他们喊入内室一间二十叠的房间里。

浪士们争相发言，质问会津到底属于开国佐幕派还是尊王攘夷派。不过，那些会津人都像闷葫芦一般，一言不发。因为藩主曾告诫他们不要向任何人表明立场。

当然，一直闷不作声是说不过去的。于是田中土佐故意用浓重的会津口音说道：“我藩地处偏僻，并不知晓舆论详情。在此我想讨教一下各位的高见。”

他重复了很多遍，可浪士们一直都一脸茫然的样子，似乎根本没听懂。

“你到底说的啥？”

备前[11]浪士野吕久左卫门已经沉不住气了。他松开佩刀的刀鞘口，不停地弹着刀柄，一副威胁的架势。

“你这厮太失礼了吧。”呵斥他的是会津藩内知名的躁脾气小室金吾。

这句话一下子令现场炸开了锅。

野吕拎着自己的大刀跳起来喊道：“有种你出来！”

“谁怕谁！”随着金吾也跳起来，会津方面所有人站立而起。而那些浪士们也都抽刀出鞘。

外面有个人似乎就是在等着这一幕发生，此时他“哗”地拉开门扇进来说道：“大家都冷静一下。”正是大庭恭平。当然这全是会津藩事先安排好的一场戏。

他左手提着一把铁制刀鞘的大刀，开口说道：“鄙人是奥州白河藩的脱藩浪人一色鲇藏，碰巧住在这间客栈。这场闹剧就交给鄙人处理吧。”

众浪士被他的气势所压倒，纷纷后退。

“你是会津人吧。”

“刚才已经说过，鄙人是奥州白河浪人。”大庭冷静地答道。

“鄙人和各位一样心忧天下，为了来京都参与讨幕大业而脱藩至此。总之各位先坐下吧，大家的目的不都是为了共商天下大事么?”

稳定下所有人后，大庭便开始慷慨激昂地痛陈时事。他的话令浪士们全都折服不已。随后所有人都坐了下来各抒己见，议论渐渐步入正轨。

随后议论到皇女和宫下嫁【12】之事，使得京都浪士义愤填膺时，大庭猛地一拍地面，说道：“三奸【13】当斩，两嫔【14】当屠。”

他接着说道：“德川家族是史上最大的乱臣贼子，为实行攘夷大计，必须先打倒德川幕府。”

隶属于德川家族直系的会津藩众人虽知他只是在演戏，却仍被他的话惊得面色苍白。

“他就是这样的一个男人。”岛村卫吉说道。

“原来如此。真是有雄辩之才。”田中新兵卫开心地跳起来说道。他的性格很纯真。当时有志士评价他“新兵卫生性淡泊，内心常怀感激之情”。而常怀感激之情的他对待政敌则是毫不手软。

新兵卫经过岛村介绍，在河原町土佐藩邸内与化名一色鲇藏的大庭恭平见面，是在文久二年十月中旬。

新兵卫似乎很欣赏大庭，他捏着大庭的肩膀说道：“你的气概简直与我一模一样，咱俩一起工作吧。”

所谓的工作，是指天诛。新兵卫认为他们两人联手的话，定能杀光京都奸贼。这就是他效忠朝廷的方式。

当天，他俩结伴前往木屋町三条的“丹虎”酒馆（土佐勤王党领袖武市半平太曾潜伏于这家酒馆内指挥着刺客团。他居住过的茶室被保存至今）痛饮，出来时天色已晚，而且正在下雨。

“接下来，去找女人吧！”新兵卫的意思是去先斗町[15]。然后他脸色猥琐地问大庭：“兄弟，搂过京都女人吗？”

“诶？”

大庭没听懂。新兵卫重复了一次之后，他才恍然大悟：

“啊，明白了，京都女人。”

突然，他的脑海中浮现出了小里的面容。无论他回得多么晚，小里都会穿戴整齐、怀抱香囊、略施粉黛地在京都大佛后面的那间宅院里等着。她就如同一杯清茶，端庄典雅，沁人心脾。

“但是我。”大庭干脆地说，“我不搂女人。”

“这怎么行。”新兵卫一脸严肃地说道，“想要了解王城，最快捷的方式就是与京都女人睡觉。睡之，知之，这两者是合二为一的。睡过京都女人后，你连公卿的心思都能读懂。而且，你是奥州人，我是萨摩人，在京都多少有点胆怯怕生。只要和京都女人睡过一次，这丝胆怯便会烟消云散了。”

“真的吗？”大庭漫不经心地说道。雨越下越大。进入先斗町的小巷后，他发现路两边有成排的灯笼，可以照到很远。

“想要了解女人的话。”新兵卫一边说一边斜身跳到附近的屋檐下躲雨。不过他并没有停下脚步，而是不断地从一个屋檐下跳到另一个屋檐下。他的身体真是灵活，一边跳还一边大声说道：“和杀人是一样的，杀过一次就能明白了。”

（啊）

大庭突然停下脚步凝视着前方。

眼前有个灯笼上写着“吉野屋”。

他之所以停下来，是因为看到那吉野屋的格子门突然被拉开了。

屋内走出一位四十多岁身材高大的武士，诸大夫式的发型，身穿黑绸双层短褂，短褂上印着的圆圈中间有一个“丁”字形状的家徽，下身穿的是仙台平[16]裤裙。其他的身体特征倒是因为天黑而看不清，不过可以看到他大小两把佩刀都是黑鞘，银制刀柄。不管怎么看此人都不像是个泛泛之辈。

当田中新兵卫兴高采烈地喊着“杀过一次就能明白了”，同时跳到吉野屋的屋檐下时，正好与这位开门而出的武士撞了个满怀。

武士似乎大吃一惊。在这个年代，碰到这种事，任谁都会认为是刺客吧。田中新兵卫那奇妙的命运，便是从此时拉开帷幕。

那武士看上去身手了得，就在新兵卫撞来之时，他拉起佩刀，拿刀柄捅在新兵卫胸口一推，将其推倒在雨中，随后高喊一声“莽夫”，拔刀砍了过来。

他这一刀蕴含着令人恐惧的力道。新兵卫在地上滚了几圈避开，喊道：“我并非有意冒犯，这是个误会。”不过他的萨摩口音太重，对方根本没听懂。

那武士也是十分拼命，随后便以疾风迅雷之势砍下了第二刀，划破了新兵卫的裤裙。新兵卫在地上打滚的同时拔刀出鞘，并再次开口道："稍等一下，至少报上名号吧。我是萨摩藩的田中新兵卫。"

"……"

武士面色一怔，听到萨摩藩田中新兵卫这几个字后，变得没有起初那般狂躁了。

"去死吧！"他突然高喊一声，一刀刺了过来，这是威力十分惊人的一击。新兵卫急速转身，提起他那把刀铭[17]为萨摩锻冶和泉守忠重的两尺三寸大刀来格挡，不过他没能彻底挡下这一击，那武士的刀尖刺入他的肩膀一寸有余。这是新兵卫头一次失手。

那武士还打算再来一击，这时大庭恭平的身影终于动了。他拔出佩刀，单手持刀闪身出现在那武士面前，用浓重的会津口音说道："请稍等。"

"你和他是一伙的吗？"

"你误会了，把刀收起来吧。"

大庭简短地解释了一下具体情况，那武士也不知道听明白没有就转身离开，消失在夜雨之中。估计是看对方人数占优，担心寡不敌众吧。

随后大庭二人进入吉野屋内打听那位武士的消息，得知他是少将姊小路公知聘请的一刀流剑客，丹波[18]人，名叫吉村右京。

（姊小路少将？）

大庭和新兵卫皆是大吃一惊。

姊小路与中纳言三条实美并称激进派公卿双璧，身边聚集着很多尊王攘夷浪士。他年龄不过才二十九岁，却在朝廷内独掌大权。也就是说，很容易被志士们煽动。对于田中新兵卫等人来说，姊小路是如同神轿[19]一般难得的公卿。而那位吉村右京，正是他的护卫。看来，今晚之事说不定会使姊小路与攘夷浪士之间产生裂痕。

“田中君，这事儿可不得了了。”大庭说道。而新兵卫则呆坐在雨中。

大庭继续说道：“事情已经发生，没有办法改变了。咱们还是回到木屋町的丹虎继续喝酒吧。你的伤口也得处理一下。”

“无妨。”

新兵卫突然反握佩刀，刺向自己的肚子。大庭立马跳起，用手捏住刀刃。

“不要寻短见。”

“你放开！在公卿所雇的剑客面前，身为萨摩藩士的我像狗一样滚来滚去，还与他过了三招，我哪有颜面再回藩邸？”

两人纠缠之时，碰巧一位抬着空轿的轿夫路过此地。大庭把新兵卫硬塞进去，让轿夫把他送到萨摩藩邸，随后便离开了。之后新兵卫要死要活他并不关心。

第二天夜里，大庭恭平偷偷进入了佛光寺后面的会津藩住处，将此事禀告给了家老田中土佐。

“哈，这真是这真是。”田中土佐双眼放光地说道，“真是好消息啊。如果这件事闹大的话，萨摩藩在朝廷内的影响力一定会大大削弱。你说是吧。”

“确实如此。”大庭也是这样认为的。现在萨摩、长州、土佐三藩都在支持与自身关系密切的公卿，京都内简直就是在慢慢形成一种冒牌政权，放任不管的话总有一天会变成江户政权（幕府）的毒瘤，这对于身为幕府探题[20]的会津藩来说会是个大麻烦。

“大庭，干得漂亮！恐怕就在这两天之内姊小路家便会对萨摩藩邸提出严正抗议吧。而且姊小路少将是长州藩的傀儡，这样一来，长州与萨摩的关系也会恶化。”

随后田中交待手下速速将这个好消息上报给还在江户的主公。

“今后我该如何行动？”大庭问道。

“这也得看主公的意思。”

大庭恭平回到了京都大佛后面的那间宅院内。

连续数天他都在探查市内情形，但没有任何迹象表明田中土佐所预测之事正在发生。恐怕吉村右京根本就没有将那件事报告给姉小路少将吧。

“到底姉小路少将是个怎样的人？”大庭问小里。

“是说黑豆吗？”

据说姉小路有着这一绰号。同样身为过激派公卿的中纳言三条实美被称为“白豆”，而姉小路因为肤色黝黑所以被称为“黑豆”。不仅仅是说话不留情的京都人会使用这种绰号，就连长州藩士也都把这绰号当做暗号使用。

——下次朝议时让白豆这么说，让黑豆那样说。

姉小路倒不像是个公卿。他从小就爱好武艺，也练过剑术。至于技艺如何就无人知晓了。

“他的家臣吉村右京是个怎样的人？”

“吉村？”小里并不知道这号人物。不过，几天之后，小里问了问她的一位在公卿家中做事的亲戚，或多或少得到了一些信息。

“吉村是姉小路家的杂掌。”

相当于武家氏族内的执事。

最近公卿们的腰包都鼓了起来，便以这种名义雇佣守卫剑士。而吉村原是丹波的乡士。他就像哑巴一样寡言少语，除了主人姉小路少将之外不对任何人开口，也不与任何人来往。

至于所修剑术是什么流派，技艺有多么高超，小里说道："我那亲戚也不知道。"

（但是那人很厉害）

大庭恭平亲眼所见，在先斗町的那夜，杀手新兵卫被他弄得那般狼狈。他绝不是一个寻常剑客。

"他剑术应该极为高超。"

"虽是如此，不过根据坊间传闻，少将的带刀侍卫更厉害。"

"带刀侍卫？"

"嗯，名叫金轮勇。"

"少将还雇佣了他吗？"

现在公卿们因为萨摩、长州、土佐争相送钱而富得流油。回想起几年前甚至有公卿挨家挨户地帮人制纸牌赚钱糊口，如今的时势简直就像做梦一样。[21]

金轮勇是绰号"仁王"的大个子，与吉村右京几乎同时被姊小路雇佣为守卫剑士。姊小路无论去哪里都会带上杂掌吉村右京和带刀侍卫金轮勇。

㊂

不久，一名信使从江户赶到京都给田中土佐呈上家老横山主税的亲笔信，上书“姊小路一事，甚好。大庭恭平再接再厉”。仅此一句。

完全不知所云。

大庭考虑了一整晚，再次找到田中土佐说：“其实我有一计。”

“请先叫旁人退下。”他继续说道。

“嗯。”田中土佐立刻遣散旁人，问，“什么计划？”

“如此这般。”

大庭的计划如果实施的话，定将在京都政界引起惊天动地的大混乱，萨摩、长州的宫廷势力会被迅速削弱，对到时进驻京都的会津藩来说局势会十分有利。

他的计划是——暗杀姊小路。

杀掉姊小路的话（最好能连同中纳言三条实美一起杀掉），操纵此二人的长州藩必将失势。如果再动点手脚，让这位长州系公卿看起来死于萨摩藩士之手，萨长两藩那原本就不算和睦的关系必将出现致命的裂痕，同时萨摩藩会遭到所有公卿的一致排斥，其影响力将一落千丈。

“这是个一箭三雕的妙计。”

“嗯，速速向上级禀报吧。”田中土佐派出了加急信使。

没几天回信就到了，上面写道“恭候主公进京”。于是大庭只好等待了。

——文久二年十二月九日，松平容保率领会津藩兵从江户和田仓门内的藩邸启程，同月二十四日巳时抵达京都。队列绵延一里之长，行装整然，一看便知与其他诸侯的军队截然不同。

大庭恭平混在围观群众中默默迎接队列的到来。幕府亲藩中最强的会津藩前来维护京都治安，京都百姓欢呼雀跃。有人作了这样一首童谣：

会津强藩，肥后[22]大人。千里迢迢，京都守护。

皇宫繁昌，公卿安心。百姓欢腾，拍手称快。

当天便在大街小巷的澡堂间传唱开来。

当夜，大庭回到大佛后的那间宅院，让小里买来一些酒，一人独饮。

“酒还合您的口味吧？”喜欢上会津藩的小里关切地问道。不过恭平并未答话，似乎在思考别的事情。

“您怎么了？”

“没事。”

恭平一口喝完杯中已经凉了的酒，让小里再盛满一杯。

平时喝两合[23]就上头的他今天喝了七八壶，都没有一点醉意。

“猿十字路口。”他喃喃道。突然他猛地抬头盯着小里问道：“刚才我说什么了吗？”

小里举起酒壶。

（猿十字路口？为何说这个？）

这个路口京都人都知道。是在皇宫朔平门外，大白天都没多少人经过。路口附近有很多下级公卿的宅院。

“您说了猿十字路口。”

“我说了吗？”

“嗯。”

小里静静地看着大庭。大庭避开她的目光说道：“我今天去了蹴上[24]迎接肥后太守大人的队列，随后去皇宫边转了转。结果偶然碰见了从宫内出来的姉小路少将，就是在猿十字路口那儿。”

“那位公卿的家就是在那附近。那儿很空旷吧。”

“是啊。”

大庭恭平又陷入了沉思。猿十字路口那里有一条环绕皇宫外墙的下水道。他看到这条下水道后，突然心生一计。

当然，以前的大庭认为暗杀姉小路难如登天，直到他发现这条下水道。如果埋伏在这条下水道里面，要刺杀由朔平门出宫的公卿简直易如反掌。这条下水道将决定会津藩在京都的政治地位。

接下来便是看藩主会不会采纳这个计划。

㊃

袭击需要人手。

幸好，每天都有不计其数的尊王攘夷浪士涌入京都。他们大多都是小藩乡士出身，想要来京都成就一番事业的话，就得依附于萨长土三藩。如果在这三藩里没有熟人，便会沦落为流浪汉。

大庭通过曾在佛光寺后的会津先遣队住处引起骚乱的备前浪人野吕久左卫门，联系到了那群浪士，并将他们召集到一起。

“为何召我们前来？”

“这还用问？”大庭答道，“我们都是小藩出身。如果哪天萨长土起义了，我们这群散兵游勇想要参战都难。要是我们能事先组织好所有小藩志士，平时秘密保持联络，等到萨长土起义之时，我们也能作为一支生力军参战。”

“原来如此，真是妙计啊。”

这群浪士聚集于木屋町三条“丹虎”酒馆内，是在文久三年二月。

这里面还算有点名气的只有江户的浪士兼国学者诸冈节斋，其他的都是无名之辈。（非要把名字列出来的话，那就是伊予的三轮田纲一郎、下总[25]的宫和田勇太郎、信州的高松赵之助、因州的仙石佐多男以及石川一、陆奥的长泽真古登、下总的青柳健之助、京都平民长尾郁三郎以及小室利喜藏、江州的中岛永吉等等。这些人后来都是自杀、被杀或死于狱中。大正年间被追授官位）

大庭恭平成功地结成了小藩党。不过席间发生了一件意想不到的事。信州人高松赵之助说道："为给我们的结盟助兴，不如来一场震惊京都的天诛吧。"

他的提案非常奇特，不是去刺杀活人，而是去砍掉供奉在洛北等持院内的足利[26]三代将军（尊氏、义诠、义满）木像的头，弃于三条河岸示众。

所有人拍手赞成，情绪昂奋，大庭拦都拦不住。

（那就只好将计就计了）

大庭率先充当起此次"斩奸"计划的指挥者，于两天后的二十三号与十几人一起袭击了洛北等持院，砍下木像的头抛于三条河岸示众。当夜，他又偷偷溜进位于黑谷的会津藩阵地，上报了这件事。

家老横山主税、田中土佐深感此事意义重大。虽然砍的是木像，但是由高松赵之助起草，贴在三条大桥告示栏上的斩奸文中影射德川将军家也是同罪逆贼。

“不可坐视不理。”松平容保断然命令检举此事。二十六日，会津藩兵大举涌入市内，将那些浪士中的绝大部分捕于家中（因州浪士仙石佐多男在捕吏面前自尽）。这是京都守护职对浪士展开的第一次镇压。数月后，守护职配下的新选组成立，京都成为绞杀浪士的修罗场。

后来松平容保特意召见身为徒士[27]的大庭恭平，称赞他“干得漂亮”。但是对于大庭来说，这次告密的结果简直大出所料。他组织起来想要暗杀姉小路的浪士团就这样被一网打尽了。

而且，容保还说：“虽然我于心不忍，但你也是同罪。”

如果不逮捕化名一色鲇藏的大庭恭平，那么他的密探身份就会暴露。

因此，大庭与诸冈节斋一起被押至信州上田松平家由家臣看管，就此远离了京都。

不过没多久他便逃离了上田，回到京都潜伏于大佛后面釜师藤兵卫的那间宅院之中。当然，事先获得了容保的允许。

——刺杀姉小路。

这已经成为了大庭想要效忠主公的执着信念。如果说男人活着就是为了奉公的话，那么对于出身平凡的大庭来说，再也没有哪件壮举堪比刺杀朝廷第一掌权者更能在京都政界引起惊涛骇浪了。

他已经做好了赴死的思想准备。

回到京都不久，他便去了一趟木屋町三条的“丹虎”，没想到木像事件的几名残党正在其中饮酒。他们对一色鲇藏的大胆脱逃感到狂喜不已，后来还在诸藩志士面前大夸特夸他的英勇事迹，说他“当时腰间还有被捆绑过的痕迹呢”。

那天，大庭从这些人口中得知了一个有关姊小路少将的奇怪传言。

——少将倒戈支持公武合体（佐幕）论了。

“这，这是真的吗？”

据说当时大庭异常兴奋，一巴掌拍入身边的砚台内，拍得墨汁四下飞溅。

“现在我正在调查这个传言的真假，姊小路似乎是被胜海舟（当时担任摄津[28]神户村内幕府海军操练所的长官）的花言巧语所蛊惑。”

姊小路在大庭回到京都之前的文久三年四月，因公务前往摄津。胜海舟接待了他，并将他带到停靠在兵库港的幕府军舰顺动丸上参观。

胜海舟有他自己的算盘。这个年轻公卿被那些无谋尊攘家摆布，天天高喊着反对开国，打跑蛮夷等口号主导朝廷论调。胜海舟想用铁一般的事实打醒他。

姊小路应胜海舟之邀搭乘顺动丸参观。驶过纪淡海峡时海上起了风浪，姊小路晕船严重，参观舰炮操作的计划也被迫取消。

——殿下，“蛮夷”们可不会晕船。而且这样的军舰他们要多少有多少。

以此震慑了姊小路之后，胜海舟还把美国塞巴斯托波尔[29]的作战图以及一本叫做《撒兵答知机》的兵书等物作为礼物送给了他。

据说姊小路回到京都后不久，便每天在朝堂上如同妇女惊醒后讲述刚做的噩梦一般，对众人讲述着洋式军舰的可怕威力。

由此便出现了他已转为开国论者的传言。当时世间普遍把开国论者称为佐幕派，锁国论者称为尊王派。（当时的孝明天皇近乎神经质般地恐惧外国）

大庭恭平立即前去拜访租住在东洞院蛸药师东侧的田中新兵卫，告诉了他这个消息。

“田中君，此事能坐视不理吗?”大庭敲着刀柄说道。

要是平时的新兵卫，一定会抓着佩刀站立而起，吼道：“干了他!”但是不知为何，此时的他就如同一个刚淘气完的少年，情绪低沉，似乎根本没有把大庭的话听进去。

当时的新兵卫为何会情绪消沉，直到如今依然是个谜。有人说是因为他在祇园找到了一个女相好。也有人说是因为在之前的正月二十八日，他和一些同志一起袭击了下立卖千本[30]东入口处的贺川肇（亲幕派公卿千种有文家的杂掌）家。贺川的儿子弁之丞（十一岁）当时大哭大喊，而新兵卫则在他的眼前砍下了他父亲的脑袋。从此以后新兵卫便郁郁寡欢。也许两个原因兼而有之吧。

“一色君，你也是武士，就不必多问了吧。”

大庭把不情不愿的新兵卫强拉至木屋町的“丹虎”。“丹虎”的侍女阿游（土佐脱藩浪士吉村寅太郎的恋人）劝说道：“情绪低沉之时就该借酒浇愁。”新兵卫喝得酩酊大醉。

之后他们打算去三条绳手[31]外鸭川河边的“小川亭”再喝一顿。走过大桥时新兵卫说道：“一色君。”

大庭立即接道：“不必说了，我明白。”

“明白什么?”

“你怕了。去年秋天，你在先斗町的妓楼前面失手，从此惧怕姊小路公卿家的杂掌吉村右京吧。”

“你说什么?!”新兵卫用力甩开木屐，拔出了那把两尺三寸的和泉守忠重。

大庭也立即跳开，拔出自己那两尺七寸的大刀，摆出上段姿势。他一点没醉。

本来应该是烂醉如泥的新兵卫却立即摆出萨摩风格的八双架势[32]，刀尖指天，迈开双脚踏着坚实的步伐逐步逼近大庭。只不过，他的呼吸十分急促。

（我能赢）大庭心想。他计算着新兵卫的粗重呼吸。呼，突然新兵卫屏住呼吸，一刀砍了过来。大庭迅速往下挥刀，刀锋砍在新兵卫的护手上。

新兵卫的刀脱手飞出，落到了暗处。与此同时，大庭低着身子往东跑了。

他的手中，提着新兵卫的爱刀。

第二天，大庭将木像事件的六名残党召集于大佛后的宅院内，说道："各位，黑豆（姊小路公卿）已经开始软化，他的莫逆之交白豆（三条公卿）必将受其影响。此时我们应当杀掉二卿，刹住宫廷惰气。"

"好。"

这群家伙，根本不会思考，只会意气用事一心追求功名。他们马上开始准备工作，收集宫廷情报，得知后天的五月二十日有一场朝议。参照最近的例子，朝议应该会持续很长时间。

第二天大庭带着所有人去了皇宫边，让他们熟悉地形地貌。

他一边走一边装作漫不经心的样子说道："公卿们会从这个公卿门出来。三条公卿会往南回梨木町的家，姉小路公卿则是反方向，往北回家。"

返回宅院之后，他们开始分配两边的部署，决定一拨人埋伏在清和院门附近的暗处等待三条公卿，另一拨人则埋伏在猿十字路口的下水道中等待姉小路公卿。

"不要出任何纰漏。"大庭叮嘱完后让众人解散，随后便让小里备酒。

（明天我便会死了）

他已经做好了思想准备。从记事开始，他所受到的教育便是武士当为主公献身。当夜他的内心平静得连自己都震惊。

只不过让他感到有一点点凄凉的是，他无法留名于世。从成为密探时开始，他已经被当做脱藩者从会津藩内除名。

不过，他已经去过一趟位于黑谷的会津阵地，将明夜的计划简短地报告给了家老横山主税。主税深感震惊，赶往二条城将此事禀告给容保。不久后他回来对大庭说道："主公已经知道了。"

容保对此似乎并没有做任何评价，但这对于一名武士来说，死也值了。身受如此教育的恭平因此没有任何疑虑，甘心赴死。可以确定的是，横山主税确实将此事告知了容保。

因为容保下赐了五十两黄金，让横山转交给大庭。大庭把这笔钱分给了他召集的浪士们，并说道："这是某藩捐赠的。"这些浪士们认为应该是萨长土三藩之一所赠，并没有追问。因为一般情况下，这三藩都会给进行天诛工作的浪士发一点钱。

一整夜，大庭都在喝酒中度过。

小里感到今夜的大庭跟往日截然不同，但也没有细问。这名会津武士的脸上仿佛写着"不要多问"。此时他的神情，便可以说是三百年武士道精神的沉淀。当然这一点对于小里来说可能有些难以理解。

依小里所见，这种神情她在萨摩武士的脸上也看到过。会津、萨摩，正因为这两藩地处偏僻，所以从古代流传下来的武士道精神才能浓厚地留存至今吧。

第二天傍晚，大庭和其余六人在皇宫附近相国寺门前的茶店内碰头。太阳落山后，他们便三三两两地在黑暗中散开，然后到预定的伏击地点会合。

一队人去了清和院门的侧边。

大庭率领另外三人去了猿十字路口的下水道内。与预定的部署一致。

当夜看不到一丝月光。

大庭的背后是皇宫的外墙，而面前则是伸手不见五指的黑暗。

“听好了。”他说道，“你们三人对付金轮勇和吉村右京，我来斩杀姊小路。”

（来了……）

大庭扯了扯那三人的衣袖。当时刚刚响过亥时（夜晚十点）的钟声。

前方的暗影处传来了数人的脚步声，最前头有一盏绘有家徽的灯笼正在晃动，少将徒步而行。

少将的右边是吉村右京，左边是带刀侍卫金轮勇，后面跟着一位提鞋的下人。一行五人正在快速往这边走来。

走到大庭等人跟前时，吉村右京似乎是觉察到了有什么不对劲，停下脚步喊道：“殿下。”就在此时，大庭从下水道中跳出，迅速砍向少将的鬓角。

（糟糕，太浅了）

他并未适应新兵卫的和泉守忠重，于是立马丢下此刀，拔出了自己的佩刀。

只见少将的身影晃来晃去想要逃跑，但双脚却好像不听使唤，跑也跑不动。

“太刀[33]！金轮，太刀给我！”他喊道。

金轮握着少将的太刀上蹿下跳躲避攻击。不一会儿提灯笼的和提鞋的两名下人“哇”地放声大哭，慌忙逃命。而金轮竟被他们所影响，跟在后面一同逃走了。（后来町奉行逮捕了潜伏于市内的金轮勇。因其弃主人而逃之罪，容保下令将其于六角狱内斩首）

而吉村右京则与金轮截然不同。被三名浪士围攻的他施展出高超的技艺，以一敌三，在每人身上砍了一刀。三名浪士全部被他砍翻在地，却并未负伤，原来他们都穿着锁甲。（事件后，朝廷赐给吉村五枚银币，后来吉村不知所踪）

在此期间，大庭砍向少将的腰部，但由于天黑视线模糊，这一刀砍到了骨头上，少将横倒在地并未死去，随后他又跳了起来。如果趁此逃跑的话少将应该能得救吧，只可惜愚笨的他似乎被鲜血吓傻了，大哭着空手扑向了大庭。大庭屏住呼吸，举起佩刀，闷哼一声后用力劈砍而下，就如同砍草席一般斜砍在少将肩上。随后大庭大喊："撤退!"

此地与少将的家距离不过五丁。吉村将少将抬至家门口玄关处时，少将喊了两声"枕头，枕头"。吉村将他抬到地板上时，他便已经断了气。（至于三条中纳言那边，浪士们见中纳言身边人数众多，并未展开袭击便逃了）

当夜，田中新兵卫确实是在东洞院蛸药师的租屋内睡觉，与他合住的同藩老乡仁礼源之丞可以为他作证。

但是，现场有一件遗留物。

刀铭是和泉守忠重，长两尺三寸。宽一寸一分，弧度为八分，鲛皮刀柄，黑色刀鞘。刀柄头部为铁制，有藤状刻印，正面刻着“英”字，背面刻着“镇”字。

清晨赶到现场的土佐藩士那须信吾（伯爵田中光显的叔父，后来参加天诛组，战死）一看到这把刀便说漏了嘴：“啊，是田中的。”

会津藩立即召来萨摩藩邸御用刀匠清助（居于乌丸竹屋町）鉴定此刀，清助说道：“错不了，正是田中新兵卫的佩刀。”于是松平容保决定逮捕田中。

不过，容保为了避免与萨摩藩产生纠纷，便让朝廷下达了逮捕令，随后令人突击田中住处，将其逮捕至町奉行所内。

新兵卫是一个奇人。

对于奉行永井主水正的讯问，他刚开始时强烈否认。随后永井把他的佩刀递到他面前，问道：“你对这个有印象吗？”他突然停止了辩解。

“有吗？”町奉行永井是一个知名的有能力的幕臣，不过他并不懂得萨摩人的秉性。自己的佩刀被他人所抢，还被拿出来示众，身受如此侮辱的萨摩人，只会采取一种行动。

“有吗？”永井再次问道。突然新兵卫弯下了腰。他的佩刀已经插入了腹部。

“你这是……”永井吓得站立起来。与此同时，新兵卫拔出佩刀，高举起来。不一会儿他便甩掉了佩刀上的鲜血，然后“呀”地一声大叫，割向了自己的脖子。

地点是西町奉行所枪之间[34]。事件就此成为谜团。

大庭恭平在事发后下落不明。不过，釜师藤兵卫的菩提寺[35]——鸟边山莲正寺内有一块留存至今的残破墓碑据说正是大庭之墓。

墓碑上写着文久三年五月二十一日卒。如果这真是大庭的墓碑的话，那就说明他在事发第二天便自尽了。

为何要自尽呢？若不站在当时身为一名会津人的角度来考虑的话，是不会明白的。

注释：

【1】叠：一叠约等于1.66平方米。

【2】家老：武家氏族中掌管族务的重要职位。

【3】奥羽：日本古代令制国划分下的陆奥国和出羽国的合称，基本相当于现在的青森、秋田、岩手、山形、宫城、福岛六县。

【4】荒夷：原是京都之人对行为粗鲁的东日本地区之人的蔑称。后又指勇猛尚武的东日本武士。

【5】南北朝：日本历史上的南北朝是指1336年至1392

年皇室分裂时期。

【6】御府内：受江户町奉行所支配的直属市域。

【7】大名：日本封建时期对领主的称呼。

【8】长沼流军术：信州松本出身的长沼澹斋所创的兵法。

【9】镜心明智流：一种刀术流派。

【10】勤王党：土佐藩内持尊王攘夷观点的武士结成的党派，后遭到藩主山内容堂镇压。

【11】备前：日本古代令制国之一。

【12】皇女和宫下嫁：幕末时期，日本国内支持朝廷的尊王攘夷派与支持幕府的开国佐幕派针锋相对，局势动荡不安。为了稳定局势，一些人主张让孝明天皇的妹妹和宫嫁给幕府将军德川家茂，将朝廷与幕府放在同一战线，这一主张被称为公武合体论。不过和宫嫁给家茂后，幕府迟迟不履行与朝廷签订的合约，国内局势并未好转。尊王攘夷派认为幕府是将和宫押做人质，利用朝廷。

【13】三奸：指支持公武合体论的三名公卿千种有文、岩仓具视、久我建通。实际上还有一位富小路敬直被并称为四奸。

【14】两嫔：指支持公武合体论的两名嫔妃今城重子、堀河纪子。

【15】先斗町：京都市中京区鸭川和木屋町路之间的花街。

【16】仙台平：产于宫城县仙台市的高级绢丝。

【17】刀铭：日本刀的刀身上一般会刻有出产地、刀匠名或拥有者的名字，这类刻字被称为刀铭。

【18】丹波：日本旧时令制国之一。相当于现在的京都府中部、兵库县东北部、大阪府北部。

【19】神轿：神道祭祀礼仪中象征神灵所乘之物的坐轿。

【20】探题：职位名。设立于边远要地，掌管当地政治、军事、仲裁等要务。

【21】译者注：江户时代，日本的实际掌权者德川幕府发给朝廷公卿的俸禄非常低，连天皇都只有一万石，甚至不如一个偏远地区的小小藩主，虽然后来涨到了三万石，但依旧生活拮据。大多数公卿家庭都得靠副业来维持生计，甚至有公卿在家里开设赌场赚钱。

【22】肥后：日本古代令制国之一。肥后大人就是指官至肥后太守的松平容保。

【23】合：日本旧时体积单位。两合约等于360.8毫升。

【24】蹴上：地名。位于京都市东山区。

【25】下总：日本古代令制国之一。下文的信州、因州、陆奥、江州皆是令制国名。

【26】足利：日本第二任幕府的将军家。日本武家政权架空皇室共持续约七百年，期间历经三任幕府，分别为源赖朝建立的镰仓幕府、足利尊氏建立的室町幕府、德川家康建立的江户幕府。

【27】徒士：战争时只能徒步作战的下级武士。

【28】摄津：日本古代令制国之一。

【29】塞巴斯托波尔：地名。位于美国加利福尼亚州。

【30】下立卖千本：地名。位于京都市上京区。

【31】三条绳手：地名。位于京都市东山区。

【32】八双架势：手握刀柄，刀身垂直立于右前方，刀尖向上。

【33】太刀：日本刀的一种。江户时代，武士的佩刀一般是打刀，适合步战。而太刀与打刀相比长度略长，弧度略大，适合马战。

【34】枪之间：存放长枪等武器的房间。

【35】菩提寺：供奉着某死者灵位的寺庙即被称为该死者的菩提寺。

刺杀冷泉

一

文久四年（元治元年）正月。当时，长州脱藩浪士间崎马之助潜伏于京都鞍马口一家年糕店的二楼内。这天深夜，川手源内和梶原甚助二位同志前来拜访。所为之事是商量刺杀画师冷泉为恭。

“他是什么人？”

“画师。”

“为何非要刺杀一名画师呢？”

比起这件事，间崎更关心的是品尝同志们带来的美酒。他性格温和，不过嗜酒如命。久坂玄瑞[1]也曾说他“即使喝穿肠胃也要继续喝”，大概很担心他把身体喝垮吧。

勤王志士中雄辩之才辈出，不过间崎马之助却是极端的寡言少语。召开秘密会议时，他从来都是横卧在最后面，一言不发。即便如此，同志们依然非常重视他。那是因为，长州流传着一种叫做“间崎梦想流”的拔刀术，而马之助正是这种拔刀术的传人。论刀术，来到京都的各地脱藩浪士之中无人能够与他比肩。

实际上曾经发生过这样一件事。

去年，也就是文久三年的年末，间崎与三名土佐浪士于相国寺门前客栈的二楼会面时，留在路上放哨的人突然扔了小石头上来，提醒他们有人前来搜捕。

间崎马之助冷静地吹灭烛火，然后从窗户边窥探下去。虽然外面一片漆黑看不太分明，不过还是能发现有三四名武士守在门口。从他们灯笼上的文字判断，应该是京都见廻组的队士。与此同时似乎还有人正踮着脚尖登上楼来。

“你们先走一步。”间崎冷静地说道。土佐浪士们却感到很是为难。即使想走，楼梯也只有两处，下面一定有敌人把守。而外面的路上围着一群见廻组猛将，跳窗而下的话简直就是羊入虎口。

“没什么好担心的。外面走廊的对面有个天窗，你们踢开天窗钻出去便是屋脊，顺着屋脊走一段就能看到隔壁的寺庙，跳进寺庙就安全了。”

“你呢?”土佐浪士们一边跑一边回头问道。

“我吗。”间崎微笑了一下，随后挥了挥手，厉声说道，“快走！”他打算直接从窗口跳下去，吸引所有敌人的注意力。不然的话，这些土佐人无法从背面顺利逃脱。

不一会儿，敌人便登上了二楼，一共四人。幸好他们都没有带烛台。间崎躲在暗处默不作声。

“似乎都逃了。”站在最前面的人说道。

“太暗了，拿烛火来。”他身边的人说。不过，话还没说完，突然响起了“唰”的一声头盖骨被切开的声音。

“啊！”剩下三人大叫起来，他们现在才发现有人一直埋伏在脚边。但奇怪的是，那个被斩杀的男子并未倒下。

这是间崎马之助的绝技，他一刀斩杀掉最前面的人之后，瞬间跳入其怀中，用后背顶住将要倒下的尸体。随后扛着尸体侧身跑到窗边。

“啊！在那里！他要逃了！”

敌人争相追来。间崎站在窗边，用后背一顶，将尸体抛出了窗外。那尸体就像活人一般，直立着飞向了黑暗的虚空。楼上的敌人，还有外面路上的敌人，全都误以为那就是间崎。不一会儿，尸体跌落下来，那一幕怎么看都像是一个活人跳了下来。守在门口的见廻组队士大叫着围过去，砍了两刀后才发现那是见廻组内知名的高手平野诠十郎。就在此时，又有一名男子从他们头上一跃而下。

“又是一具尸体吧。”他们先入为主地认为。就在他们放松警惕避开那跌落在地的“尸体”时，那“尸体”突然跳了起来，一记斜斩杀掉了一名队士。那队士的躯体还未倒下，间崎早已逃得无影无踪了。真可谓是机敏过人。

这件事获得了同志们的交口称赞，夸他“别看马之助傻里傻气的，关键时刻总能想出惊人的好点子”。从这句话中也可以看出，平时的马之助应该是一副呆子相吧。

前来造访鞍马口年糕店二楼的两位同志，对于马之助竟然没听说过冷泉为恭之名感到十分诧异。

“他是京都十分有名的画师，请他画一扇屏风需要黄金千两。现在他侍奉于宫廷之中，获得了正六位下式部大丞的官位。”

“为什么要杀他呢？”

“他是个奸贼。”

川手源内说他凭借画师身份，频繁接触身居高位的公卿、亲王等人，明明没有自己的见解却又喜欢谈论国事，然后把这些从座谈中听到的机密消息高价卖给幕府。

“是幕府的奸细么？”

“正是。而且他身为画师，也可以自由出入京都所司代。前任所司代大人酒井若狭守[2]等人十分宠溺他。另外他与所司代捕吏加纳伴三郎交往甚密。传言说加纳就是冷泉的幕后主使。”

“什么嘛，传言啊。”

马之助一脸无趣的表情，端起酒碗凑向自己厚厚的嘴唇。

“把酒放下。”

“哦。”

马之助老老实实地放下了酒碗。

“不仅仅只是传言。前阵子，朝议的机密泄露到了幕府手中，结果引起了很大的骚乱，你还记得不。当时，公卿三条实美是泄露机密的嫌疑人，因为本该只有他一人知道的机密却被所司代了如指掌。由于那次泄密，被幕吏逮捕的同志可不止两个三个，所以有人主张把三条公列为天诛对象。你忘了吗？”

“没忘。但是没过多久我就听说三条公已经洗清嫌疑了啊。”

“没有洗清。那次过了没多久，又有朝议机密泄露出去了。随着调查的不断深入，最后查到了三条公身边的冷泉为恭头上。此人很久前便开始频繁出入三条家，三条公对待他如家臣般亲密。据三条公所说，只有同冷泉谈论过的机密被泄露了出去。这可是铁证。而且，留意到此事的三条公开始疏远冷泉，机密的泄露也随之减少了很多。”

“原来如此。——然后呢？”

“实施天诛。”

“不觉得他很可怜吗？”

“何出此言?”

“他不过是个画师。”

“说是画师，他同时也是六位朝臣啊。而且他还喜欢冠冕堂皇地大谈特谈攘夷论。这样的人捏着画笔，可称不上是个讨人喜欢的画师。”

间崎马之助沉默不语。最近几年，“天诛”在诸藩的脱藩浪士之间非常流行，但是他觉得有些做过头了。

京都早已被血腥味所笼罩。前年，即文久二年的七月二十日，九条家家臣岛田左近在木屋町二条路的小妾家中被杀。两个月后，岛田的同僚宇乡玄蕃在自己家里跟妻子说话时，刺客突然闯进来砍下了他的脑袋。一个月后，目明文吉[3]也被杀了。去年五月二十日，国事厅的公卿姊小路少将公知在出宫回家的路上遇刺身亡。还有千种有文家的杂掌贺川肇，在下立卖千本东入口附近的家中被杀。

据说尊攘派刺客闯入贺川家是在深夜。女婢阿竹出来应对时，身在内室的贺川听到玄关那边的动静，立即跑入卧室背面墙壁内事先安设的夹层中躲了起来。

刺客们在屋内搜了个遍也没找到贺川，便把阿竹拖至房屋正中央并按倒在地，扇了她两耳光后威胁道：“你还不说么？你家主人明明刚才就在这里。”

阿竹固执地沉默着。一名刺客拔出刀来，“噗嗤”一声捅在了她的腿上。她一边疼得哀嚎一边叫道："杀了我吧！不管你们杀不杀我，我知道你们找到主人后一定会杀了他的。我对你们这些人没什么好讲的！"

"这么重视主人家么。那我倒是有个办法。"一名刺客说道。随后他把贺川肇的独子、名叫弁之丞的十一岁男孩拖了过来，问道："这是贺川的子嗣吗？"

"是。"

"你再不说，我便杀了这孩子。"

这句话令躲在夹层内的贺川震惊不已，他马上连滚带爬地跑了出来。

"且慢。"他拉住刺客说道，"孩子没有任何过错。我不逃也不躲了，快来杀了我吧。"

"身为奸贼，觉悟倒是不错。说得好。"

刺客一刀砍下了贺川的脑袋。当时人们并不知道这些刺客是谁，后来调查得知是播州姬路脱藩浪士荻原虎六、江坂元之助、萨摩藩士田中新兵卫等五人。

间崎马之助与其中一名刺客——播州浪人松木铁马私交甚好。有一次铁马对马之助说："我们砍下贺川的脑袋时，那孩子号啕大哭。那哭声直到现在都在我脑海里挥之不去。"这句话给马之助留下了深刻的印象。

"为什么这个冷泉为恭非杀不可呢？"

“即使我们不杀，其他藩的志士也会杀他的。现在就已经有水户脱藩浪士福良十次郎和土佐的神谷新兵卫等人把他当做目标了。间崎，你不要心生怯意。”

“我?”间崎做了个发傻的表情说道，“我没有怯意。”

“那是因为，讨厌这种事么?”

间崎很想说“是的”，但是在最近杀意日渐浓重的伙伴面前，他最终还是没能说出口。

间崎也非常明白这两位同志的心情，他们不想把天诛冷泉之功拱手让给其他藩的浪士。很多浪士都瞄着冷泉为恭，这个可怜的画师迟早会被杀的。

“你不干的话我们自己干。我们一番好意想让你加入，才特地来找你。不过，最近所司代在冷泉身边安插了守卫，新选组的人也时不时去他那儿巡逻，其他藩的人都怕了。你要是不加入我们的话，别人会认为你也怕新选组。”

“试试看吧。”马之助抬起头来说道，“不过，先让我事先探查一番吧。冷泉为恭的家在哪里?”

“这儿。”川手源内打开市内地图，指在了皇宫堺町御门附近。

㈡

第二天早上，马之助便出门探查。他刚走到那条街上就发现了为恭的家。昨天源内说为恭从所司代那里拿到了不少的好处，不过他的家也太寒碜了，就是一道粗糙的板壁围起来的小屋子。隔壁雅乐寮[4]的乐师多备前守的家比他家宏伟得多。

冷泉家的玄关紧闭着。

第三天早上，马之助又来到了这里，发现冷泉家的玄关还是紧闭着。

源内还说新选组警备着此处呢，看上去完全没有这种迹象。

去年秋天，间崎马之助便成为了吃住在鞍马口年糕店内的伙计，所以是一身平民打扮。店主太兵卫原是长州乡士出身，是马之助的亲戚。幕府开始强力镇压长州系的浪士时，太兵卫便主动将马之助藏匿在店内。

探查完毕的马之助回到鞍马口，问太兵卫："你知道一个名叫冷泉为恭的画师吗?"令他意外的是，太兵卫答道："是我们店的常客。"他还说，为了送上过节用的年糕，他还去过冷泉的家。

“是个怎样的人？”马之助问道。

太兵卫想了想，冒出了一句：“画师田中讷言真了不起。”田中乃是尾张[5]出身，来到京都后名声大噪，晚年时朝廷册封他为法桥[6]。擅长画宫殿图及官员人物像，为人刚直清廉，言而有信。他平时老爱说“眼睛就是我的生命。如果我双目失明，便不会苟活于世了”。

但是到了晚年，田中法桥偏偏就患上了他最怕的眼病，双目失明。为了不让自己老爱说的那句话成为失信于人的谎言，失明当天他便开始绝食。可是过了十天他还没有饿死，最终便咬舌自尽了。

太兵卫认为，田中是一名顽固的大师，而为恭身为田中的弟子，却让他感觉非常轻浮。

“坊间对他的评价如何？”

“不好不坏。人们会谈论到他多半是因为他的妻子。”

太兵卫说，冷泉的妻子叫做绫子，是男山八幡宫的住持新善法寺家的女儿，容貌堪称京都第一，无论是后宫里的嫔妃还是公卿家的小姐，都不如她那般超凡脱俗。人们谈论绫子的美貌时，便会提到她的丈夫为恭。

“身材矮小，性格稳静，寡言少语，极少出门。”

几天后，恰巧冷泉家派人来年糕店内订购年糕，用于女正月[7]时送礼。马之助决定亲自送上门。

他刚进入后门，冷泉家的婢女便出来接过了年糕。因此，马之助当天没能见到为恭。不过他并未失望而归，而是迅速记下了冷泉家宅院内的构造。他发现院内西侧的矮墙连接着隔壁多备前守家的庭院，应该很容易从隔壁家潜入进来。

第二天，马之助又来冷泉家附近转悠，正好碰到为恭出门。

(是这个男人么?)

令马之助大感意外的是，为恭一脸的穷酸相，四十多岁。穿着正流行的黑绸短褂，短褂上没有花纹。腰间配着细长的两把佩刀。头发稀少，缠着诸大夫式的发髻。

但为恭的身后跟着一名身材高大的男子。马之助一看到他，表情便情不自禁地僵硬起来。那是新选组的探子米田镰次郎，绰号刽子手镰次郎，是神道无念流的高手，死在他刀下的尊攘浪士不计其数。

(镰次郎成了他的随从吗?)

二人与马之助擦肩而过。镰次郎瞥了一眼马之助，随后便毫不留意地走了过去。

当天夜里，马之助越过雅乐寮的乐师多备前守家的围墙，翻了进去。他家与武家住宅截然不同，几乎毫无防备。马之助径直穿过庭院，来到与冷泉家之间的那堵矮墙下，轻轻松松翻了过去。

此时刚过亥时，当空无月，家家户户的烛火早已熄灭。但从庭院中可以看到冷泉家的窗口处泄出了一丝微弱的烛光，似乎有人还没睡。

马之助溜到茅房边，看到面前有一个石制洗手盆，上面搁着一块船形的大石头，对面则是走廊。他心想说不定等会儿有人会出来上厕所，便耐心地潜伏在暗处。

不一会儿，屋内传出了一阵女人的爽朗笑声。半刻之后，马之助看到一道摇摇晃晃的烛光由远及近。

这道烛光照亮了走廊，一对男女走了过来。女人手持烛台，为那男人照着脚下的路。马之助本以为那男人是为恭，定睛一看才发现是个十分年轻的公子，缠着公卿发髻，身穿白色窄袖便服。这身打扮对于出生长州的马之助来说真是风格怪异。

“小心。”那女人突然把烛台往前伸。而那男人则是一副要跳下走廊的架势。

那一瞬间，烛光照亮了女人的脸庞，马之助一下子忘掉了呼吸。真是惊为天人的美貌。

——这就是绫子吗？

那男人跳下了走廊，然后转身想要抱住站在走廊上的绫子。绫子弯下腰，一副欲拒还迎的姿势。烛光剧烈地抖动着。

“不要这样啦。”

“不，我还没有抱够呢。”

那男人抱着绫子，突然把头埋进了她的腰间。

“都说了不要这样啦。”绫子娇喘道。

过了一会儿，那男人松开绫子，退了两三步后说道：“那，再见了。”

他熟练地穿过一片漆黑的庭院，走到马之助东侧的矮墙边翻了过去。竟然就是马之助过来时的那条路。原来他是隔壁家的人。

后来马之助问过太兵卫，得知那个年龄，那副长相的人，只能是多备前守的长子美麿。

“这两家是姻亲。”

“也就是说？”

冷泉为恭的姐姐辰子是多备前守的后妻。而美麿是多备前守与前妻所生，所以他与冷泉家并无血缘关系。但是再怎么说，绫子也是他的舅母。这两人竟然勾搭到了一起。

这天夜里，绫子送走美麿后便进入了厕所。马之助躲在洗手盆边的暗处想道——

（今夜的探查就此为止吧）

虽然他所为的是勤王事业，但是潜入别人家中，还看到了不该看的偷情，这不是身为武士当做之事。

——不一会儿，绫子从厕所内走了出来。马之助正打算悄悄离去，却没想到一脚踩到了一颗小石子，发出嘎吱嘎吱的声音。

“谁?”

绫子脸色发青地看向黑暗的庭院说道。马之助一咬牙，从洗手盆边的暗处走了出来。

“我是长州浪人间崎马之助。”

绫子一声惊呼，正打算逃跑，马之助用手势制止了她，随后拼命地挤出笑脸说道：“我不是小偷。”绫子双腿一软坐倒在地。如今京都之内，如同嗜血豺狼一般高喊天诛挥舞白刃的大抵都是长州脱藩浪人。在这种场合，听到他说是长州人比听到说是小偷可怕得多。

“对于我的无礼闯入，我深表歉意。”马之助说道，“但是我正大光明地报上名号，不正是说明我无意加害于人么。另外，希望你不要将此事以及我的名字告诉别人。如果你说漏了嘴，那我便把刚才看到的那一幕告诉你的丈夫。也就是说，我俩互相为对方保守秘密，你答应吗?”

绫子双手遮面，沉默了片刻后用细不可闻的声音说道：“好。”看来她倒是个很会权衡得失的女子。

“我问完一件事便走。你的丈夫去了哪里?”

“我，我不知道。”

“休怪我不客气。”马之助向前逼近一步。坐在地上的绫子蹬着双腿后退。

“不说的话便取你性命。”

“我，我说。家主今天去了西加茂明神[8]的神光院，去画屏风。”

“何时回来？”

“后天。”

（此女确实容易招蜂引蝶。坐拥如此美貌的妻子，对于为恭来说也是一种不幸吧）

“夫人。”马之助用嘶哑的声音说道。他的眼睛止不住地盯着瘫倒在地的绫子的香肩。他快要忍不住想要将她搂住凌辱一番的冲动了。

“嗯。”绫子抬起了双眼。她的眼神楚楚可怜，简直就像是在等待着马之助的侵犯。

“你转过身去。”

绫子照做了。马之助急急离开庭院，消失在了黑暗之中。他不想让绫子看到他的撤退路线。

第二天，马之助来到了川手源内潜伏的东山妙法院。

“我知道冷泉为恭在哪儿了。”

“在哪？”

马之助刚说出西加茂神光院几个字，急躁的川手便提起了佩刀。“站住。”马之助厉声说道，“西加茂是守护不入[9]之地。我们在神社内开杀戒的话会有损名誉。明天小正月[10]时为恭便会回家，我们在半路伏击便好。”

“原来如此。”

“不过，我不参加。”

“为什么？”

“我也不清楚。”

马之助如实答道。听到这句话，川手激愤地说：“没关系，我们召集一些志士就行了。”

京都把这个月的十五日称为女正月。正月时家家户户的女性都因接待来客忙得不可开交，所以直到十五日才出门拜年。

昨夜开始下起了一场大雪，压弯了皇宫内的松柏。不过街道上盛装打扮着出门看戏或者去神社参拜的女人络绎不绝，使得全城染上了一道靓丽的色彩。

与此同时，坊间也在流传着这么一个消息：今天早上，百万遍[11]附近有浪士被砍死了。这种事京都早已屡见不鲜，但是马之助听到这个消息后却大吃一惊。

他马上找太兵卫借来斗笠和平民款式的蓑衣穿戴好，将佩刀藏在蓑衣内，冲进了大雪中。

赶到现场时，他看到尸体上盖着草席，几位男女正围在附近指指点点。

“死者是谁?”

“谁知道呢。”

每个人都是一脸冷漠。他们应该是附近五人组[12]的居民，大概是町年寄[13]叫他们不要让尸体被大雪掩埋，便时不时伸手拂去草席上的积雪。对此他们似乎感到很不耐烦。

“让我过去看一下。”

马之助揭开了草席。虽然他早已预料到，但还是忍不住脸色大变。这正是川手源内。他被一记斜斩击毙，伤口一直延伸到心脏。可以看出杀掉他的人技艺十分高超。

（我该阻止他的。或者，如果我也加入的话，便不会这样了）

那些围在附近的男女忽然惊呼起来，四散逃开。

（……）

间崎马之助立即转身，解开斗笠的绳结。一群武士围了过来。

这些武士的斗笠和蓑衣上都有一层积雪。走到距离马之助十步的地方，他们停了下来。

“平民。”一名武士叫道。马之助并未起身，蹲着答道：“在。”同时摘掉斗笠，偷偷抬眼看了一下，发现那人正是米田镰次郎。这是新选组的惯用伎俩，杀人后把尸体扔在路上，然后潜伏在附近等待死者的同伴前来。

“你是他亲戚吗？”

“不，不是。”

“呵，你的口音挺微妙啊。报上你的姓名和出生地。”

“生于播州高砂，名叫与吉，是大坂卖绦带的高砂屋与兵卫的伙计。”马之助报上了自己偶尔会用的化名。

“把头抬起来我看一下。”

镰次郎走近了两三步，发现马之助的脸似乎在哪里见过，但又一时想不起来。

“高砂屋？”

“是的。”

“你的脸上有常戴剑道面具留下的擦痕啊。”

米田刚说完便拔刀砍了过来。马之助在雪地上一滚，躲开了这一刀。不过米田不依不饶地继续追砍，使得马之助在地上滚了五六圈。

幸好积雪减缓了米田的步伐，让他无法迅速逼近。

趁着这个空隙，马之助爬了起来，拿出了蓑衣内的大佩刀。他左手推开刀镡[14]，腰部微微下沉。

“呵，果然是个武士啊。”镰次郎举起佩刀，刀尖朝上，说道，“哪个藩的?”

“……”

马之助保持着居合道的拔刀姿势，似乎看不清眼前情形一般地微眯着双眼，视野内只有狂舞的雪花。两人对打的话，久经战场的镰次郎显然略胜一筹。不过现在，他如果冲过去，居合道高手马之助说不定能凭借练就的肌肉本能反应瞬间拔刀击毙他。

但是，镰次郎说了句“算了”，便收回了刀。

“技艺不错，是什么流派的居合道?”

“……”

“总有一天我们还会再见面。你给我记好，到时候我会让足下身首异处的。”

（你给我怎样）是京都浪士间流行的说法，镰次郎这么说，令马之助感到作呕。还有足下、在下等词，最近也开始流行于新选组及尊攘浪士间。这些措辞都可以说是“志士用语”。

大雪到了傍晚时分终于停了。

第二天，间崎马之助因事去了河原町的土佐藩邸。突然，他的熟人坂本龙马在昏暗的走道内叫住了他。

马之助惊异地说：“您什么时候来京都的？”

“昨天。”龙马简短地答道。他有个癖好，就是手插在怀里，时不时甩一下脑袋，甩得骨头咯咯作响。此时龙马正是这副模样。

“话说。”龙马的手依然插在怀里，脸上浮现出他那独特的意味不明的微笑，“今天这藩邸内所有人都在谈论你。你们藩有三个人来了这边，说了川手源内那件事，还狠狠地骂了你一顿。你是不是跟别人事先约好了最后又逃了？”

“那又怎样？”

“没怎样。”龙马一如既往地甩得骨头咯咯响。

“那为什么要叫住我？”

“因为我感觉你真是个好男人呐。”

龙马是在逗马之助。他今年三十岁，马之助二十九，虽然只差一岁，但龙马早已是天下知名的志士，在他眼里，马之助如同一个孩子。

“为什么说我是好男人？”

“不要生气啊，我是在夸你。区区一介画师，鼠辈而已，不与那种人纠缠不清就是你的长处。天诛口号，简直就是一个笑话。”

龙马说完便走了。不过那天土佐藩邸内夸赞马之助的除了龙马再无他人，其他人看到马之助全都对他翻白眼。

后来他明白是怎么回事了。川手源内等三名长州人在百万遍伏击冷泉为恭，却没想到源内反被米田镰次郎所杀，其余二人抛下源内的尸体便逃走了。

第二天那两人来到土佐藩邸，为了寻求刺杀冷泉的助力，同时也为了粉饰自身，便造谣道："间崎在半路上逃了，导致我方人数少于敌方，最终失败。"他们甚至还说"可以说川手就是死在间崎手里"。

马之助并未对他们的卑劣手段感到气愤，而是在内心深处冷静地想着"大事不妙"。如果他"背叛朋友"的恶名传播开来，就再也无法在京都为国事而奔走了。他的伙伴们也再不会支持他，最终他只得离开京都。

（不能再同情为恭了。不杀掉这位画师的话，同伴们都会认为我是畜生）

马之助认为，杀掉为恭，看起来像是为了自保，事实上并非如此。如果自己被人当做畜生，无法继续为国效力的话，便是国家的损失。所以，杀为恭不是出于私心。这位温和的男人如是想到。马之助虽然性格温和，但他同时也是一名远离藩国，置身京都风云的铮铮男子。

土佐设于京都的藩邸内，有一位知名的性格过激之人，叫做吉村善次郎。马之助找到他，对他说："关于那件事我也有我的说法，但我现在并不打算辩解。总之我会杀掉冷泉为恭。”

他的本意是，如果土佐也有人在计划刺杀冷泉的话，希望他们能缓一缓。

吉村一声嗤笑，说道：“随你便。不过咱们也做了点准备工作。另外，十津川乡士樱井忠藏、大仓大八等人似乎也因冷泉一事有些悲愤呢。天诛大业可不能委托给你一人。”

果然刺杀冷泉一事，成为了诸藩浪士间的竞争。

㊃

当时，冷泉的妻子绫子已经开始意识到自己的丈夫成为了执着的刺客们的目标。

为恭也是紧闭大门，足不出户。三名婢女全都因为害怕而辞职，家中一下子变得冷冷清清。为恭还拒绝了一切访客，苟延残喘般地度过每一天。

由于难以平静下来，他已经无法作画了，就如同没了藏身之所，缩在墙角瑟瑟发抖的老鼠一般，每天都抱着火盆呆坐在画室内。

令绫子感到万分气愤的是，那些浪士为什么非要口口声声地说着“为了国家”，来刺杀她那胆小的、除了作画什么都不会的丈夫呢?

要杀佐幕派的话，京都不是有那么多大人物吗？比如说公家的前任关白九条，比如说武家的京都守护职松平容保。为什么不去刺杀他们，非要刺杀一个弱不禁风的画师呢？

绫子并不知道，祸端正是自己的美貌。

数年前开始，所司代捕吏加纳伴三郎便对绫子产生了特殊的情感。他曾厚颜无耻地对绫子说过，这么频繁地造访冷泉家，是因为“夫人您太漂亮啦”。他时不时会抓一下绫子的小手，甚至几次试图搂抱她那细滑白嫩的脖颈。而绫子也并不讨厌这个体格健壮幽默风趣的中年官差。

“我们要不睡一次吧。”

加纳开玩笑般地搂住绫子，在她的耳边说道。绫子笑着，暧昧地拒绝了。其实她的想法是那样也行，而直到如今他俩还没有睡过，只是因为一直没找到好时机罢了。

“夫人啊。”加纳曾说过这番话，“我又没事要找你家主人，还三天两头往你家跑，想借口都想得头疼啦。来你家的次数，有三分之一都是没事找事过来的。”

所谓的没事找事，刚开始都是找些无关紧要的小借口，后来就渐渐发展成谍报工作了。而每次冷泉汇报时，加纳都会从所司代内拿钱过来。这个所司代捕吏对于冷泉家来说简直就是财神爷。冷泉为恭心想：“这么一点点情报，也能让所司代如此开心啊。”更重要的是他还能因此拿到大笔赏金，于是便开始积极地攀附权贵，将权贵们的谈话内容转告给加纳。

而冷泉能够结识新选组探子米田镰次郎，也是出于同样的理由。

米田与加纳因工作关系交往甚密。加纳第一次把这位新选组队士带去冷泉家时，故意用诙谐的语气介绍道："这是个非常可怕的人呐！"

"在壬生[15]之内，他的绰号是刽子手镰次郎。而壬生还有一位绰号刽子手的人，那就是锹次郎，全名大石锹次郎。镰刀和锹都是种庄稼的重要工具，而这两位刽子手，斩杀浪人简直就像割草一般。"

镰次郎一声苦笑，并不言语，只是喝着酒。他的内心也惊讶于绫子的美貌，视线一直不曾从她身上离开。

从此以后，镰次郎一有空便往冷泉家跑。当然，所为的只是绫子一人。不过为了不让冷泉为恭起疑，便编借口道："能把公卿、皇家寺院、神职住持间的连枝、姻亲关系教给我吗？"

为恭言语甚多，说给镰次郎听的不仅仅是朝廷姻亲系谱，还有他们的性格、政治倾向、与诸藩的关系，甚至还有他们经常来往的浪士们的姓名。

比如说死在吉野的天诛组浪士吉村寅太郎生前经常出入

三条家。把这个消息告诉镰次郎的就是冷泉为恭。吉村因此成为新选组的目标，数次身陷险境。

绫子对米田镰次郎的黄色肌肤感到作呕般恶心，但是又很惧怕他，接待他的时候只好拼命地挤出笑容。

但是这笑容似乎让镰次郎产生了错觉。去年秋天开始，镰次郎专挑冷泉不在家的时候前来拜访。

“现在我家主人因事外出了。”绫子尽可能地用强硬的措辞拒绝镰次郎进屋，但这却对他毫无作用。他总是答一声“这样啊”便强行进入屋内，等待为恭回来。

有一次冷泉为了给知恩院[16]绘制大殿内所用的屏风画，住在院中数日不归。隔壁的多美磨则趁此机会溜进冷泉家，与绫子同床共枕。

突然，镰次郎前来拜访。新选组并没有规定探子必须每晚准点回到组内，所以他到了晚上也能自由活动。

绫子慌忙掩护美磨逃跑，然后来到玄关对镰次郎说道：“夜深时分，所为何事？”

“我想过来喝点酒。”

“家主不在，家中并未备酒。”

“好奇怪的味道啊。”

他早就发觉了绫子与美磨关系不正常，今夜突然前来，就是想捉奸在床。

“夫人，你肩上有男人的头发。”

“诶?”绫子的脸色一下子苍白起来。镰次郎突然抓住她的手，把她拉到身边。

“在这里。”镰次郎把手伸向了她的肩膀。当然，他是在撒谎。看到绫子被吓成那样，他就知道自己可以以此要挟，得寸进尺了。他凑到绫子耳边说道：“你是在与隔壁乐师的儿子偷情吧。”

“没、没有这种事。”

“瞒得了别人，瞒不了我。不过，我不会告诉别人的。至于回报嘛，你明白我想说什么，不要拒绝了，跟我上床吧。”

绫子颤抖着屈从了镰次郎。

从此镰次郎造访冷泉家比以前更加频繁。席间只要为恭出去一下，镰次郎便会凑近绫子，抓一下她的手，或是摸一下她腰带下面。绫子一直都铁青着脸忍耐着。

（什么时候攘夷浪士能杀掉他就好了）

她已经不知道这般诅咒过多少次了。

间崎马之助潜入的那一天，她也想过“要不拜托他杀掉镰次郎”，很快她意识到这不过是妄想，因为马之助也看到了她与美麿的丑事。

她要考虑的麻烦事比丈夫为恭多得多，甚至可以说都没有闲工夫去考虑丈夫面临的危险了。

为恭似乎因恐惧而情欲大涨，有时甚至大白天都会嘶吼着：“老婆，过来!”他只有沉浸在淫欲中才能暂时忘却对刺客的恐惧。

到了二月，事态开始剧变。有人在皇宫外墙的告示栏内贴了这么一则告示：

画师冷泉为恭

安政戊午年间以来，此人勾结长野主膳、岛田左近等人，策划种种阴谋，谄媚于酒井若狭守，攀附于居心不良之公卿，穷凶极恶，罄竹难书。不日我等将替天行道，为民除害。

也就是说，这是预告“天诛”的公开状。说为恭以前勾结长野、岛田，穷凶极恶，倒是有点夸大其词了。不过不管怎样，写这公开状的一定是把冷泉当做目标的尊攘浪士。

新选组派来米田镰次郎调查笔迹，所司代则派加纳伴三郎带上几名手下前来撕去告示，并守卫在冷泉家中。但是这种程度的守卫完全无法打消为恭内心的恐惧。

为恭成天嘀咕着“我要被杀了”，到了晚上便双目无神，一动不动。无论绫子怎么安慰都无济于事。

“不是还有米田大人和加纳大人守卫着么。”

为恭拼命地摇头。他们还有自己的公务，等风声一过肯定就会离去。

㊄

这天，太兵卫店内的间崎马之助也听到了关于告示的传闻，他感到非常无奈。

（真是多此一举，这是土佐人搞的鬼吧）

马之助脑海中浮现出吉村善次郎的面容。这告示固然是个有力的威胁，但就不怕吓跑快要入网的鱼么。

不过这纸告示也起到了不小的作用。它让全城的人都开始关注冷泉为恭身边的情况了。

——真是可怜啊。

所有人都是一副同情的样子。但是，对于这座古老城市里的居民们来说，再也没有什么事比围观他人的不幸更有趣了。为了不断地找到新话题，他们如同最忠实的探子，时时刻刻关注着冷泉家的情况，不放过一丝一毫的变化。他家被几百个如狼似虎的“监视者”所包围，只要有任何变动，消息便会以惊人的速度传遍全城。

太兵卫为了给马之助收集信息，积极地关注着这些传闻。过了十天，终于出现了一个重大变动。

为恭逃跑了。

而那些最忠实的探子，连为恭逃到哪里去了都知道得清清楚楚。

——西加茂神光院。

神光院住持月心法师好意收留了冷泉。冷泉剃发为僧，法号心莲。

“他妻子呢？”

“你真痴情啊。”太兵卫笑道，“她还在家里。为恭出家怎能带上老婆呢？”

“这倒也是。”

马之助换上武士服装，当天傍晚便前往西加茂查看。

西加茂境内是一片深山老林。神光院本是供奉加茂明神的神社，不过按照本地垂迹[17]的思想，院内不仅有神官，还有几名僧侣。这些僧侣在院内设有小寺，在其中诵经念佛。

马之助穿过几间摄社[18]，看到了神光院的外墙。那长长的白色外墙在森林的暗处中一直延伸到远方。

（这怎么走得过去）

面前杉木林立，再加上夜色渐浓，马之助找不到下脚的地方。突然，他一不小心踢到了一个软软的东西。

有血的味道。

是一具尸体。

马之助深吸一口气，点亮了事先准备的提灯，照向尸体看了看，发现此人似乎见过，只是不知道名字。

（是十津川乡士吧）

他身上的刀伤从嘴唇延伸到下巴，喉咙处也有伤口。马之助想起米田镰次郎可是刺喉的名家。

这时，杉木对面靠近神光院的暗处，突然亮起了五盏提灯。

——被发现了么。

马之助慌忙吹灭手中的提灯。

对面拿着提灯的应该就是新选组的人。对他们来说，与保护冷泉为恭的性命相比，更注重的是以冷泉为诱饵，斩杀上钩的浪士吧。

——那个画师无论怎么折腾，都难逃一死。

马之助心想，现在冷泉又是以何种表情入眠呢？他不禁又开始为冷泉感到可悲。

过了二十天，冷泉为恭的命运再次发生了剧变。

供奉明神的神官们向神光院提出了抗议——那名画师进入神光院以来，不干不净的幕吏频繁出入这片神之领域，实在是个大麻烦。

恐怕那些神官之中也有尊王攘夷派，故意提出抗议想把冷泉赶出去吧。

对于神官们的抗议，月心法师也无能为力，只好帮冷泉另寻他处。纪州那贺郡粉河的山中有一座粉河寺，月心写了封介绍信交给冷泉，叫他前去那里投靠。当夜，冷泉在月心的掩护下偷偷溜出了神光院。

此时为恭穿的是神光院帮他准备的云游僧人行装。他出家之时，朝廷已经去除了他的官位。如今为恭的处境倒是非常符合这身行装，他已经完完全全沦为前途未卜的云游僧人了。

如果为恭就此穿越京都赶往纪州的话，或许就能销声匿迹，令浪士们再也无法找到他。只可惜不幸的是，他舍不得那美貌冠绝京都的妻子。途中，他回了一趟本该抛诸脑后的家，与绫子依依惜别。

那些一直围在冷泉家附近的居民当然不可能看漏这一幕。更何况云游僧人、泪别妻子这些如戏曲般的元素，简直太适合京都人的口味了。因此这件事以令人为之恐怖的速度传遍了全城，大街小巷无人不是对此津津乐道。

更要命的是，几天之后又有一条传闻扩散开来，那就是冷泉的目的地为纪州粉河寺。

“如果这是真的。”间崎马之助对太兵卫说，“神光院月心法师不可能泄露此事，也不可能是为恭本人四处宣扬。想来想去，泄密之人只有可能是绫子了。恐怕她是在枕边讲给多美麿了吧，随后美麿又告诉了家人，家人再告诉了外人。只有这种可能了。”

如果当真如此，那么娶了这个貌美如花的老婆对为恭来说真是不幸。而且这种不幸犹如附骨之疽，无论为恭走到哪里都紧紧随行。

“真是可怜。”太兵卫说道，“如果京都无人知道他的行踪，他现在应该能在粉河寺内安心生活吧。”

“估计会有刺客从京都赶往纪州吧。”

“你怎么不去呢?”

“太远了。”

这不过是借口而已。间崎马之助已经渐渐打消了刺杀那个可怜画师的念头。

后来听土佐藩邸的人说，十津川乡士神藤吉右卫门、大仓大八、平野藤次郎三人一路追到了纪州粉河寺。

“不过冷泉在千钧一发之际溜走了。”那些土佐人说道。突然他们似乎想起了什么，都盯着马之助问道：“你怎么不去追?”

“我有我的想法。”

“什么想法?”

“那名画师，即使我不追，也总有人会去追的。正月十五日下雪那天，我因为没有参加百万遍那儿的袭击而落得一个卑鄙小人的恶名。当时川手源内不幸被杀，凶手自然不可能是那画师，而是新选组的米田镰次郎。我如果杀掉米田，便是为川手报仇，也是为自己雪耻。”

到了元治元年三月，京都内关于画师冷泉为恭的传闻都已停歇。当时京都情势瞬息万变，人们自然不可能久久地谈论一名失踪的画师。还有一个原因是，为恭逃出粉河寺后就音信全无，想谈论他也找不到可谈的话题了。马之助的伙伴之中，也无人再把冷泉为恭的名字挂在嘴边了。

不过倒是有一则小小的传言，说冷泉已经死了。

那传言说冷泉有个远亲叫做德次，在泉州堺开了家名叫“大和屋”的店铺，搞物产批发。冷泉逃出粉河寺后便投奔到德次那里，不久后身患痢疾，病死了。

这是一个在京都搞物产批发的店铺内的伙计因事去泉州堺时听到的。因为出处那么明确，所以也无法完全判定这是假传言。

而此时的间崎马之助因为一件要紧之事不得不回一趟长州。回长州之前，他数次与京都的同志们秘密会面。最后一次会面是在六角二条街的旅馆丹波屋嘉兵卫处内举行。会面完毕后，马之助打算前去长州藩邸，刚走出河原町路口，便看到迎面走来五位正在巡逻的新选组队士。

当时已是傍晚时分。

（逃跑么）

马之助冒出这个念头。但转念一想，逃跑才会显得可疑，便依旧以原先的速度向前走着。他今天穿的服装并非浪士风格，上身黑绸双层花纹短褂，下身仙台平裤裙，大小佩刀皆是黑漆刀鞘，看上去就像某个大藩的近臣。

与新选组队士擦肩而过之后也没发生任何事，马之助不知不觉中加快了步伐。

这时发生了一件小事，后来马之助回想起来感到真是有如天助。他右脚木屐的带子断了。

马之助左膝跪地，蹲了下来。这时一位路过的太婆亲切地走过来问道："您怎么啦？"

她看到马之助的木屐带子断了，便从怀里掏出手帕，撕下一块递给他说："用这个绑一下吧。"太婆边说边蹲了下来。

马之助抬起头来答谢她。就在抬头的时候，他看到米田镰次郎朝这边走了过来。

镰次郎没有发现他。

马之助立即环视四周。此时很多店铺都已打烊，路上行人稀少。

镰次郎大概是在追赶前面那五位同伴，步伐比平时快了许多。

“老奶奶。”马之助低声说道。说话的同时他摆好了居合的架势。

“请暂时不要动。”

“怎么啦?”太婆温和地微笑道。

“对面来了个我很讨厌的人。”

“让他看到了会很不好吗?”

“是的。”

镰次郎走到距离太婆三步远时，马之助突然低吼了一声：“米田——”

刽子手镰次郎立马握住了刀柄，刀还只拔出一半时，马之助已经跳起身来越过了太婆的头顶。镰次郎的刀掉到了地上，一道刀痕从他的额头正中间延伸到鼻尖。

间崎马之助忙完长州的事，再次回到京都鞍马口的年糕店时，已是五月初了。

他问太兵卫这段时间京都内发生了些什么事时，太兵卫告诉他冷泉为恭的藏身之所已经被人查出来了。

“他还活着啊。”

说实话，马之助觉得冷泉真是个麻烦。几个月前听说他病死了，马之助倒感到如释重负。如果他还活着的话，又得有人要去杀他了。

太兵卫说，为恭由泉州堺去了大和[19]，躲在了内山永久寺内。他写信给绫子叫她也过去，因此他的藏身之处才被京都人得知。

“那，她去了么?”

“嗯，去了。”

太兵卫的口气有些不满。看来他这个与绫子完全无关的人也在对她发花痴。

“真是意外啊，倒是有点忠贞。”

“不，不是这样的。是因为她与侄子多美麿偷情的事已经尽人皆知，她会去大和的真正原因是觉得没脸继续留在京都吧。”

“绫子什么时候出发的?”

“一个月前——喂，间崎，你去哪里?”

马之助早已拿起佩刀起身出门了。

“去大和。”

他身上还穿着从长州长途跋涉过来时的行装。半路上，他去了一趟长州藩邸，在门外叫出几名认识的藩士，打听了下他想到的十几个人的所在。这十几人都是脱藩浪人，平时都是混迹在藩邸的长屋内。

那几名藩士告诉他，他打听的那些人中有七八个还在京都，不过大乐源太郎、神山进一郎、天冈忠藏三人则已离开了京都。

“去了哪里？”

“不是很清楚。不过他们说是与几个土佐人一起去大和游说去了。”

“什么时候去的？”

“有半个月了。”

（大概我已经晚了）

马之助走在奈良的街道上。疾步如飞的他时不时会偏头想一下“好奇怪啊”。到底是为什么要去内山永久寺找为恭呢？他自己也不知道。想要杀为恭的念头早已烟消云散。至于从伙伴们手中解救为恭？完全没这想法。那么——

（我是在牵挂绫子么？）

马之助一阵愕然。他认真地想了想此次来大和的目的，得出的结论是自己内心似乎有着想再见绫子一面的欲望。

来到大和内山时，他扯住一位田里的老百姓，向他打听为恭的近况。但是那人一听到为恭的名字就变了脸色，拼命甩开马之助的手，说道：“这种事去问官差或者住持吧。”

住持是一位名叫亮珍的老僧。马之助递上一张名札，上面写道“近藤家家臣平野真藏”，对此亮珍没有表现出丝毫的怀疑。他问道：“您是他的亲属吗？”

马之助答道：“是的。”

亮珍流下了眼泪，说道：“真是凄惨啊。”

住持说，那几个尊攘浪士用了十分奸诈的手段。

他们并非直接来到内山，而是先去了一趟泉州堺，威胁大和屋的德次交出了一座驾轿以及一名伙计，然后再来此地，谎称是大和屋派来接为恭的。

他们的阴谋确实奏效，为恭毫不怀疑地钻进驾轿，离开了村子。艳阳当空，为恭不禁打起盹来。内山距离泉州堺大约八里，当时的为恭大概在心里想着就这么舒舒服服地躺在驾轿内打盹，听着外面的鸟叫，一眨眼就会到达泉州堺吧。

距离永久寺不过十丁的地方有个路口，叫做键屋十字路。邻藩伊贺也有个叫做键屋十字路的地方，因为渡边数马、荒木又右卫门等人的复仇而小有名气。[20] 而那天，大和的这个键屋十字路也发生了一件血腥惨案。时年元治元年五月五日。

当时为恭在驾轿内刚刚睡着。

十字路口的东边有个供奉地藏菩萨的小庙，而长州浪士大乐源太郎、神山进一郎、天冈忠藏三人此时正埋伏在那座小庙的暗影处。神山从昨夜便开始腹痛，此时更是痛得蹲了下来。刚蹲下他便看到驾轿从街道对面往这边过来了。

“来了。”

另两人立刻冲了过去，神山则稍稍晚了一步。抬驾轿的人把驾轿丢在了地上，为恭醒了过来，伸出脑袋说道：“哈，到泉州堺了么。”就在此时，大乐一刀挥下，砍掉了他的脑袋。

第二天，不知出于什么原因，为恭的脑袋被人塞进了大坂御堂前町路上石灯笼的灯罩内，下面贴了一张长长的天诛状。

比起脑袋，为恭的躯体更悲惨。键屋十字路是植村藩领地永原村与伊势藤堂藩领地三昧田村的交界。两村的官差为了逃避责任都不前去处理，据说为恭的躯体就这么晾了三天三夜。

至于绫子，有人说她出家当了尼姑，也有人说她嫁给了德次的伙计。

注释：

【1】久坂玄瑞：长州著名尊王攘夷浪士。幕末思想家吉田松阴的弟子。

【2】酒井若狭守：酒井忠义，若狭国小浜藩藩主。

【3】目明文吉：岛田左近的手下。

【4】雅乐寮：律令制下，隶属于治部，管理宫廷乐师，负责教授歌舞的机构。

【5】尾张：日本古代令制国之一。

【6】法桥：赐予僧侣的官位。法桥排行第三，仅次于法

印大和尚、法眼。相当于五位官员。

【7】女正月：正月十五日前后。按照日本风俗，正月时家家户户都会送礼答礼，家务繁忙，而家务工作一般都是由家中女性承担，所以到了正月女性会十分劳累。于是便衍生出了一种习俗，就是在正月十五日前后，家中男性操劳家务，让女性出门拜年。这段时间被称为女正月。

【8】明神：日本神道中的神明。

【9】守护不入：由幕府划定的连抓捕罪犯的警备人员都无权入内的特定区域。

【10】小正月：同上文女正月。

【11】百万遍：地名。位于京都市左京区。

【12】五人组：江户时代的一种制度，五家近邻编为一组。

【13】町年寄：江户时代，城下町及商业都市中掌管街道市政的官差。

【14】刀镡：刀身与刀柄间的护手部分。

【15】壬生：新选组。新选组最初成立于壬生村内，因此壬生便用来指代新选组。

【16】知恩院：位于京都市东山区的一家佛教净土宗寺院。

【17】本地垂迹：一种融合神道和佛教的理论。佛教传

入日本后，为了防止与本土的神道发生冲突，有人主张神道与佛教是互通的，神道里的明神就是佛教中的佛之化身。这种理论影响深远，直到如今有许多日本人既信神也信佛，很多神社内可以看到供奉着菩萨，很多寺庙内也可以看到鸟居(神社入口的牌坊)。

【18】摄社：隶属于大神社的外围小神社。

【19】大和：地名。日本有很多叫做大和的地方。不过结合下文的内山永久寺，可以推测是奈良县天理市内的大和。

【20】译者注：渡边数马的弟弟被河合又五郎所杀，他为了复仇，叫上荒木又右卫门等人于键屋十字路与河合又五郎等人展开决斗。这场决斗因为讹传而被渐渐夸大，甚至产生了荒木又右卫门连斩三十六人的传奇说法。后经考证，实际上当时荒木只斩杀了两人。

祇园伴奏

一

大和十津川乡士[1]浦启辅。

——元治元年至庆应年间，这个年轻人在京都的志士之间名声极盛。

人们评价他“剑术风格粗犷而又气度非凡”。

他所学的流派叫做“义经流”，是流传于十津川乡的古朴刀术。至今还有一些修习古法的武术家们在钻研这种流派。而浦启辅在义经流中融入了自创的拔刀术，取名为“浦之笼手[2]斩”，令新选组的人都闻风丧胆。

元治元年禁门之变[3]后，在京都内新选组的威势暴涨，几乎再也没有激进派浪士敢于与之对抗。而浦启辅却毫无畏惧地向新选组发起了新的挑战，数次在大路上展开激战，甚至斩杀了三名新选组的队士——要知道人称“刽子手”的土佐藩冈田以藏、萨摩藩田中新兵卫、肥后藩河上彦斋都不曾斩杀过新选组的队士。由此看来，人气鼎盛的浦启辅并非浪得虚名。

这一切，在去年的年末化为了泡影。

十二月二十七日，太阳快要落山时，启辅与几名同志在木屋町喝酒。喝完后，他沿着高濑川的河岸前往四条街。这时突然听见有人喊道“喂，这不是十津川的浦君么”，他环顾四周，此时太阳已经落山，有点夜盲症的启辅最不适合在这种时间作战。喊他的人似乎正躲在巷内的暗处。

当启辅察觉到有人冲过来时，他的右肩已经被砍，左大腿也挨了一刀。对方是六名新选组队士。

（不好）

启辅一边打滚一边跑。幸好他外衣下面还穿着一件犬毛衬袄，所以肩膀上的伤倒不是很严重。好不容易逃到河原町的土佐藩邸，藩邸内的人听他说完事情的经过后便收留了他。他的朋友土佐藩士山本旗郎对他悉心照料。别看山本一副轻浮的模样，实际上是个很热心的人。他说：“新选组十分执着地想杀你，你还是离开京都一段时间比较好。”

数天后，有一艘萨摩藩的藩船驶离伏见，启辅在山本的掩护下登上这条船离开了京都。接下来的几个月里，他都在故乡十津川泡温泉养伤。

浦的家叫做甲罗（河童）堂，是提供给苦行僧投宿的客栈。他是家中的次子。屋外是一个叫做“不动谷”的深谷，想要去一趟邻居家都要爬上爬下耗费半天的时间。十津川乃是十里大山，山地重重叠叠。以前在京都的奔忙与风光对现在的浦来说就好像是遥远的梦境。

到了五月，这片深山之中开始涌现出一片新绿。一天，一名京都圣护院的苦行僧投宿于甲罗堂。这是个肤色桃红的男子，他说自己要前往熊野[4]。

“京都有人委托我将此信转交给你。”

苦行僧给了浦启辅一封油纸包着的书信。除此之外他再没说什么，看来只是负责转交的。浦打开书信一看，发现是山本旗郎的笔迹。

——伤养得如何了？如果已经痊愈的话，我希望你能速速来京。有一件事只有你能完成。旗。

（真是个好消息啊！）

浦开心得都要手舞足蹈了。原来京都那些萨长土的同志们都还没有忘记他这个十津川乡士。伤可以说已经好了，即使没好也要去。真不知道浦启辅的身体是用什么做的。

很快他便收拾好行李出发了。

大坂天满的港口有新选组的人在值勤，管制试图进入京都的浪人。因此浦走的是陆路，由淀堤北上。

到达河原町的土佐藩邸后，他找人打听山本旗郎在何处。别人告诉他山本因公事去了大坂。

“再过十天左右就会回来。”

于是浦就投宿在了同在河原町的十津川藩邸。

说是十津川藩邸，实际上是租来的，而且只有两层，粗糙不堪。十津川不是藩，而是天领[5]，住着一群乡士。不是藩竟然也在京都拥有藩邸，真可谓怪事。这也是那个时代的种种奇怪现象之一吧。

浦启辅每天都会前往附近的土佐藩邸，问山本回来了没有，得到的答复一直都是“还没有回来”。

“真是过意不去，山本旗郎在大坂办公事的时间似乎被延长了。”藩邸之人跟浦说这话时，已是浦回到京都的第十五天了。

（算了，还是再等等吧）

不久后，一名信使捎给他一封来自家乡的书信。这封书信令浦启辅震惊不已。是加代寄来的，她说她怀孕了。

（怀孕了？）

启辅脸色苍白。加代是一名曾与他有过瓜葛的女子。

“要么你马上回来，要么我离家出走，去京都投奔你，希望你抓紧时间决定。待在家中总有一天会被父母看出端倪，我每天都在担心这个问题，日子过得有如地狱般煎熬。希望你速速写好回信交给这个信使。”整封信都在反反复复地念叨着这个。

（真麻烦）

启辅一想起加代的父亲、同乡乡士千叶赤龙庵那张脸，便忍不住浑身打颤。赤龙庵是教启辅学问的老师，不过同时，他也是浦家的宗家[6]家主。在乡士之间，宗家的家主是犹如君主一样的存在。如果与他女儿私通的事情被暴露出来，启辅便再也没脸回老家了。

（加代这混蛋）

启辅忿恨地想着。不过此事他自己也有一定的责任。

那一天是在二月。深山之中的二月非常寒冷，而那天却是罕见的大晴天。启辅看到自己的伤口已经愈合，心情大好，打算前去拜访山谷对面的千叶家。去千叶家得翻过三座山，再越过四道谷，然后跨过四条河，要花上整整一天的时间。

“我是甲罗堂的启辅。”

听到这话，最近卧病在佛堂内的赤龙庵特别开心，一边咳嗽一边问启辅伤好得怎么样了，京都的情势如何。启辅一一作答后，赤龙庵说了句“啊，真是辉煌啊”。他似乎十分羡慕启辅的年轻与活跃。

千叶赤龙庵是大和十津川乡的幕末勤王领头人之一。年轻时他曾拜访过水户藩的藤田东湖[7]，这也是他最为自豪的一件事。

当时的水户藩，可以说从水户光圀[8]治政以来便是勤王思想的大本营。安政大狱中被捕的政客、辩论家几乎全部受过水户学派的影响。为了接受水户思想的洗礼他们都曾去过水户，甚至把去水户之事称为“水户参拜”。

赤龙庵也曾去过水户，这成为了他一生的骄傲。

“当时。”他如同说口头禅般地说着这些话，“拜见过东湖大先生，并继承了他的志向的，只有我和萨摩的西乡吉之助（隆盛）等寥寥数人。前些年死于大狱的长州藩吉田寅次郎（松阴）也是在他二十二岁的时候踏上了水户的土地，不过当时东湖大先生不在家，他最后只见到了会泽正志斋[9]、丰田天功[10]等人。”

当时的藤田东湖虽然只是个儒士，但身为藩主齐昭的侧近，他参与藩内机密政事，成为了一名大政治家。按理说大和乡士千叶赤龙庵是万万不可能见得到他的。不过藤田看到赤龙庵名札上写着的“大和十津川乡士”几个字之后，突然来了兴趣，将他召进了书房。

“十津川的人倒是非常少见。”东湖仿佛看奇珍异兽一般地看着赤龙庵说了好多遍。在外人看来，大和十津川仿若秘境。不过根据《古事记》[11]、《日本书纪》[12]的记载，在神话时代，十津川内住着一种叫做国樔人的人种，神武天皇[13]登陆熊野进攻大和盆地时，为天孙族[14]带路的土著人便是他们的祖先。后来朝廷数次迁都，先是大和，后迁到奈良，最后迁到京都。不过那些山岳里的土著一直在以自己的方式效忠，只要皇都有一丝变动，他们便会迅速地拿起武器行动起来，保卫朝廷。比如说古代他们就参与过保元平治之乱[15]、南北朝之乱[16]。在南北朝时代，国樔人为了保卫流亡的南朝皇室，与足利幕府[17]一直对抗到最后。水户学派认为南朝才是皇室的正统，所以国樔人的后裔——十津川人对于水户人来说简直就是勤王史的活化石。东湖看到这个活化石般的赤龙庵，心情激动也是可以理解的。

“千叶先生，请您告诉您的同乡，一场前所未有的大灾难即将降临我神国大地，到时候十津川乡的诸位豪杰当如过去一般，为了朝廷行动起来。”

赤龙庵把这句话带回大和的深山之中。在事务之余，他开设了一间私塾。而他的远亲浦启辅也是他的弟子之一。

“启辅。”赤龙庵说道，“今夜就住在我家吧。”山谷中已是黄昏时分。

“恭敬不如从命。”

启辅借住在了库房中。十津川家家户户的库房经常会收留一些翻山越岭来到这里的旅客或是苦行僧，所以都修建得有模有样。

赤龙庵的小女加代为启辅忙里忙外，帮他铺好睡觉用的稻草铺，还点了一盏灯。在这片山村中，加代被称为大丑女，虽然启辅觉得也没有那么夸张。她腰粗肩平，手脚肥大，不过穿的却是很有女人味的条纹木棉和服，露出红色的衣领。衣领上有一点污渍。在启辅看来，那污渍似乎有着一种异样的诱惑。

“启辅先生。”加代在灯光下微笑道。不知何时，她的手里出现了一张泛黄的纸片。

“还记得这个吗？”

“这是什么？”

“诗。”

“……？”

启辅打开一看便想起来了。那是两三年前，他在这里学习平仄的时候信手写下的一首诗，写完就不知扔到哪里去了。那是一首颂扬美女的诗，虽然启辅本人早就把内容忘得一干二净了。

雾鬟云发画里看
篱前空满菊花团
反魂香灭思肃然
独抱明月卧栏杆

（真是乱七八糟）

除了平仄符合之外毫无亮点。诗的意思是一名男子对某位美女仰慕极深却又求之不得，于是“独自拥抱月光，凄凉地躺在栏杆上”。读完之后，启辅不禁内心一惊，难道加代对这首诗会错了意?

（不会吧）

启辅抬起头来，猛然发现加代那绯红的脸庞都快要凑到自己身上来了。他狼狈地说：“这是我以前写的，也给赤龙庵师傅看过的。”说完他便打算撕掉那纸片。

“启辅先生，讨厌。”

“讨厌什么?”

“不要撕掉嘛。”

加代用异常撒娇的语气说道。同时，她扭动着那庞大的身躯贴近了启辅，真是个胆大的女子。启辅吓得急忙退开，加代却扑了过来试图抢夺他手中的纸片，身体明显刻意地蹭在了启辅的身上，将他撞翻在地。没想到倒下时，他的膝盖勾住了加代的裙摆，撕裂了她的裤裙。气温仿佛一瞬间升高了一大截。

不知道加代低声说了一句什么，总之启辅狠狠地搂住了她的腰。之后，就不记得发生什么事情了。

过了不久，启辅猛地直起身来，心中充满不安。

（我做了件混账事）

这可是私通啊。而且，现在正躺在稻草铺上的加代，不日便会嫁给他人。赤龙庵告诉过启辅，加代不久后就会作为后妻嫁给一个叫做右京的风早[18]乡士。

一丝丝细雨漏进了屋内。

十津川藩邸的天花板上，落下了一滴被煤油弄脏了的雨滴，打湿了启辅写给加代的信。

启辅做不出没良心的事。

——才睡过一次，就怀上了孩子。但他绝不可能置之不理。启辅打算偷偷地把加代接出来，带到京都，与她组建家庭。

“我一定会去接你。”启辅写道。

不过同时他也写道：“但是现在，有一件与禁宫有关的事我必须完成。完成之后，我一定会飞跃十里大山，前去接你。在那之前，请你一定不要心急，耐心地等我吧。”

在最后启辅写下：

——夫 敬上。

他想，这样加代会开心一点吧。

最为关键的土佐藩士山本旗郎回到京都时，已是六月

初了。

他独自一人来到了十津川藩邸。

山本剃了个尊攘浪士间很流行的狭长月代[19]发型，没有缠发髻，披散着长发。上身穿的粗布短褂，下身是白色的小仓[20]裤裙。大小佩刀皆是红漆刀鞘。脚上穿的是当时正在流行的朴树叶木屐。

“这只异鸟。”人们对他的穿着指手画脚。

当时，有人把志士之间的习俗戏称为异鸟，取笑道：“这只异鸟（志士习俗）随着最近天机（朝廷）人气鼎盛而生，嘴如鹰喙，细长尾巴，爪穿木屐，额头狭窄。剖开鸟腹一看，胆小得可怜。叫声如诗歌般动听，乍听下还以为勇猛无比，实际上除了逃得快，一无所长。”

对于这种嘲笑，山本旗郎怡然不惧，浑身上下都是显眼的志士打扮。

“先喝酒。”说着他便把带来的酒壶放在地上。不停地推杯换盏间酒喝得飞快，山本数次出门再买。不久后他便酩酊大醉，一篇接一篇地吟诵着藤田东湖的诗作。

话题一直谈不到正事上，浦启辅十分焦急。最终，他敲着山本的膝盖开口问道：“山本，那苦行僧转交给我的信件上所说之事，到底怎样了?”

“嗯……”

吟诗被打断，山本露出一脸的不快。

“暂时不用急。在那件事之前，得先让你见一个人。”

“那件事到底是什么事?”

“杀人。”山本旗郎比画了个砍头的手势。

“杀新选组么?”

“不，是比那更重量级的人物。如果杀掉了，那就是大事件了。要是让人得知是萨长土哪个藩的人干的，会引起很大麻烦，所以只有拜托你这个无藩之人了。这一点，你能明白吗?”

“当然。”启辅说道，“我们十津川乡士就是为了在这种情况下发挥作用才聚集在京都的。”

“啊，说得好!”

山本又开始吟起诗来。启辅被他影响，也开始吟唱起一首有关故乡的勤王悲歌，思念着他那作为勤王悲壮史之舞台的故乡山河。突然，加代那件事钻入了启辅的脑海，他不禁一脸忧愁，没有心思继续吟诗了。

山本回去了。

数日后的黄昏，山本把衣服都未穿戴整齐的启辅拉出藩邸，说道:“请随我来。”

“去哪?”

“别问了，跟着就是。”

他俩沿着锦小路一路向西，路过室町[21]、衣棚、新町，走到釜座附近时，太阳已经下了山。最后他们到达的地方是锦小路醒之井。北边第三排有一间屋子挂有门帘，上面写道“糕点司 松屋陆奥”。外墙是用竹子做的板壁，墙上有格子窗。启辅透过格子窗看到里面有人窥视了一下他俩。走过屋内那昏暗的泥地通道后，便可看到一个长长的走廊。走廊尽头是一间仓库。

“就是这里。”山本拉开了仓库门。

令启辅感到意外的是，仓库内点着五六个烛台，有七八名武士正在喝酒。他静静地走了进去，坐在门口边。

“这就是先前所说之人。”山本对坐在末座的男子低声说道。“先前所说之人”这种话，令启辅有点忿然。

“在下十津川乡士，浦启辅。”

所有人都礼节性地低头示意，但是没有一个人报上自己的名号。

上座坐着三个人，都穿着气派的行装。其中有一个目光锐利的人以爽快的口吻说道：“浦君，这次要劳烦你了。”说完，他伸出大手，把酒杯递给启辅。启辅接过来喝了一口。[22]

“伤怎么样了？”

“完全好了。”

“那就再好不过了。”那人微笑着说。听他的口音可以很容易地判断出他是长州人。长州人竟然会出现在这里，单单这件事就令启辅震惊不已了。长州藩前段时间遭到幕府的征讨，现在才好不容易休战。新选组、见廻组都把长州人当做眼中钉肉中刺，如今长州藩士可不能随随便便出现在京都。恐怕面前这人因有个大计谋，才会偷偷来到这里。从他的言行举止来看，一定是个大人物。明治维新后，启辅经常跟人说，可能那个人就是木户准一郎（木户孝允·桂小五郎）。

还有一位萨摩人，看起来更像个大人物。只见他突然立起右膝，挠了挠小腿后又坐下。直到最后都一言不发。

从口音可以听得出来，在场的除了山本旗郎之外，还有一名土佐人。那人和山本一样，不像是什么举足轻重的人物。启辅也明白，土佐藩的藩主和干部依然有着亲幕倾向，进行勤王倒幕工作的土佐人都是些下级武士或者脱藩浪人。而且其中大部分死于文久元治年间的动荡中，现在剩下的已寥寥无几。这些人如今都不啻于成了萨长大人物的手下了。

“山本君已经告诉你细节了吗？”那个疑似木户的长州人问道。

“还没有。”

“没关系，此事就全权交给你们二人了。”

“浦君，来一杯。”另一名萨摩人说着，把杯子递给了他。

“诚惶诚恐。”

“祝你旗开得胜。”

“非常感谢。”

启辅一口气干了这一杯。喝过几次后他便开始感到意识模糊，后面发生的事都记不太清了。很奇特的一点是，在座的这些人虽然都喝得欢快，但是互相说话间都不叫对方的名字。直到最后，启辅也不知道他们到底是什么藩的什么人。

接下来的几天，启辅都在十津川藩邸内等待着山本的联络，但一直都杳无音信。

(到底要杀谁啊?)

启辅内心焦躁。他还想早点完成这件事回十津川呢，加代可还在等着他。算算日期的话，她的肚子应该已经隆起来了。不管加代性情多么坚强，现在每天也都如坐针毡吧。

又过了几天，山本终于来了。这个小脸且肤色黝黑的土佐人刚进入启辅的房间就说道：“哎呀，真是对不住。”边说边擦着汗。

“从那天分开后，我便每天跟踪咱们的目标，调查他的生活情况，终于掌握他的习性了。不管怎么说他可是个大人物，每次外出时身边都会跟着随从，或者是他的仰慕者、门生、手下，前呼后拥。我跟踪的目的就是想知道他什么时候会独自一人，比如说私会情人什么的，干这种事任谁都会偷偷摸摸地吧。于是我便开始调查他到底有没有情人，如果有的话，那他到底把情人藏在了哪里。”

“调查清楚了吗?”

“嗯，还真有。宫川町以北有个叫做团栗十字路的地方，他就是在那附近租了间房子来藏情人。你是个稳重的人，这种事你就不懂了吧。”山本笑着说。启辅想起加代那件事，不禁面红耳赤，心里默默说道：“这种事真是男人的陷阱啊。”即便是像启辅的师父赤龙庵那样的人物，如果偷情之事被人发觉也会说这种话吧。

“那我们要杀的到底是什么人?”启辅问道。

“啊，原来还没告诉你啊。那人大概五十岁，是水户藩京都警卫指挥官住谷寅之介。”

“诶?”启辅陷入了沉默。这个名字他听说过，赤龙庵给他讲过了无数遍，讲得他耳朵都快长茧了。

赤龙庵经常说：“安政大狱之后，水户藩人才凋零，再也无法恢复东湖大先生那个时代的荣光。藩内党派林立，互相争斗杀戮，终于气数散尽。当年作为勤王的大本营，号令天下志士的威仪早已荡然无存。不过，藤田东湖、会泽正志斋、户田忠大夫、金子孙二郎、武田耕云斋、藤田小四郎等人死后，还有一人屹立不倒，那就是住谷寅之介先生。与他相比，萨长土的志士都是孙子辈。公卿、诸侯之中也有无数人把他当做师傅般景仰。”

启辅还听赤龙庵讲过，土佐的老诸侯山内容堂尤其敬重住谷先生。

藤田东湖生前，虽说只是水户的一名臣子，容堂却对他礼遇有加，自称为弟子，讨教他对于时局的看法。东湖死后，有一天，容堂把人称东湖第二的住谷寅之介请到了江户锻冶桥的藩邸之中。

与对待东湖一样，容堂对住谷执弟子之礼，向他讨教当下的时事。

不过那些陪席的家老们则不以为然。土佐藩的家老们都是仰仗门阀出身而身居高位，他们的无能在诸藩之间甚是有名。在他们看来，住谷不过是马廻役[23]出身，领俸二百石，所以都表现出一副高高在上的模样对住谷的话语嗤之以鼻。

容堂狠狠地盯着他们说：“天下名士，皆对住谷先生推崇备至，你们这是什么态度。”

第二天，容堂便满怀感激之情地写了封信给住谷。信上说："前夜赐教，实乃意外之喜，愉快之情，不可言喻，好比重逢东湖先生。还请先生继续屈尊，带领吾等完成公武合体[24]大业。"写信时，他激动得如同一个少年。

容堂是诸侯之中有名的勤王派，但同时他对德川家也是忠心耿耿。也就是说容堂所持的思想就是可以被称为"进步意义的佐幕主义"的公武合体论，这与土佐藩内下级武士们的思想截然不同。而容堂敬爱万分的住谷寅之介也是如此。住谷思想上是激进的勤王派，而政治倾向则是公武合体。所以容堂才会与他十分投缘吧。

"山本君。"启辅说道，"要杀住谷先生？你没疯吧？"

"要杀。"

"但是，你们的主公容堂大人可是把他敬为东湖第二，对他行弟子之礼啊。"

"主公是主公，我们是我们。我认为住谷完完全全是个逆贼。"

"逆、逆贼？"启辅面色赤红地说，"你在说什么胡话？你不记得了吗，住谷先生可是水户勤王党的领袖，而说到水户，那可是勤王思想的大源头啊。山本君，恕我冒昧说一句，你是不是发狂了？"

"我没有发狂。"山本脸色平静地说道。

仔细一想的话，山本只不过才二十一二岁。对于上一代的勤王运动家来说，“水户”二字重如泰山，而水户思想则是他们的精神食粮。但是对于山本旗郎这些年轻人来说，即便提到水户也不会有任何想法。

山本这一代，水户思想就如同植物的种子，被风吹散，四下飘零，然后在遥远的西国诸雄藩的土地上生根发芽，孕育了山本他们这些人。

至于启辅，也是山本那般年纪。不过他的师傅却是自称“东湖直系”的水户派学者千叶赤龙庵，因此他能够深深地明白水户思想的可贵。

“山本君。”启辅握住刀，说道，“有句话我说在前面。我们十津川乡士是数千年的勤王乡士。值此京都危难之际，我们是为了守护朝廷才来到这里的。你的无理图谋，请恕我无法帮忙。”

“那，就不拜托你了。”

山本起身准备离开。

“稍等，山本君。你反倒很有可能是个逆贼。”

“何出此言。”

“因为你试图刺杀名士住谷寅之介先生。这与刺杀我们勤王派的祖师有何差别？这个问题你如何作答？答不好小心我让你无法活着离开。”

“不要激动。”

山本也微微弯腰，握住了刀柄。但是他知道面前这个单纯的十津川乡士的技艺比自己高超得多。

“还是好好谈谈吧。”他把刀推到对面，说道，“你已经落伍了。十津川的人都是如此，我只是没想到你也是如此。”

“……”

“时代瞬息万变，并不是永远都要以水户为尊。恰恰相反，如今的水户可以说都是些逆徒。”

山本说，水户藩的任何人，即使是已逝的藤田东湖，都未曾说过要打倒幕府。毕竟水户乃是御三家[25]之一。水户人顶多只会想到改革幕府的体制，这便是水户思想的局限性。按照如今的局势来看，这种思想只会阻碍社会的发展。正因为现在这种思想大行其道，才导致主张打倒幕府的公卿屈指可数。

“连诸侯们都是。”

山内容堂就是个再好不过的例子。土佐如此雄藩，如果能够选择倒幕路线的话，尊攘大业便可一蹴而就。而他却做着公武合体的白日梦，甚至对武市半平太等倒幕论者处以极刑。

“为公卿、诸侯们灌输公武合体思想毒瘤的便是水户藩京都警卫指挥官住谷寅之介。住谷不除，时代无法前进。”

“到底由谁打倒幕府呢？”

“问题真是多啊浦君。想必你也知道那一定不会是水户藩。事情是明摆着的，肯定是萨摩长州啊。水户学派不过是纸上谈兵，只有配备着外国先进枪支、大炮、军舰的强藩才能推翻幕府。”

“什么?”

“我偷偷告诉你吧。萨长两藩已经秘密结成倒幕联盟了。”

“诶?”

启辅知道，禁门之变后萨长便势同水火，什么时候这两藩还结盟了?

“总之，只有推翻了幕府，天皇亲政的时代才会到来。这不正是你们十津川乡士代代相传的夙愿么?要达成夙愿，那就杀掉住谷吧。只要住谷还活着，他便会蛊惑人心，使得最关键的五摄家、清华家[26]等公卿无法下定决心支持萨长倒幕。他们不支持，朝廷就无法为萨长倒幕军配发锦旗[27]。”

“原来如此。水户学派身为勤王论的权威，竟是勤王大业的绊脚石。”

虽然启辅并未完全理解山本的话，但他感到那些话语似乎正预兆着一个新时代的到来。

“我要杀他。”

“太好了。”山本用挖苦的语气说道，“跟你说了这么多机密，如果你还拒绝的话，那只好杀了你了。”

这一天是庆应三年六月十四日。从这天晚上起，启辅二人便开始了行动。

㊃

二人进入了宫川町。这条街道坐落在鸭川东岸，四条大道[28]与五条大道之间，南北走向。以前是地下红灯区，嘉永四年改为官许的花街。

街道北面则是团栗十字路。住谷寅之介的情人便租住在那里靠近建仁寺的一条小巷内。租屋附近的水沟里长着牵牛花，不知是不是住谷情人所种。

“记住了吧。”

“嗯。”

沿着那条小巷再往前走大约十排房屋便是个死胡同。

“所以我说地形好嘛。”

突然，那间租屋的房门开了，启辅二人连忙躲进了旁边屋檐下的暗处中。租屋内走出来一名女子，她似乎朝启辅那边看了看，不过应该没有发现什么。这便是住谷的情人吧，启辅二人心中都产生了一丝纠结的情绪。据说暗杀时看到那个家庭的女人，暗杀就会失败。可能会让刺客心生怜悯。

“真不是个好兆头啊。”出了宫川町后，山本用略带寒意的语气说道。而启辅则一言不发地行走。走着走着，他便想起了十津川的山河，随后不可遏制地思念起正在那儿孕育着的自己的骨肉来。

“杀人还真是件讨厌的事啊。”

二人会如此心情沉重，都是因为看到了那个女人吧。启辅听说过，人称刽子手的萨摩藩士田中新兵卫杀入岛田左近位于木屋町二条路的妾宅时，看到了岛田的小妾君香的狂乱模样后，久久无法释怀，渐渐地失去活力，最终走上了自我毁灭的道路。

第二天下午，打算出门的启辅刚下楼，就看到通道上站着一位身穿行装的女子。正是加代。

“你、你怎么来了？”

“我来了。”加代抬起消瘦的脸庞，面无表情地说道。那份冷漠令启辅不禁打了个寒颤，开始怀疑自己当初是不是精神不正常才会去搂她。

“我住二楼，请随我上来。”

加代一副理所当然的表情跟他登上了楼梯，进入启辅房内便一屁股坐在了破烂的榻榻米上。看她那副表情，似乎是这么一坐下去就再也不想起来了。

“回信收到了吗？我应该是寄了的吧？”启辅问道。

“看了。”加代依然面无表情地环顾四周。启辅突然发现了一个问题——加代如果那次怀上了，现在应该都五个月了，可她的肚子似乎没有任何异样。

“那你为何不耐心等我去接你呢？”

“不要。”

加代把视线从天花板转到远方的屋棚，不一会儿又慢慢地转到启辅身上，说道：“我要嫁给你。肚子已经开始变大了，没法继续待在家里了。”

“但是，这屋子相当于藩邸，是不能收留女人的。”

“我带了钱。”

大概是指租房子的钱吧。启辅一下子想起了团栗十字路的小巷。不过他又想了下和加代结婚后住在那里的情形，忍不住浑身一颤。果然要住在那种香艳的地方，还是得有一个香艳的女人才合适。他不禁又想起了住谷的情人，虽然没看到脸，但是听她那利休木屐[29]所踏出的爽脆脚步声，应该是个清新的女子吧。

“肚子里的孩子怎样了？”

“还在。”加代冷冰冰地答道。启辅没有勇气细问，但是不管怎么看都感觉不像。

他说了声自己还有要事在身便下楼而去，出门前对藩邸的仆人说了句“故乡宗家的小姐为了参观祇园会[30]来了这里，希望你好生照料”。

京都到处都张灯结彩，无论在哪里都可以听到祇园伴奏[31]的声音，路上来来往往的人群都被夕阳照得脸蛋通红。启辅来到河原町的土佐藩邸，找到山本后简短地说了下加代的事，便请求山本留宿他。山本委婉地拒绝了。

“不仅仅是你，我也不能住在这藩邸里了。我今夜就将坐船前往大坂藩邸出差，暂时不会回到京都。”

“诶?”

“当然出差只是幌子，我们不能让人发现暗杀住谷一事与土佐藩有关。这里有些钱给你。”

不知道山本是从什么人那里得到了三十两黄金。他把黄金塞入启辅怀中，打趣道：“够你在宫川町潇洒啦。”随后他又说：“当然也可以说是必要的埋伏。”

当夜，启辅住在了宫川町的妓楼之中，第二天依旧如此。他都记不清晚上睡过的妓女长什么样子，毕竟他还得等候暗杀的目标，而藩邸内还有加代等着他，启辅可没有闲心跟妓女枕边夜话吧。

第二天傍晚，山本来到启辅的客房，低声对他说道：“来了。”他刚才看到住谷进入了团栗十字路的那条小巷。

“住谷不会留宿，再过一刻大概就会出来。”

启辅结完账便与山本一起出了妓楼。不一会儿天就黑了，不过这条花街却明亮得瘆人。头顶上，六月十六的圆月正散发着皎洁的光芒。

“住谷先生刀术如何?”

“似乎是神道无念流皆传段位，总之不会是你的对手。”

启辅二人躲避着月光，在屋檐下的暗处中前行。山本似乎是饿了，弯着腰不停地啃年糕。不过他并没有给启辅吃。

即使山本叫启辅吃，启辅也没那胃口。从刚才开始，启辅的牙齿就在不停地打颤。颤着颤着就来了尿意，提起裤子折腾了半天，也只撒出来几滴。没想到他居然害怕了。

“喂，你看。”山本用手肘推了推启辅。只见一个神似住谷寅之介的高大武士从那条昏暗的巷子口走了出来。

不一会儿那人就走到了启辅二人跟前。他头上缠的是齐整的诸大夫发髻，身穿罗绮短褂，露出了一点点白色的衣领，腰间的大小佩刀有着长长的刀柄，下身是仙台平裤裙。眼鼻轮廓清晰，下巴稍长。

(这就是水户论客的总帅么)

赤龙庵那么崇拜的水户学的代表人物，如今就这么经过了启辅身边。

(上啊)

山本戳了戳启辅的肋下，但是启辅却双腿战栗，一步都迈不出来。

“他转入宫川町了。”

山本尾随了过去，启辅则跟在他的身后。高大的住谷寅之介穿过拥挤的嫖客人群，慢悠悠地向南走着。

“看样子是要拐向河原板桥渡过鸭川，我们先赶过去埋伏吧。”

山本快速超越了住谷，而启辅则走小路来到河原板桥。不一会儿山本也到了，两人藏在桥边地藏小庙后的暗影中。

“来了！不要让他逃掉啊。”山本说道。启辅停止了颤抖，问了一个问题：“山本君，你确定这是为了国家吧？”

“确定。”山本并没有说是为了萨摩、长州，因为他也坚信，这是为了国家。

“那我就杀了他。”

启辅从暗影中走了出来，山本紧随其后。住谷看到两人的身影，内心一惊，停下脚步问道：“什么人？”

山本呼吸紊乱，情不自禁地高喊了一声“奸贼”，便拔刀跳了过去。他这一刀落下的瞬间，住谷拔刀往上格挡，山本的刀便冒着火花飞向了天边。看到这一幕，启辅变回了在战场时那副刚毅豪气的模样，一步踏前，学着山本吼了句“奸贼”，一刀划过，从住谷的右脖颈斩到左胸。住谷还没来得及叫一声便倒下了。

这时山本又奔了过来，捅了住谷一刀后，弯下腰在他怀里摸索。此时月光已被乌云笼罩。山本掏出住谷的怀中之物塞入自己怀内，随后拔走了住谷的大小佩刀。月光再次出现时，山本正在板桥上奔跑。

启辅则在他的前面。幸好此时并无旁人。两人跑过七条大道后，面前就是一条通往伏见的田间小路。山本在七条大道附近的浅滩处埋下了住谷的佩刀和怀中之物。

“这样的话看起来就像抢劫杀人了吧。”

“真是考虑周到啊。”

这不是挖苦，而是发自内心的钦佩。两人继续往前走，越来越接近伏见了。山本发现启辅一直在跟着他，便说道：“浦君，我将由伏见坐船前往大坂，暂时藏匿于住吉[32]的藩邸中。但我不能与你同行，就此别过吧。”

“就这样分开么?”

启辅的声音充满悲痛。现在回到京都的话，就不得不面对加代了。他真想就这么远远地逃离。

山本已经转身离去，消失在黑夜中。

从那一夜起，启辅也从京都志士间销声匿迹。

十二月，王政复古。

第二年，明治元年十月，迁都东京[33]。

明治三年二月二十四日早晨，东京神田[34]斜对面的外城门处正在举办节日活动时，发生了这么一起事件：

一个平民打扮的年轻人和一个武士打扮的男子追逐一名壮汉，那平民不要命地抱住壮汉，拿匕首捅向他的肚子，那武士则趁此砍下了壮汉的脑袋。

此时，一位柳川[35]出生的刑部官员正好路过，吼道："什么人？休要放肆！"那个武士打扮的人不卑不亢地答道："我们是在为父亲住谷寅之介报仇。我是住谷长子七之丞，这是次子忠次郎。还请您不要插手。"

那官员询问详情后得知，庆应三年六月祇园祭之时，两人的父亲住谷寅之介在京都河原板桥附近被人暗杀，佩刀以及怀中之物被窃，后来一位化名松本权十郎的武士（至今身份不明）叫来附近居民将尸体搬至本圀寺（水户藩阵地）附近。

长子七之丞立马奔往案发现场寻找线索，最终找到了一位目击者。那是住在河原附近小屋内的乞丐，名叫"伞屋"。他说道：

——我看到凶手蹲在尸体旁边，不一会儿就沿着板桥往西逃了，之后的事我就不知道了。不过我记得那人的相貌。

此后四年，住谷兄弟二人苦苦追寻凶手，终于在今天追到了。

"这样么。为谨慎起见，我再问一次，你们的仇人姓甚名谁?”

“土佐藩山本旗郎。”

而山本身首异处的尸体，此时就躺在眼前。

当天住谷兄弟便从弹正台[36]被押送到了水户藩，而山本的遗体则被送至土佐藩，当日下葬。维新政府参议佐佐木高行、刑部大辅[37]斋藤利行等土佐高官集于锻冶桥藩邸内商议此事如何处理。最后判定住谷兄弟的行为实属复仇之举，便向水户藩寄去了谅解书。

当日，佐佐木参议在日记中写道：“我藩藩士山本旗郎遭人报复，甚损土佐颜面。不过山本所为之事，实乃天道不容，故无可奈何也。”

山本旗郎突遭袭击身亡，不知庆应三年六月初，那些聚于京都锦小路醒之井糕点铺仓库内的“萨长要人们”作何感想。这也是个不解之谜。

至于浦启辅，暗杀住谷之后几经辗转，维新后成为了横滨一位贸易商的伙计，一直活到了大正初年。他一生极少谈起维新之前的事，不过在晚年时稍稍透露了一句：“总之我就是想逃离加代所在的京都，所以杀掉住谷后立刻沿着板桥往东逃了。而山本正是因为在现场逗留了一下才会被人看见吧。”

果真如此的话，加代从某种意义上来说算是浦启辅的救命恩人，不过自那之后，无人知道她的音讯。

注释：

【1】大和十津川乡士：奈良县南大和十津川乡内的乡士集团。

【2】笼手：戴在手臂上的护具。

【3】禁门之变：1863年9月30日幕府在京都发动政变，将三条实美等倒幕派公卿逐出京都，并迫害以长州藩为首的尊王攘夷派。作为报复，1864年8月20日，长州藩发兵进攻京都与幕府联军交战，交战地点为蛤御门，是皇宫禁门，所以此次交战被称为禁门之变。交战结果长州藩惨败，大量尊攘派领袖战死，使得尊王攘夷论一度陷入颓势。

【4】熊野：和歌山县南部及三重县南部地域。

【5】天领：直属于德川将军家的领地。

【6】宗家：一系相承的家族的主家。

【7】藤田东湖：1806—1855年，幕末水户藩著名学者，尊王攘夷派。曾辅佐水户藩主德川齐昭改革幕政。

【8】水户光圀：1628—1701年，水户藩第二代藩主，人称水户黄门。重视学问，刚直不阿，喜打抱不平，留下了众多传奇故事，在日本享有极高威望。

【9】会泽正志斋：1782—1863年。水户藩一代大儒，

与藤田东湖一道被称为藩主德川齐昭的左膀右臂。

【10】丰田天功：1805—1864年。幕末水户学者，水户藩彰考馆（编著史书《大日本史》的机构）总裁。

【11】古事记：711年日本元明天皇令太安万侣编撰的日本古代史。是日本历史上的第一本书籍。

【12】日本书纪：720年应天武天皇之令编撰的正史书籍。

【13】神武天皇：日本第一任天皇。不过此人到底存在与否有许多争议。

【14】天孙族：传说中拥立第一任天皇的势力。

【15】保元平治之乱：1156年后白河天皇与崇德上皇间争权夺势的战斗被称为保元之乱。1159年源义朝与平清盛之间围绕后白河上皇展开的一场战斗被称为平治之乱。

【16】南北朝之乱：1336—1392年间，日本皇室一分为二的混乱时期。

【17】足利幕府：第四章《猿十字路口的血斗》中提到过的室町幕府。

【18】风早：地名。

【19】月代：一种发型。把从额头至头顶的头发剃成半月形。

【20】小仓：地名，盛产一种竖条纹的优质木棉布。

【21】室町：地名。下文的衣棚、新町、釜座、醒之井皆为地名。

【22】译者注：在过去，把自己的酒杯给下级的人喝一口是一种奖赏。

【23】马廻役：藩主的守卫，拥有骑马资格，属于地位中等的武士。

【24】公武合体：第四章《猿十字路口的血斗》中提过的将公家（朝廷方面）和武家（幕府方面）统合到同一战线的主张。

【25】御三家：德川氏宗家之外，拥有将军继承权的三大分家。如果将军无子，便会从御三家中挑选一名合适的男子收为养子，让其继承将军之位。分别为纪伊德川家、水户德川家、尾张德川家。

【26】清华家：仅次于五摄家的公卿贵族家系。

【27】锦旗：指天皇的锦之御旗。有此旗帜即为朝廷官军。

【28】四条大道：以及下文的五条大道皆是京都的主干道名称。共有十条，类似于如今所说的一环至十环。

【29】利休木屐：晴天穿的一种木屐。

【30】祇园会：祇园祭，京都祇园社的节日活动，每年七月一日开始，持续一个月。而本文中所写的日期为六月，

是因为使用的是旧历。

【31】祇园伴奏：伴随着祇园祭活动的举行而响起的伴奏声。

【32】住吉：大坂地名，土佐位于大坂的藩邸所在地。

【33】东京：朝廷迁都至江户，江户改名东京。

【34】神田：东京千代田区东北部地区名。

【35】柳川：地名，位于福冈县南部。

【36】弹正台：律令体制时代的监察、警察机构。

【37】大辅：律令体制时代的官职名。

土佐夜雨

㊀

如今已是花开时节，不过土佐高知城[1]下却飘着雪花。

大概是因为地处南方，高知城下的男儿们个个都朝气蓬勃。即使是天气异变，他们依然饮酒作乐。

“下雪时喝酒！开花时喝酒！管他风吹日晒电闪雷鸣，喝酒！喝酒！”

这一天，城下无论哪条街里的人都在开怀畅饮。

——不过，这个大汉却是例外。

他在工作。

他腰间佩着铁制的大佩刀，腋下夹着药箱，顶着光头，身穿赤红汗衫，卷起裤裙的后摆，一副睥睨众生的模样走在街道上。

雪花一落到他的浓眉上就化了。

他的脸色红润如玉，大概比一般人更加气血旺盛吧。

“有病人吗？卖药啦！一包一文钱！”

他浓眉下的双眼炯炯有神，一脸认真的表情，这说明他不是在发酒疯。如果一个病人都找不到的话，他今天可能会连饭都没得吃。

大光头沿着播磨屋桥[2]往西而去。

随后他又沿紺屋町[3]北上，在追手筋[4]附近转弯时，雪突然变大了。在这里，抬头就可以看见前方的高知城。领俸二十四万石的山内家[5]和那雪白的天守阁[6]似乎正在压迫着这个可怜的江湖郎中。

仕置家老[7]（参政）吉田东洋正好在这个时候下城。

他捏着一柄通体螺钿[8]的长矛，让随从抬着一个印有家徽的箱子。身后跟着一名提鞋的仆人和一名佩刀的家臣。

“那是个什么人？”

那大光头的奇装异服令吉田大感诧异，不过使他在大雪中停步的理由并不是那人的服装，而是那人警惕的眼神以及抬步的幅度。这些都让吉田感觉到那光头不是一般人。

（是个高手）

吉田心里想道。

吉田东洋本人也不是个简单的仕置家老，而是个全才。学问方面他是藩内儒者间的鳌头，武术方面起初学习一刀流，后来取得了真影流的免许皆传段位，对于刀术有着独到的造诣。

“在下去问问看。”

那家臣在纷纷扬扬的大雪中走向那个光头，支起斗笠大喝一声：“站住！”随后说道，“我是家老大人派来问话的。你叫什么名字？”

“……”

光头无视了他，扭过那张大脸，一转弯往带屋町[9]方向去了。

“今天遇到了个奇怪的男子。”东洋回到家后，对妻子琴子说道。

“什么样的人？”琴子问。而东洋只是捏着茶碗陷入了沉思。

（那张脸真令人在意啊）

那光头可以说是一脸的异相，鲜红的血简直就像是要从白色皮肤的毛孔中喷射而出，而他那巨大的颧骨仿佛要刺破脸庞。如今时事动荡，这么一个可疑的男人出现在城下，令身为仕置家老的东洋不得不在意。

（算了）

随后他就将此事抛在了脑后。

不过东洋与那个光头的缘分并未就此结束。

第二天，他接到寺社奉行[10]的报告说，城下南郊的真如寺山上，发生了一件不大不小的事情。

那个穿汗衫的光头登上了山，不顾僧人的制止横穿寺庙来到后山，突然举起火枪对着山谷“砰、砰、砰”地连开数枪。

“是杀了寺庙内禁止捕猎的鸟兽吗？”

寺社奉行的人回答并非如此，他说：“令僧人们震惊的是那支火枪。”

那是一把火绳枪，使用的是重达三十匁[11]的弹药。一般情况下，人们使用这种型号的枪都会用到底座，而那个光头却往枪内塞入大量弹药后站着便射。火绳枪的后坐力没能动摇他的身姿，只是使他的右脚跟一点一点地深入土地。僧人们都对他的蛮力大感吃惊，说道：

——说不定此人以后会在城下引起骚动，须多多提防。

正是出于这个原因，他们才找到寺社奉行上报了此事。

“他叫什么名字？”东洋又问。

只可惜那些僧人全都慑于大光头的蛮力，当时无人敢上前询问他的名字。

当然，如果东洋想查探他的话，直接向町奉行下达命令展开全城搜捕，马上就能查到。但毕竟那人又没有犯罪，身为仕置家老的东洋又怎能大张旗鼓地搜捕呢？

当天东洋回到家后，便秘密召来了自己平时大力培养的“下横目”。

所谓下横目，是一个探查徒士[12]、乡士们违法行为的低微职位。很久前东洋便提拔井口村的一个地下浪人[13]的儿子弥太郎来担任此职。弥太郎的表现十分出色。

弥太郎的姓氏为岩崎。

后来他建立了三菱公司。

弥太郎才学兼备，目光锐利，被人说成是“风采极似盗跖”。盗跖乃是中国古代的传奇大盗，他所说的“盗者即商，商者即盗[14]”十分知名，甚至在西方国家都成为了谚语。想必岩崎弥太郎无论是做盗贼还是做商人都会得心应手吧。

“秘密完成，记好了吗？”

“在下谨记。”

当夜，弥太郎并没有回家，而是拜访了城下所有的町名主[15]，打探有关那个大光头的传闻，最后得到了一条线索。

据说他住在唐人町的里长屋[16]，自称是医师。十天前由高知城下以西八里的佐川乡（家老深尾鼎领地）来到这里。

他在房东那里登记的是信甫这种看起来像是医师的名字，实际上是一名武士。

“武士？”

“正是。”

“乡士么？”弥太郎问那位町名主。

乡士在土佐藩的身份制度中是属于最下级的武士，身份高贵的上士根本不会把乡士当人看。比如说上士以及他的家人能够使用阳伞，而乡士却没有这个权利。土佐的这种身份差别问题后来推动了维新史的发展，此事后面再提。

“不，他连乡士都不是。”

“那么，是地下浪人么?”

“是的。”

果真如此的话，倒是跟弥太郎处于同样的阶级。

所谓地下浪人，并不是指那些游荡在江户等地的浪人，而是指因为贫穷而卖掉乡士身份的人以及他的子孙，也被称为村浪人，是土佐独有的阶级。地下浪人虽然保持着武士作风，实际上身份却等同于平民，相当于“隐居”在村子里的“逸士”。

“把他叫到我家来。”东洋对弥太郎命令道。

把大光头叫到家里来，一是为了看清他的模样，二是为了听听他对藩政的看法，如果他心存异议的话就当场驳倒他。这是东洋的习惯。水户大儒藤田东湖极少表扬他人，但却表扬过东洋“略微有才”，同时也说他“可惜思想偏激”。

几天后，弥太郎带来一位光头医师，这医师确实身穿长汗衫，不过完全不是当日那人。他身材矮小，长着一张土佐随处可见的大众脸，气势也无法与那人相提并论。

（这个混蛋）

东洋满腔怒火。大概是因为弥太郎不知道那个大光头的长相，所以大光头捉弄了他，让他抓到一个替身吧。但是为什么大光头要用替身来戏耍堂堂参政呢？

“弥太郎。”

“有何吩咐？”

“这、这家伙。”

东洋浑身颤抖。

被评为“土佐百年难遇的宰相”的吉田东洋，性格上却有一个很大的缺陷，那就是急躁。

十八岁时，因为一个仆役没有完成他的命令，他勃然大怒拔出了佩刀。等他回过神来，那个仆役的脑袋已经保持着一脸不服的表情落在了地上。懊悔不已的东洋闭门数年不出，只可惜江山易改本性难移。

还有一件事。

那是东洋三十九岁时。在江户锻冶桥土佐藩邸中，藩主亲自设宴招待有着亲戚关系的旗本，而负责接待的自然就是东洋。

主宾是旗本寄合席[17]领俸三千石的松下嘉兵卫。（《太阁记》中有一人与他同名同姓，是丰臣秀吉年少时侍奉的今川家的家臣。秀吉夺取天下后，松下的子孙获封大名，一直延续到了德川幕府初期。后来松下家领地被没收，身份降为旗本。现在的嘉兵卫就是那个松下家的子孙）

这个嘉兵卫平时是个愚笨的胆小鬼，但那天喝醉了酒，却发起癫来。他突然直立而起，挨个地摸了摸那些并排而坐的土佐藩重臣的脑袋，说道：

——放眼望去，真是一片瓜内无瓤的西瓜地，敲一敲就会响起“无能”、“无能”的声音。

他一边哼着歌曲一边走到东洋跟前，“嘭”地敲了一下东洋那硕大的头盖骨。东洋抬起眼来，突然抓住嘉兵卫的右手，说道：“手摸武士的脑袋是何等的侮辱你明白吗?”说完便用另一只手抓住嘉兵卫的脚，把他整个人提了起来。嘉兵卫仰面朝天摔到地上，东洋骑在了他的身上，狠狠地揍他的脑袋。

嘉兵卫嘤嘤地哭了起来，但东洋丝毫没有放慢速度。藩主丰信（容堂）震惊不已。还从来没人听说过藩主设宴款待的亲戚被家臣按在地上暴揍的事。

——元、元吉（东洋的通称），休要放肆。

——主公，不要阻止我，我不是放肆，而是经过深思熟虑才采取行动的。

东洋继续挥拳如风，嘉兵卫放声大哭。最终，藩主说着“住手”，亲自过来扯开东洋，才结束了这场闹剧。

因为此事，东洋被流放到高知城外的长滨村软禁数年。

现在东洋已经四十七岁了。

而他的脾气却愈发暴躁。跪在下席的弥太郎慌忙爬到台阶边说道：“请您消消气，请您消消气。要处斩他的话请不要弄脏您的手，让在下弥太郎来杀吧。”

“哎，弥太郎，你知道什么。”东洋大吼道，“这是假冒的。”

“您说什么？”说这句话的是那个穿汗衫的光头医师。他双膝跪地向前，拍着榻榻米，一副气鼓鼓的模样。他会生气倒是理所当然的吧。

“把我叫过来，突然就说什么假冒的，什么处斩，莫名其妙。我是住在唐人町的医师大石宗善，世上没有两个宗善，说我是假冒的是什么意思？”

“……”

东洋倒是一下子怔住了。不知道如何作答的他情不自禁地打算站起身来。喋喋不休的宗善冲过去抓住他的裤裙，说道：“快回答啊。”

“哈？”东洋仿佛要喷出火来了。这已经达到了他忍耐的极限。

东洋大吼一声“无礼”，一脚踢向宗善。随后又是几脚过去，把上蹿下跳的宗善踢得飞下了走廊。

“您、您在干吗？”

“滚！”

随意打人，当然是违法行为，但是东洋却不会获罪。土佐的武家规制是，乡士如果冒犯了上士，上士杀了他也无妨。更何况东洋乃是仕置家老。

不过话说回来，这件事的根本原因是岩崎弥太郎调查不充分。弥太郎深感罪责重大，当天便开始拼命地搜寻线索。

很快他就知道了问题出在哪里。

唐人町的那间里长屋内，住着两个穿汗衫的光头，弥太郎把他们搞混了。

但是弥太郎已经晚了一步。等他找到问题所在时，那个大光头和小光头早已搬回老家了。弥太郎感到自己被当成猴耍了。

据说那个小光头是叫做大石团藏的乡士，似乎是那个大光头的跟班。

弥太郎进一步展开了调查。

最后他得知，那个大光头是佐川乡领主深尾家（土佐藩谱代家老）后门护卫滨田宅左卫门的三子，滨田家乃是乡士家族。

家老的知行所[18]后门护卫听起来光鲜，实际上是两人半扶持（一天一升二合五勺米）。这点粮食用来养活家中数口人，可以说是极端贫困的最下等武士。

大光头是家中三子，不用继承家业，所以转而学医。不过他学艺不精，所以才会想到去城下当行脚医师吧。

“那他为什么要回老家?”

“我也不是很清楚。只是听说他老家似乎发生了一件喜事。”大光头那租屋的房东说道。

岩崎弥太郎伪装成卖药的商人去了佐川乡。

为此，他不得不换掉全身的行头，这也可以说是土佐的独特现象吧。住在乡下的乡士都对上士抱有极大的反感，如果让他们知道高知城派来了个下横目，搞不好会把他拖到山野之中偷偷杀掉。实际上这种事已经发生过很多次了。对于弥太郎来说，这次潜入可以说是性命攸关。

弥太郎来到大光头的家附近观察了一番。

那房子真是破得不像样，连围墙都没有。宅地倒是有三百坪[19]，不过房子只有马厩那么大。

当他第三次前来窥探时，房内突然跳出一个年轻人。那人十八九岁，气势汹汹，衣衫褴褛，活像一个乞丐。不过腰间佩着刀。

他对弥太郎吼道："你是什么人？"

一眼就看得出来这是乡士的孩子。上士子弟忙于学业而气息萎靡，乡士家的孩子则因忙于家务，屠鸡宰狗，时常杀生，所以眼神锐利。

"我是卖药的。"弥太郎弯腰说道。

"是吗？"那年轻人脸上浮现出怪异的笑容。弥太郎后来才知道这个年轻人名叫显助，日后成了维新元勋之一，也就是伯爵田中显助。当时他二十岁，是那个大光头的侄子。

"您是这家的少爷吗？"

"不要阿谀奉承了。我知道你这几天都在我家附近窥探，你不可能是卖药的，是下横目吧？"

"怎、怎么可能。确实我之前来过两次，不过是事出有因。"

"所为何事？"

"我是来找某位大人的。他在高知城下当行脚医师时，我曾卖了些药给他，他还没有付款。"

"是么？"

年轻人一脸狐疑地看着他，不一会儿露出一副狡猾的表情，说道："真可惜，叔叔不在这里。他入赘梼原村乡士那须家了。"

这句话倒是没有撒谎。

“你去那里找他吧。”

弥太郎出发后，显助立即换上行装，奔往梼原村。梼原村在大山之中，距离佐川乡两日路程。他的叔叔就是入赘了那个村子里的乡士那须家，改名为那须信吾（维新后，获封从四品官位）。

那须家是持续了两百多年的贫困乡士家族，信吾的岳父俊平靠教授附近的乡士子弟枪术糊口。信吾的妻子叫做为代，心地善良，健康勤快。她已经怀孕了。

“叔父在家吗?”显助问为代。为代笑着答道：“你没听到那个声音吗?”原来如此，屋后传来了阵阵的声响。

显助来到屋后一看，发现叔父那须信吾正捏着一把四尺长的枇杷树制木刀练习素振[20]。只见他腰部微微下沉，同时一刀挥下，然后高举木刀再次挥下。虽然只是空挥，但每次挥下时那力道仿佛注入了大地，显助甚至感觉自己听到了大地震动的声音。真是功夫了得。信吾从小便喜欢刀术，最近他得到在高知城下田渊町开办镜心明智流道场的武市半平太的指点后，技艺更是突飞猛进，如今武市的道场中已无人能与之比肩。

“叔父大人。”田中显助喊道。信吾回过头来。

“您头发长了不少了。”

“哈!”

信吾扔下木刀，摸了摸头顶。他似乎对能够重回武士身份感到十分开心。而田中显助亦十分喜欢这个犹如战国武者再世的叔父。

“到了秋天应该就能缠起发髻了。现在江户很流行讲武所风格的大发髻，我也想缠个试试。”

“话说。”显助把卖药的那件事告诉了信吾，并且说道自己推测那人是个下横目。听完这些话，信吾一点也不吃惊，只说了一句“大概吧”。

送走显助后，信吾等到日暮时分便提起一个没有印家徽的提灯，在村子里的街道上转悠。如果那个下横目果真来到村里，他打算抓起来杀掉或是狠狠折磨一番。

但是，为什么要派下横目来调查他呢？信吾不知道这是东洋奇特的嗜好使然。

（大概是因为我在城下形迹可疑吧）

吉田东洋为人十分冷酷。就任参政后，他拼命地排挤谱代家老们，甚至给他们定罪，没过多久就独揽大权。打着招贤纳士的旗号，提拔自己的门生，彻底垄断了藩政。对于自己看不惯的人，他会先派人暗中调查抓住把柄，随后要么关其禁闭，要么逼其自杀。田中显助等人的主公、谱代家老深尾鼎也是遭此待遇。东洋说深尾鼎在江户出差期间游玩过度，将其俸禄由一万石减到九千石，随后把他软禁在了他的老家长者村。其他家老，也就是福冈宫内、深尾弘人、相马将监、五藤主计等人，现在全都在服刑。

(最终把主意打到我这种乞丐般的乡士头上来了吗?)

信吾踏着稳健的步伐在村内四处搜寻，不过并未发现看起来像是下横目的人。

几天后，下横目岩崎弥太郎回到城下。

虽然信吾没有看到弥太郎，但是弥太郎却在刚一到达梼原村时便看到了四处转悠的信吾，随后弥太郎躲在暗处观察了一阵子。在弥太郎看来，信吾不过是空有一身蛮力的乡巴佬。不过他向东洋汇报时，东洋却显得极有兴趣。

"我想见他一次。"

东洋总是对别人兴趣满满，尤其是那些极具土佐风格的朝气男儿。所以他才会提拔岩崎弥太郎，并且对自己的侄子后藤象二郎（维新后受封伯爵）、干退助（即后来的板垣退助）关爱有加。

"他学问如何?"

"没有学过。"

"文盲么?"

东洋一瞬间失去了兴趣。他还想着如果信吾懂学问的话就把他提拔到自己身边呢。

两人的对话就这样结束了。但是，过了大概十天，那须信吾竟然堂堂正正前来敲响了东洋家的门。

身为二十四万石土佐藩的参政，东洋可谓一手遮天。通常情况下区区一个农村乡士怎么可能与他会面。

所以，家里的执事理所当然地把那须信吾拒之门外。不过为了谨慎起见他还是跟东洋汇报了一声，哪知东洋说道：“我要见见他。把他叫到院子里来。”

说完后他便坐着看了一个时辰的书。这也确实是东洋的风格，他认为立即出去见面会有失自己的身份。

东洋来到了走廊边。走廊下面的砂石地上铺着一张草席，此时乡士那须信吾就被按坐在那张草席上，这模样简直就如同对待罪犯一般。这就是土佐的规制，不过信吾却是满腔怒火。

“你就是那须信吾么？”

东洋问道。此时他才发现信吾的骨相和自己十分相像。

眉毛浓厚，额头怪异地前突，下巴如同土佐犬的下巴一般坚挺，双唇厚实。简直太像了，东洋内心不悦起来。这对于信吾来说是个不幸。

那须信吾也是在抬起头来时内心感叹道：“太像了。”不过信吾并没有感到不悦。恰恰相反，他对这个一直以来深恶痛绝的土佐独裁者产生了一丝亲近感。与此同时，他又为这丝亲近感感到窘迫。

“恕在下斗胆，不知能否问一个问题。”

信吾的语气恭敬得令人意外。

他来访的目的是为了诘问东洋，甚至打算当面辱骂，为此他已做好了切腹的思想准备。

不过当他说到下横目那件事时，脸上却一直充满微笑。

这微笑导致东洋产生了误解。

（这家伙比我想象中的没趣得多，是为了来谋取一官半职么？）

“不知道。”东洋用憎恶的语气说道，“不管怎么说，我乃土佐仕置家老，你认为我会有闲心去关注你这低微卑贱之徒么？”说完后他便起身离去，把信吾晾在了庭院内。

据说当时东洋放了一个屁。

即使他贵为家老，但这也太过无礼，信吾不禁责难了一句。对此走廊上的东洋看都没看信吾一眼，说道：“不是放屁，是我的粪便在呵斥。”

（原来如此，是粪便在咆哮啊）

几天后，下横目岩崎弥太郎听人说起此事时，内心感慨道这还真是符合东洋的风格。最近乡士们越来越嚣张，大概在东洋眼里他们不过是狗屎，所以才不屑于用嘴巴来呵斥，而是用肚中的粪便吧。

没多久，一则“有人密谋刺杀东洋”的流言传遍了藩内。没人知道这些流言的出处，也没有人知道到底是谁要杀东洋。弥太郎暗自揣度很有可能是那须信吾，因为他听说信吾对东洋“粪便的呵斥”感到怒气冲天。

当然，听到这个流言之后，很多下横目都行动了起来，弥太郎也不例外。

后来他才发现，事情并非自己估计的那样。

策划这个密谋的，哪是信吾这个区区梼原村乡士，而是一个庞然大物。

那是一个集团，人数并非五个六个，只怕超过了两百。那些人中除了少数几人之外，都是乡士、庄屋[21]、地下浪人等身份低微的人。密谋的核心是城下田渊町的武市道场，而领袖便是武市半平太。

（田渊町么）

那里聚集着很多地位卑贱的人。而武市半平太一直都与长州藩的激进派志士们保持着联络，是个倒幕的运动家。

武市在江户修学时，担任过传授镜心明智流的桃井春藏道场的塾头，技艺十分高超。回到土佐后，他开设道场向藩内地位卑贱的人们教授学问和武艺，十分受欢迎，土佐七郡各个地方都有人争先恐后进入他的门下，那须信吾便是其中之一。

朱鞘

直刀

长刀

这就是聚集在武市门下的“土佐勤王党”的标准打扮。他们这群人令藩内高层束手无策。弥太郎同样出身卑贱，但他并不喜欢所谓的“土佐勤王党”，他们粗俗、没文化，对着武市鹦鹉学舌，是一群狂热的“天皇仰慕者”。

因此弥太郎深深地怀疑，除了武市之外，其他人是真的仰慕天皇吗?

他们这些土佐乡士都有一种独特的情感，那就是对藩主山内家的憎恨。这份憎恨，在所有的土佐乡士家族中代代相传，已经传承了两百多年，十几代人，甚至可以说已经发展成为了种族仇恨。他们每个人都认为自己不是山内家的家臣，而是长曾我部[22]的武士。这种情况，在其他任何藩都找不到。

山内家本是其他地方的氏族，因为藩祖山内一丰在关原之战[23]中的功绩，原为远州掛川[24]领俸六万石的山内家被提拔为土佐统治者。山内一丰从掛川带来的旧家臣的子孙全部担任要职。

而长曾我部家的遗臣全都被解甲归田，改为“乡士”身份。上士、乡士都是土佐藩藩士，但上士却把乡士当做外人，极尽侮蔑之能事。

一丰刚进入土佐藩那阵子，乡士们经常发起叛乱，最后引发了浦户湾海滨的大虐杀事件。当时山内家发布命令，号召全藩乡士（当时被称为一领具足）参加相扑大赛。自信于自己力气的乡士们赶了两三天的路，聚集到浦户海滨，哪知山内家早已在周围布置了火枪队。火枪齐射之下无数人倒地不起，跳入海中的则被围在附近船上的人用长矛刺死。当时被杀的人数以千计。

从那以后，乡士们都惶惶不安，不敢再发动叛乱了，只有仇恨一代代地传了下来。如今，幕府政权开始动摇，那些乡士们也纷纷躁动起来，四处宣扬“我们不是山内家的家臣，而是天皇的家臣”。

（不就是为了这个）

弥太郎冷眼旁观那些“天皇仰慕者”。

这也是有原因的。岩崎家虽然以前也是乡士，但是再往前追溯的话，他们并不是长曾我部家的遗臣，而是战国时代被长曾我部家剿灭的安艺氏[25]的遗臣，所以他们家族并未传承对山内家的憎恨。

不久后，吉田东洋把下横目岩崎弥太郎召入家中。

东洋的家位于带屋町一丁目。由于吉田家并非世世代代就任家老，所以他家占地面积也不算特别大。不过东洋成为参政后，数次改建房屋，弄得甚是奢华。

东洋是个爱好奢华的男人，平常都会在怀中揣着高价的麝香，衣服是上品绢丝所制，佩刀上的饰物也相当于小诸侯水平。最近城下有一首童谣被广为传唱，“吉田元吉，打头犀利，透矢越后[26]，穿着俏皮”。意思是东洋是个爱打人的暴力狂，同时也是个爱打扮的人。

“弥太郎，据说田渊町那群蠢货想杀我，真有此事吗?”

现在弥太郎还无法断言“真有此事”，因为田渊町那些人的保密工作做得很好，他没法获取确切的情报。如果稀里糊涂地进去查探的话，搞不好会有杀身之祸。

“算了，不是什么大事儿，那些家伙有那个胆量来刺杀我堂堂参政吗?”

“但是……”

就连幕府的大老，前几年都被人刺杀于樱田门外。不过弥太郎看到东洋那自负的模样，到嘴边的话还是咽了下去。

面谈就此结束了。弥太郎退下时，东洋给了他一大笔钱。他不明白这是什么意思。

(这家伙真是啥也不懂)

弥太郎最近娶了个名叫喜势的妻子，在城下组屋敷[27]

组建了新家庭，但同时还要养活住在老家的母亲，所以生活贫困。弥太郎心想，大概是东洋体贴他的难处才会把钱给他吧，于是便把那笔钱全部寄给了老家井口村的母亲。

但是过了十天，东洋又把他叫到家中，问道："怎么样，有没有什么有趣的消息？"

弥太郎内心一惊，这才反应过来东洋是叫他去探查田渊町，而那钱是让他拿去雇佣探子的吧。

"没什么特别的消息。"

"这样啊。"

这天东洋依然没有亲口说出要他去探查的话。不过有件事可以说明东洋内心确实很在意那个流言，那就是他拿出了一把左行秀[28]所制的刀，说道："这是我最近求得的好刀。"此刀弧度不大，刀身很宽，看上去十分豪气，比东洋的上衣都长，大概有两尺五寸吧。

"怎么样？我就拿这把刀杀他十个八个蠢货。"

"但是现在时事动荡，您何不雇佣一个高手当保镖呢？"

"你看我像那样胆小的人吗？"

东洋不想让人觉得他害怕了。每次登城下城，依旧只带着几个随从和一个提鞋的下人。这也是东洋爱面子的一种表现吧。

㊃

田渊町武市道场附近有一家叫做“伊予屋五兵卫”的笔墨商店，店主五兵卫是弥太郎妻子喜势的远房亲戚。一天，弥太郎前来拜访，对五兵卫说道：“我有点事，能不能让我暂时借用一下二楼的仓库？”随后便在里面住了一个多月。从这间房子的二楼可以很清楚地看到武市道场的人员出入情况。

窥探了一阵子之后，弥太郎大致掌握了道场的动静。每天都有二三十人出入，在佐川乡见过面的田中显助也在其中。他身穿画有家徽的木棉上衣及小仓[29]产的裤裙，每次走在路上都在和旁人大声议论。

那须信吾每两三天来一次。每次都身穿行装，肩扛长矛和护具，疾步如飞地赶来，不久后又疾步如飞地离去。据说从梼原村到这里的两日路程他只需一日。

过了一个多月，店主五兵卫大概是明白了弥太郎到底在干吗，对他说道：“你给我出去。”弥太郎所做之事会影响他的生意，武市道场可是他的大主顾。

如果弥太郎给五兵卫塞些钱的话，五兵卫就不会赶他走吧。只可惜他没钱，只能死皮赖脸地求五兵卫继续收留他。

为此五兵卫似乎把弥太郎的事悄悄告诉了武市道场。

第二天夜里，弥太郎因事要回组屋敷一趟。他出了伊予屋沿着本町一带南下，走到称名寺的角落时突然听到背后有人喊了一声“喂！”弥太郎虽然生性强硬，但是武艺并不怎么样，所以他撒腿就跑。但随后弥太郎就发现前方也有人拦在路上，那人用一块黑布遮住了面容。

“起火啦！”弥太郎扯开嗓子大吼，那些围堵他的人连忙四散而逃。但是从此之后，弥太郎再也不敢去伊予屋了。

（探查工作我不干了）

弥太郎闹起情绪来，他觉得这工作不值得他舍命去完成。东洋把他从一介地下浪人提拔为乡士，并给予下横目的工作。但是对弥太郎来说，他的人生追求并不是那点可怜巴巴的俸禄。他还有着他的雄心，那就是脱离武士身份，去当一个商人。

“喜势，我们回井口村吧。”当夜，弥太郎一脸认真地对妻子说道。只要有资金，他就有办法在土佐赚大钱，那就是贩卖木材。土佐藩并不允许私人贩卖木材，不过弥太郎早已想好了对策。如果在山林中偷偷砍伐树木，扎成木筏，沿着土佐洋顺流而下，到了大坂再偷偷卖掉的话，便能获得巨大的利润。当然干这件事也得冒生命危险，但与同样冒生命危险的下横目相比，弥太郎显然更喜欢前者。

（至于资金，我卖掉乡士身份就有了）

考虑清楚后弥太郎便进入熟睡。但第二天傍晚，东洋的仆人又来唤他去东洋家。他到达东洋家时，东洋还未下城。

到了深夜，弥太郎突然听到执事高喊“主人回来啦——”，随后便看到执事拉开了大门口和玄关的扇门。这也是东洋家的惯例，每次东洋回来，全家上下都要去玄关迎接。

弥太郎跪在玄关侧边潮湿的土地上，仰着头等待东洋。不一会儿便看到一个提灯笼的仆人为东洋照着路往这边走来。东洋走到弥太郎跟前时，突然往后一跳，拔出了佩刀。

“是我，弥太郎。”

“我知道。”东洋说道，似乎是为了掩饰自己的胆怯。随后他收刀入鞘，进入屋内。

当夜，弥太郎从东洋的口中听说了一件发生在藩厅里的事——武市半平太称“我已做好了切腹的准备”，前来求见东洋。

当时武市半平太已经可以说是土佐地下党派的党首，他身后有两百多位以血画押加入党派的同志。而且前段时间，他在江户与长州的久坂义助、萨摩的桦山资之聚于麻布[30]长州藩邸内召开密会，商议“各自回藩，力谏藩主，统一藩论，明年约定时期一同进京，组建勤王倒幕大军”，也就是

所谓的“三藩密约”。（不过当时三藩藩内掌权者都持保守意见，这项密约没能实现）

武市回到土佐后，拼命游说东洋、谱代家老、大目付[31]等人，期望他们能举全藩之力勤王。

但是东洋等人都嘲笑道“武市这个天皇狂热分子”，对他不理不睬。最终，武市下定必死的决心，打算进行最后一场游说，找到了东洋。

“瑞山[32]先生来了啊。”东洋一副开心的样子说道。刀、辩论，这是东洋最爱的两样东西，因为他能在其中享受到胜利的快感。特别是辩论，东洋从小便未输给任何人。他认为在辩论中获胜是男人最大的快事。

武市开始了陈述，说道当今日本最为无用的便是德川家。

“你真是个诗人啊。”东洋开心地笑道，“不能靠读诗来学历史哦。”

他开始谈起自己最擅长的日本史：“上古时代，无史书记载，暂且不论，文治[33]以来，天皇可从未亲自执政。”随后他便开始表扬武市最痛恨的人物来刺激武市：“这句话你可能不爱听，足利尊氏等人乃是了不起的大人物啊。”

武市果然中招，勃然大怒。东洋惹怒武市后又把话题一转：“你明白京都公卿的现状吗？他们是全天下最腐朽的废物，你居然想让他们手握政权？你是在认真考虑问题吗？”

接着东洋再次转移话题：“身为武士，恩义二字不能忘。因为关原一战之功，德川家把整个土佐奖励给了身为远州掛川小大名的山内家。而长州藩在那一战中落败，封地被减，俸禄遭降。至于萨摩藩虽未被减封，却尝到了败北的耻辱。土佐怎可与长州、萨摩相提并论？[34] 萨长两藩因那次战争而对德川家心生怨恨，到了两百又几十年后的现在碰巧遇到不稳的时局，便如跳梁小丑般高喊尊王倒幕，不过是为了报复德川家而已。我身为土佐参政，怎能与那群蝇营狗苟之徒为伍？”

辩论持续了几个小时，最终武市愤然离席。

东洋沉浸在胜利的喜悦中。但是他不知道与人辩论，打败别人的同时就剥夺了别人的名誉。

“就是这么一回事。”东洋对弥太郎说。

弥太郎内心想的却是“他会被杀掉的”。东洋的脸上已经有了死相，只是他自己还没注意到。大概是之前被玄关侧边暗处中弥太郎的影子吓出来的吧。

武市一脸苍白地回到田渊町时，二三十个门生围了

过来。

“情况如何?”那须信吾问道。

武市把东洋的话原原本本地复述了一遍。说到“关原之战的报复”时，众人义愤填膺地说：“这不是在挑战我们的底线吗?”关原之战中落败，两百多年来饱受屈辱的不仅仅是萨摩长州，身为长曾我部残党的土佐乡士所受之苦更为甚之。这种血泪史竟然遭到了东洋的公然侮辱，使得众人认定“土佐藩，才是我们世代祖先的敌人”。

武市也曾满心以为吉田东洋与其他谱代家老不同，跟他推心置腹的话他应该能够回心转意。因为有件事，虽然东洋很少提起，但武市等人却知道，东洋的家系起源于长曾我部老臣吉田大备后。山内家进入土佐后，曾把极少数的长曾我部遗臣提拔为上士，吉田家便是其一，也就是说东洋与武市他们其实是同一种族。

(我看错了……)

也正因为都是同一种族，武市才会对东洋的背叛产生一种复杂的愤怒感吧。

(如果他只是一介乡士的话，现在定能成为超越萨长人才的杰出志士。这两百多年来，吉田家过得太舒坦了)

如今的东洋可谓荣达至极，无论是藩主还是隐居的荣堂[35]，都没把东洋当做臣下，而是敬为师长，尊称他“东洋先生”。得到如此礼遇的东洋，又怎可能被乡士们笼络。

（只有杀掉他了）

武市便是在那夜下定了决心。

他从田渊町的党徒中挑选了八名刺客，分为三组。

第一组是以镜心明智流目录段位的冈本猪之助为首的两人。第二组是同种流派免许皆传段位的岛村卫吉（后来于镇压土佐勤王党大狱中切腹）为首的三人。第三组是那须信吾、安冈嘉助、大石团藏。

各组都耐心地打探东洋的动静，而东洋也提高了警惕。

文久二年四月八日。这天从早上开始就阴云密布，到了傍晚时分下起雨来。

“喂！”

有人敲响了城下筑屋敷[36]家老深尾家别院长屋的门。长屋里面寄居着一个年轻人——田中显助。

他打开门，一个用蓑衣遮住脑袋的人钻了进来，随后那人抖掉了蓑衣上的雨滴。正是显助的叔父那须信吾。他的头发已经很长了，盘着他喜欢的大发髻，剃着“土佐勤王风格”的狭长月代。

“有什么急事吗？”

“今夜杀人。”信吾笑道。这个笑容就是显助对叔父最后的印象。

“杀完后我就会逃到伊予，随后我打算脱藩进京，组建义军。有件事要拜托你。”

“明日拂晓时分你赶到现场，如果发现东洋已死，便前往长者村流放地，找到我们的主人深尾鼎家老，向他报告此事。他是被东洋撤职的，听到这个消息一定会很高兴吧。”

显助点头答应，然后问信吾他的岳父俊平和妻子为代知不知道这件事。

“没跟他们说。”信吾坦然答道。反正为代生下了他的骨肉，他已无牵无挂了。

“你要抛妻弃子么？”

“大丈夫有些事不得不为。”

（后来岳父俊平听说此事后大吃一惊，并深深地痛恨信吾。不过再后来，他也抛下了女儿和孙子脱藩进京，潜伏在长州藩邸内，不顾年老体衰坚持参加倒幕运动。最终在禁门之变中战死）

“在哪里伏击东洋？”

“带屋町。”

随后信吾又说：“不过，下横目岩崎弥太郎老在那一带转悠，不要让他看到你。”

说完他便冲进了大雨中。

那天不是岩崎弥太郎当班，他在家里待了一整天，不过心里却有一种奇怪的预感。

弥太郎知道今天东洋会按照惯例在城内给藩主讲授“日本外史”。之前东洋也告诉过他今天要讲授的内容是《信长记》里面的本能寺之变[37]。

弥太郎记得信长被明智光秀杀害时是四十七岁，而今年，东洋也是四十七岁。

（太巧合了吧）

想到此处，弥太郎开始坐立不安。

“喜势，我出去一下。”

“下雨还出去？而且今天不是您当班吧。”

“我想起了一件要紧事。”

说着弥太郎就开始穿裤裙。喜势一边帮他一边问道：“前阵子您说要回井口村的那事儿怎么样了？”

“嗯——”

弥太郎一脸阴郁地从喜势手中接过佩刀。那件事他一直想找东洋商量，只可惜始终找不到好时机。

“我说这句话可能不太合适，相公，您不适合下横目这个工作啊。”

喜势觉得弥太郎有点不中用，如今他都已经二十九岁了，还是一个小小的下横目。但是弥太郎身为乡士，又怎可能拥有似锦前程。

（我也不喜欢当个小吏啊）

但是他又没有兴趣加入武市的党派搞那些血性的运动。而且自己一直以来跟东洋走得这么近，武市他们也不可能接纳自己吧。

“抛弃武士身份吗？”

弥太郎突然变得一脸倔强，扯下腰间的佩刀扔到一边，解开了裤裙的绳结。

一晃两个小时过去了。

外面的雨越下越大。据说这天日落之后，高知城本丸内的森林中有杜鹃不停地啼叫。

东洋在城内讲完课后，藩主给他赐了酒。等他下城时已经过了亥时。

和东洋一起下城的是福冈藤次（上士，但后来支援勤王党，明治年间改名孝弟，受封子爵）、后藤象二郎（后成为参政，维新后受封伯爵）、由比猪内、市原八郎左卫门、大崎卷藏五人。他们都是年轻上士，在东洋门下修习学术，被东洋提拔就任要职。这一行人都效仿东洋身着华贵的衣服。

“先生，刚才的讲授实在是太精彩了。”福冈藤次说道。其他人也是交口称赞。确实东洋讲述信长人生最后时刻的凄惨情景时，如同那一幕浮现在所有人面前。

雨还在下个不停。

众人从高知城正门出来，沿着护城河往南走，不一会儿便到了后藤象二郎家。由比、市原的家就在隔壁。后藤突然一脸不安地停下脚步说道：“伯父，要不然我们把您送到您家门口吧。”他和东洋乃是亲戚。

“不必了。”东洋用异常响亮的声音说道，“城下又不会有明智光秀。”

走到带屋町的入口处，福冈、大崎二人也与东洋告别。东洋身边只剩一个随从和一个提鞋的下人。那下人举着灯笼，东洋撑着伞。道路十分泥泞，每走一步都仿佛要扯掉木屐似的。

带屋町一丁目四号十字路口边，是上士前野久米之助的家。

此刻，大石团藏潜伏在了东洋家门边，赤裸上身的那须信吾紧靠在围墙上，安冈嘉助则潜伏在对面房屋的门边。他们穿的都是破破烂烂的棉布衣服，打着赤脚，令人不禁想起战国时代他们那被称为“一领具足”的祖先。

(来了)

安冈松开刀鞘的鞘口，紧握刀柄，数着自己的呼吸声，然后用力吸一口气，迅速冲了出来。

他一刀砍落灯笼。

随后安冈收起刀。他的工作就此结束。那须信吾举着刀跳出来，高喊道："元吉大人，为了国家，我来取你性命。"同时挥舞他那把二尺七寸备前无铭[38]的直刀砍了过来。

东洋抬起伞挡下那须这一刀，随后扔掉伞，拔刀出鞘。

四周太暗了。

刚才那一刀已经伤到了他的右肩。

那须信吾再次冲了过来，砍下第二刀。即使在夜晚，他也能看得清清楚楚，这是农村乡士的优势。而一直以来养尊处优的东洋此时什么都看不到，根本不知道对方的刀刃会从哪个方向砍来。

这种被动的局面使东洋怒火中烧，明知道黑暗中作战发出声音乃是大忌，但他仍然忍不住怒吼道："畜生，你在哪！"

这便是四十七岁的吉田东洋人生之中的最后一道怒吼。吼声响起的同时，信吾冲了过来，对着声音发出的方向挥刀而下。

东洋身体倒下的同时，大石团藏冲过来再砍了他一刀，随后安冈刺向东洋的咽喉，彻底了结了他的生命。

那须砍下了东洋的脑袋，大石团藏用自己的旧兜裆布包了起来。他本想用一块崭新的漂白布来包，只是所有人都没钱去买。

他们打算立刻把东洋的脑袋带到郊外长绳手[39]的观音

堂，哪知气味引来野狗，一直跟着他们。后来那须信吾在一封书信中提到："当时甚是麻烦，费尽周折才抵达观音堂。"

到达观音堂后，他们把人头交给等待在堂内的同志河野万寿弥（后改名敏镰，明治中期担任过农商务大臣），随后信吾马上收拾好行李逃出了土佐。

岩崎弥太郎和同僚井上佐一郎接受藩内命令搜捕凶手，后来查到凶手们正躲在大坂的长州藩邸内。弥太郎对井上说："京都、大坂是尊攘派的老巢，连京都所司代、大坂城代[40]都束手无策，我们还是先回藩内再从长计议吧。"但井上完全不听他的劝告，弥太郎只好一个人回到藩内，不久后他便卖掉了乡士身份。

井上佐一郎独自前往大坂搜捕。八月二十二日傍晚，武市手下的党徒冈田以藏等人花言巧语把他骗到心斋桥"大市"酒馆一起喝酒。喝完后众人打道回府，走到九郎右卫门町的河岸边时，冈田从背后掐死了井上，把他的尸体扔进了道顿堀河。

注释：

【1】高知城：土佐藩的主城。

【2】播磨屋桥：高知市中心的一座桥。

【3】绀屋町：染坊聚集的街道。

【4】追手筋：地名。

【5】山内家：土佐藩的藩主家。

【6】天守阁：设在城中心的高大瞭望楼。

【7】仕置家老：主持藩内政治、经济的家老。

【8】螺钿：用螺壳与海贝磨制成人物、花鸟、几何图形或文字等薄片，根据画面需要而镶嵌在器物表面的装饰工艺。

【9】带屋町：地名。

【10】寺社奉行：宗教行政机关。

【11】匁：日本旧时重量单位。1匁等于3.759克。

【12】徒士：作战时只能徒步的下级武士。

【13】地下浪人：土佐藩独特的身份制度。指代原为乡士，后把乡士身份卖给其他人，自己成为无俸浪人的人及其子孙。

【14】盗者即商，商者即盗：此处可能为原作者误读，盗跖没有说过类似的话，只是留下过“盗亦有道”的成语。另外，盗跖并不是大盗，而是奴隶起义的领袖。

【15】町名主：管理一条街的官差。

【16】里长屋：陋巷里的简易住宅。

【17】寄合席：旗本中领俸三千石以上的人。

【18】知行所：江户时代特指领俸一万石以下的武士的

封地。

【19】坪：日本旧时面积单位，1坪约等于3.3平方米。

【20】素振：空挥木刀等武器练习劈砍。

【21】庄屋：相当于町名主。

【22】长曾我部：从日本平安时代传承到战国时代的武家氏族，关原之战之前是土佐的统治者。

【23】关原之战：发生于1600年10月21日，交战双方为德川家康和代表丰臣家族的石田三成，德川家康获得胜利，从而取得政权，建立了江户幕府。

【24】远州掛川：现在的静冈县掛川市。

【25】安艺氏：曾是土佐东部安芸郡的支配者，战国时代被长曾我部元亲所灭。

【26】透矢越后：当时的一种昂贵花哨的和服。

【27】组屋敷：捕吏、下级官员的集体宿舍。

【28】左行秀：1813—1887年。刀匠。

【29】小仓：地名。

【30】麻布：地名。长州设于江户的藩邸所在地。

【31】大目付：藩内监察官。

【32】瑞山：武市半平太又名武市瑞山。

【33】文治：1185—1189年。

【34】译者注：关原之战中，土佐藩家祖山内一丰隶属

于德川家康的东军。而长州毛利家以及萨摩岛津家隶属于石田三成的西军。

【35】译者注：当时山内容堂因安政大狱被强迫隐居，藩主之位传给了养子山内丰范。

【36】筑屋敷：地名。

【37】本能寺之变：发生于1582年6月21日。几乎统一全日本的战国枭雄织田信长当夜宿于京都本能寺之内，信长的部下明智光秀起兵谋反诛杀了信长。

【38】备前无铭：产自备前国，未刻刀铭。

【39】长绳手：地名。

【40】大坂城代：江户幕府体制下的职位。由实力雄厚的谱代大名担任，工作内容是管理大坂城，维持大坂治安，监视西日本诸藩。

逃跑的小五郎

一

（昌念寺内，有一个奇怪的食客）

堀田半左卫门昨天听妻子如是说道。当时他只答了一句“寺庙难免有食客嘛”，完全没把此事放在心上。

堀田是但马[1]出石藩的枪术教练，领俸五十石。因为品行端正，在藩内颇受欢迎。但马出石是领俸三万两千石的仙石家[2]的城邑，大约有千户人家。

市内有一条河叫做出石川，河两岸挤满了商人和农民的房屋，还有仙石家的居城，再就只剩下光秃秃的山脉了。昌念寺在市内的东北角。

几天后，堀田半左卫门去了一趟昌念寺，因为住持是他的棋友。

堀田被方丈带入寺内，只见一个商人打扮的男子正在和住持低声细语。看到堀田走进来，那男子起身离去，连个招呼都没打。

“住持大人，那人是?”边说堀田边落下一枚棋子。

“那人么。”住持一脸为难地说道，“某位施主把他送过来的，似乎是官差正在抓捕的麻烦人物。所以我没有询问他的户籍，也不知道他的名字。”

堀田认为那人应该是个武士。他中等身材，肌肉结实，看上去身手敏捷。

(是个习武之人啊)

而且应该技艺不凡。

堀田对此深感兴趣。不然以他的性情，他才不会去刻意观察别人。

几天后，堀田意外地发现那个昌念寺的食客正在市内一家叫做“广江屋”的店铺里干活。

(哈)

堀田半左卫门停下了脚步。

广江屋的店主名叫甚助，心地善良，堀田半左卫门对他十分了解。甚助经常进京采购绸缎回来，主要卖给城下武家住宅区里的人，以此为生。

“甚助，最近凉快多了啊。”

今年，也就是元治元年，夏天的时候酷热异常。

“嗯!”

甚助跳到大路边，对着堀田点头哈腰。甚助才二十来岁，高高隆起的脑壳上却一毛不拔，面相简直滑稽得令人觉得可怜。

“甚助，雇新人了吗？”

“没有哇，那是个路过的，应该是个农民吧。”

“农民的脸上居然有剑道面具的擦痕。”

“没、没有吧。”

甚助的模样就像一只母猫把小猫抱在怀里东躲西藏。仔细一想，他不也是昌念寺的施主么。

从那之后，那名男子便从市内消失了。

但是堀田半左卫门与他甚是有缘。大约二十天后，堀田第三次遇到了他。

相遇地点是由出石路过丰冈[3]再往北大约五里的但马城崎郡汤岛村（即现在知名的城崎温泉所在地。在当时同样是个繁盛的汤治场[4]，面朝丰冈川海滨，有六十多户旅馆）。

堀田进入的旅馆名叫松本屋（现在叫做茑屋）。

店面有两间[5]宽，店主是名叫阿松的太婆，她家开旅馆的同时也务农。

堀田与这家旅馆颇有交情。最近几年，为了治疗疝气顽疾，他每个月都会向藩厅请五天假来这里泡温泉。

“是我。”堀田站在黑暗的过道上说道。店主的女儿阿薰出来跪在门框边迎接："啊，是堀田大人啊。"她的声音中充满惊慌。

"嗯，是我。别室还空着吗？"

"这个……"

"有人了吗？"

"真是不凑巧，有一位远方的来客正住在里面。"阿薰一脸拼命掩饰的表情。

（这个女孩子长大了啊）

堀田突然闪过这么一丝念头。看她这副模样，那个客人对她来说似乎十分重要。

堀田被分到了正堂里的一间客房。透过窗户可以看到别室的拉窗。

他住了整整两天，都没有见到那拉窗拉开一次。

（不好通风啊）

温泉是在室外的公共浴池中，路上行人络绎不绝。但堀田在那里也没有看到别室内的客人。

第四天，那拉窗终于拉开了。里面的客人不禁与堀田四目相对。

"啊，原来是你。我们真是有缘啊！"堀田一脸热情的笑容。

那人用警惕的目光盯了堀田一阵子，然后似乎是被他的善意笑容所感染，放下了一丝警戒，皮笑肉不笑地笑了一下。那笑容十分有魅力，仿佛连男人也能被迷住。

“下棋吗？”

“好。”那人关上了拉窗。

吃过晚饭后，堀田便找他下起棋来。他的表情与之前的那个笑容截然不同，满脸冷冰冰的模样。他下棋步步为营，异常慎重。堀田感到这是自己平生最无趣的一次对弈。

阿薰时不时会进来上茶或点心伺候堀田，但是视线老往那个人身上瞟，神情非同一般。

（这对男女好上了）

两人下了两盘，堀田两盘都如任人宰割般输得彻彻底底。那人很强，但是下棋期间他没有闲聊过一句，也没有报上自己的名号。

（真是个奇异的人啊）

第二天堀田问阿薰：“他是个什么人？”

阿薰并未作答，而是一脸凝重地说道：“堀田大人，虽然我十分相信您的人品，但还是想请求一句，不要把那人居住在松本屋一事告诉任何人。”

之前堀田内心一直隐隐有一丝直觉，听到阿薰这番话之后，他确信了自己的想法。

（是长州人吧）

他之所以会这么想，是因为京都守护职的通告，甚至传到了他们这偏僻的出石藩。

大约一个月前，长州藩家老福原越后、国司信浓、益田越中率领千余全副武装的长州兵士进京，说要去皇宫强行上告，与守卫京都的诸藩军队在伏见、皇宫内外等多个地方发生激烈冲突，最终长州军败逃。这场冲突中，京都有八百一十一条街道被毁，烧垮的民居多达两万七千五百余栋。

这场事变之后，幕府下令严抓长州残党。会津藩、桑名藩、新选组、京都见廻组等势力见到长州人便加以捕杀。仅仅只是听说京都北野天满宫庙前的一对石狮是长州藩主所赠，便有无数会津藩士试图将其摧毁。“长州人全是贼徒”，这就是如今的时势。

搜捕长州人的大网，并不仅仅只是在京都。甚至延伸到了大坂、堺市，还有京都北部的丹波、但马。就连出石、丰冈、城崎这些小地方的旅馆、驿站都遭到了严格审查。

（是长州人的话，我就帮他一把吧）

堀田内心想道。

这是他对于落难之人单纯的同情心。身为武士就该这么做，这个枪术教练从未怀疑过这一点。

接下来的几天堀田都在与那人对弈，越观察越觉得那人就是长州人，长着一副被称为“长州美颜”的秀丽面容，下棋攻势激烈却不留破绽。世人都称“长州人伶俐异常”，而面前这人就是这句话的完美体现。（水户藩的激进派曾试图与长州人联手，大桥讷庵等志士却制止了他们。大桥说道：“长州人伶俐异常，难以提防，说不定哪天就会被他们算计。”这句话在全国广为流传。）

不过同时，长州人也有着顽固、不知妥协的麻烦个性。面前这个男子也不例外。有天，堀田半左卫门在他房内与他对弈时，不小心下错了一步棋，堀田特别想收回那颗棋子，便请求道：“希望你能允许我悔一步棋。”但是那人默不作声，板着脸摇了摇头。堀田一时情急，脱口说道：“还真是长州人啊。”刚说完他便内心一惊。而那人则瞬间把头埋在棋盘上，令堀田看不到他的表情。大概当时他已经满脸苍白了吧。

“真是失礼了。”堀田说道，“但是请你明白，本人堀田半左卫门最为自豪的就是枪尖与口舌的牢靠，而且我对你甚有好感。此事我不会告知任何人。”

“不。”那人落下一子，说道，“我不是长州人。”

堀田的热脸贴到了冷屁股，令他感到受辱。

（一点都不讨人喜欢）

棋局也变得索然无味。

第二天，堀田就回到了出石。不一会儿，他邻居家的家主桥爪善兵卫前来拜访。桥爪前阵子出差去了出石藩设于京都的藩邸，最近才回来。

上个月的蛤御门之变中，桥爪与其他出石藩士守卫于下加茂附近，亲眼目睹了那场凄惨的巷战。

“长州军的气势实在是吓人。他们从皇宫三侧门冲进来，眼睛都不眨一下。那一瞬间幕府军都以为自己要完蛋了。”

“话说。”堀田问出了心中的一个疑问，“长州的将领们都是什么下场？”

“三位家老逃回了藩内。骁勇善战的来岛又兵卫一马当先冲进蛤御门杀得会津藩兵溃不成军。但不管怎样幕府方面都有着绝对的人数优势，不一会儿萨摩藩兵前来支援会津，乱枪打到来岛胸口，来岛当场毙命。军监久坂玄瑞、入江九一、寺岛忠三郎三人切腹自尽，战乱后尸体被发现于鹰司家[6]中。浪士大将真木和泉守则在天王山上自尽。”

“——还有呢？”

堀田脑海中浮现出之前那个奇异长州人的模样。看他那气质、态度，不像是一个小卒。

“是不是有下落不明的？”

“是啊。有一个在京都的长州重要人物，曾在藩邸内担任公用方[7]，事变之后就不见了。会津藩、桑名藩正在掘地三尺到处找他。”

"他叫什么名字?"

"桂小五郎。"

"啊。"

没听说过。

"市内到处贴着他的肖像画，上面还写着他年过三十、中等身材、鼻梁高挺、眼神冰冷。我在一次会议上见过他，长得端庄秀丽。"

(啊，这家伙在城崎呢)

堀田差点脱口而出，最后还是保持了沉默。

桥爪善兵卫也在京都藩邸内担任过一年的公用方，所以才会十分了解同种职位的桂小五郎。

他说:"桂仅靠刀术就能养活自己。"

桂小五郎曾在江户三大道场之一——斋藤弥九郎的练兵馆担任过塾头。他离开江户后接任塾头的渡边升(肥前大村藩士，后获封子爵)等人可以用竹刀砍破绑在松树上的竹胴[8]。练兵馆一代代的塾头都是这般强得令人有点无法相信。

"桂的身手十分敏捷。他还在江户时，有一次土佐藩的老藩主看完他与别人的比试后惊叹道：‘他是蝗虫转世吗？’所以当时江户武术界的人都在背后叫他蝗虫。”

强悍的桂小五郎，就这么从京都销声匿迹。

个中细节，桥爪善兵卫自然不可能知道。

这个就让笔者代为讲述一下吧。

——直到战斗打响前，桂确实是在河原町的长州藩邸之中。

文久三年的“禁门之变[9]”后，长州藩在京都的影响力急速下降。为了报复此事，三位家老率兵强行上告朝廷，并试图讨伐两位政敌——会津藩松平容保、萨摩藩岛津久光，从而引发蛤御门之变。不过，长州藩的京都代表、生性谨慎的桂小五郎却反对武装进京。长州军从三面围住京都时，桂也一直待在藩邸内，没有前往长州远征部队的军阵。

布阵于嵯峨天龙寺的来岛又兵卫等人数次遣使到藩邸内当面辱骂桂小五郎：

——桂，长州再也找不出来你这样的胆小鬼。

最终长州军还是全副武装进入了京都，幕府方面派出了三十个藩的兵力来守卫。加贺藩兵包围了河原町长州藩邸(如今京都酒店所在地)。

——桂应该在里面。

加贺藩兵冲入其中，发现桂已经不见了。他仿佛老鼠一般溜进了近在咫尺的对马藩藩邸（位于河原町三条大道，如今天主教堂所在地）。

——桂是幽灵么？

关于他的这个传闻便是始于那时。

不过，对马藩被判定为长州同党，幕府军已经开始包围对马藩邸。于是桂趁着夜色逃了出来，在路上飞奔。

——咦，那是人么？

桂的速度太快，警戒兵都没来得及看清。

他朝着好友众多的鸟取藩藩邸方向而去，路上听到伏见那边传来了炮响。幕府军和长州军已经展开激战。

桂打算进入鸟取藩邸时，碰巧鸟取接到幕府下达的出兵警备上加茂地区的命令，藩兵正准备出发。

“这不是桂君吗？”身穿甲胄的鸟取藩士田岛某或者是河田佐久马惊讶地说道。

“是的。我有话跟你说。”

田岛只好把他引入一间房内。

刚进去桂便开口道：“今天，我恳请贵藩能与长州并肩作战。”

当然，这个提议鸟取人不可能笑着接受，这太荒唐了。幕府方面出动了三十藩的兵力，而长州军只有千人，连小孩子都看得出来孰胜孰负。

“桂君，多谢你的好意。我们藩邸内大半兵士都去了上加茂，我也得立即赶过去，现在可没时间商议这件事。更何况你的提议也太唐突了吧。”

“我明白。”

桂也知道这个提议太强人所难，但是他的真正目的并不在此。

“桂君，我们还得赶时间。”

“这样啊。贵藩是部署在上加茂么。那你能不能到达贵藩军阵后与众人商量一下这件事呢?”

“在军阵中商量此事?”

“正是。我就暂时借用一下贵藩藩邸，等你的吉报。”

“在这里等?”

“嗯，就在这里等。”

不一会儿，鸟取藩邸内除了几个留下来守门的人之外空无一人。

这就是桂的目的。结盟之类的他根本不关心。鸟取乃是幕府方面军，想必敌我双方都不会想到他潜藏在这个藩邸。

快天亮时，袭击中立卖御门[10]的三百名长州兵士一边喊着行军口号一边路过鸟取藩邸门前。

即便如此，桂也没有出门。这个伶俐的男人知道，此刻出去加入自家军队的话，只有战死这一个下场。

连守门的鸟取藩士都看不下去了，一人用轻蔑的语气说道：

——桂先生，现在您的友人、同志、部下正通过藩邸门前，您为何不加入？是害怕了吗？

桂再也不好意思赖在这里了。当然鸟取藩布置于上加茂的军阵中也不可能传回结盟的消息。

——那，我出去了。

据说当时桂做出一副被赶出来的模样离开了鸟取藩邸。

一本叫做《松菊木户[11]公传》（木户公传记编纂所出版）的传记中写道：

——木户公猛然起身赴死，与残党一同奔往堺町（御门）。

紧接着：

——激战正酣时炮声响起，震天动地。木户公没有丝毫犹豫，独自一人继续奔往堺町。路上不时遇到败走的长州兵士，鹰司宅邸中也燃起了火焰。

长州军被彻底击溃，随后幕府方面展开了扫荡战。

其实当时桂小五郎似乎一直在战场中东跑西窜。木户孝允（桂小五郎）在自传中写道：

——再次回到朔平门[12]附近（中略）观察宫内情形。没有去天王山（长州军阵地）而是乘夜赶至伏见。到达伏见，听闻天王山兵败溃逃的消息，茫然良久。

（只有这个办法了）

桂再次回到了满是幕府兵士的京都。

这可以说他胆大，也可以说他确实擅长逃跑。从伏见到大坂到处都是幕府军，他们张开了天罗地网搜捕长州逃兵，连一只苍蝇都不放过。而市内有八百多条街道正在熊熊燃烧的京都显然更容易掩人耳目。

当时桂扔掉了佩刀和衣服，就穿着一块兜裆布。他松开扎发髻的细绳，用佩刀把发髻的月代周围割得乱七八糟，脸上涂上锅灰，身上抹些马粪，看起来就像混迹在竹田街道那一带的流氓。

这里插一句题外话。当时桂走到墨染[13]附近时，看到路边坐着的一个流氓似乎很眼熟，便"喂"地喊了一声，睁大眼睛瞧着那人。那人看向他，抿嘴笑了一下。桂定睛一看，才发现那原来是同藩的广泽兵助（后改名真臣。维新后成为参议，明治四年遇刺身亡。因为他的功绩，他儿子金次郎受封伯爵）。只是不知道这件轶事是真是假。

言归正传。——

京都清水新道内有一个叫做牢之谷的地方。

传说源平年代[14]，恶七兵卫景清[15]就是在此处被关入土牢。后来的几百年间，这里都是乞丐的巢穴。

桂住在牢之谷中，把三条桥下当做自己的乞讨地盘，每天在市内转悠。

市内有数万人受灾，到处是一片狼藉。

关于这些天内桂小五郎的生活，世间产生了各种各样的传奇故事。其中“幕末防长勤王史谈刊行会”刊行了一篇得富太郎氏所写的《史谈》，有人称这篇文章“最接近史实”。

这篇文章里出现了一个名叫千鸟的女子。

文章中说，以前桂小五郎在江户担任塾头的斋藤弥九郎道场（练兵馆）隔壁住着一位名叫高桥盛之进的直参，千鸟就是盛之进的女儿。虽是女子，却在隔壁练兵馆内接受桂小五郎的指导，修习剑术，两人渐渐情投意合。桂前去京都后，千鸟发现自己怀上了他的骨肉，在家中引起了一场大骚动。后来她在乳母的老家偷偷生下这个男孩，取名小弥太。千鸟带着小弥太去京都找他的父亲，而那一天正好就是蛤御门之变当天。千鸟四处躲避着子弹、烈火，不一会儿就变得如同一个乞丐，在三条小桥附近与受灾人群混杂在一起。

桂也在那附近。

但是，两人都未发现对方。

千鸟卧在桥上，一支搜捕长州人的会津巡察队在成群的灾民中推推挤挤地过桥。队伍的伍长叫做小野田勇，他斩杀了千鸟。

当时小野田踢了卧在桥上的千鸟一脚，千鸟反抗起来，抱住了小野田的大腿。小野田勃然大怒，手起刀落。蛤御门激战后的第二天，会津兵士都十分亢奋，京都各个角落都在发生这种事。

——我立即出声制止，可惜已经来不及了。

维新后，当时也在场的巡察队长秋月悌二郎拜访了在箱根塔之泽[16]过冬的木户孝允，对他如是说道。千鸟与秋月交待了自己的身世后便断了气。（据说秋月收养了小弥太，视如己出。）

秋月与木户说起这件事时已是明治七年。木户身边的侧近把这段秘闻传了出去才广为人知，木户本人对此没有提过只言片语。

当年的战火之中，还有一人曾拼命寻找桂小五郎。

是个女子。

她是居住在三本木[17]的艺妓，名叫几松，是闻名京都的名妓。也就是后来的木户侯爵夫人松子。

几松是若狭小滨藩士木咲某的长女，本名阿松，早年丧父。

她的母亲改嫁给御幸町松原路的灯笼商，此事与本篇无关，不再赘述。九岁的阿松被三本木艺妓香乃收为妹妹，成为舞妓后因为才色兼备，声名甚高，由此可见她是个绝代风华的女子吧。十四岁时她继承了姐姐的艺名，成为第二代几松。

据说阿松与桂的恋情开始于文久元年七月前后，到蛤御门之变那年已是第四个年头了。两人早已情同夫妻。

她家所在的三本木与长州藩邸距离很近。

元治元年七月十九日凌晨，长州藩邸的屋顶在烈焰中轰然落地。这一幕就发生在几松的眼前。

她马上跑到对马藩藩邸，向藩邸内的公用方、桂的亲戚大岛友之助询问桂的消息，但大岛并不知情，他说道："那人吗，我想……"

战乱两天后，对马藩士听说幕府军的战利品中，有一个顶部用墨写着"桂小五郎"四个字的头盔。是桑名藩兵在朔平门附近找到的。

"大概死了吧。"大岛接着说道。

"你确定是头盔么?"

几松陷入了沉思。她知道桂的装备都放在大坂藩邸中，并未带到京都来。大概是桂为了制造自己已死的假象，才故意找个头盔写上名字扔在路上吧。以桂的智慧，他很有可能这么做。

(他还活着)

桂就是这样的男人。他曾自豪地跟几松说:“我的剑,是士大夫的剑。”

“士大夫的剑是什么意思?”

“逃跑。”

桂曾担任塾头的斋藤弥九郎道场中有六条知名的戒律。其中一条是“兵(兵器)乃凶器”。

——一生不用,方是大幸。

能逃就逃,这是主张永不杀生的斋藤弥九郎的教导。而桂身为斋藤的爱徒,他把从剑道中学到的所有本领都灌注到了“逃跑”二字上。一直以来,桂都如同变戏法一般躲过幕吏的枪林弹雨、森森白刃。池田屋之变[18]时也是如此,桂以他那特有的直觉,在千钧一发之际避开了灾难。当天聚在一起的所有志士中,他是唯一一个生还者。

“我身无长处,唯独精通此项技艺。”

如果把逃跑称为技艺的话,那么桂就是日本第一的艺术家了。无论多么出色的刺客,都敌不过他这个技艺。

“桂先生一定还活着。”几松对大岛友之助断言道。

“谁知道呢。”

“如果我不知道的话,我就不配是桂的女人了。”

几松连续几天都在京都的废墟中寻找桂的踪迹，她的心中没有一丝绝望。一天，她听说很多京都难民都聚集到了大津[19]，便心想“说不定他也在那里”，随后便出发前往大津。

最终依然没有找到。灰心丧气的几松四处寻找回京都的架轿，一直走到了郊外。她发现一片松树林下有成排的乞丐小屋，不经意间瞟到其中一个小屋内有个穿着崭新兜裆布的乞丐正盘腿坐在破草席上，一边抽烟一边看着她。几松一瞬间惊得目瞪口呆。那就是桂。

她一下子不知道该说什么，最终冒出一句连自己都感到诧异的话：“请问，有去京都的架轿吗？”

用脚趾头也想得到，乞丐小屋内怎么可能会提供架轿服务。

桂泰然说道：“这里没有架轿。”

“……”

几松打算冲到桂的身边，桂却抬起烟管制止了她，随后把烟管猛地往地上一敲，震得她双腿打颤。真是个剑术精湛的可怕男人。

接着桂便打了个长长的哈欠，扑通一声侧卧在地。

那架势似乎是在说“不要过来”。

《孝允传》中把这件事一句话带过：

——几松费尽艰辛于大津寻得孝允，但周围乞丐众多，不便交谈。

（我不过去了）

几松抬起她那细长清秀的双眼看向京都方向，然后又把视线落回桂的身前。她是在用舞蹈的姿势告诉他“等会儿我想办法从京都来接你”。但是桂却侧卧着一动不动。多年后几松说过这么一句话：一生中再也没有哪个时刻比当时更开心，同样再也没有哪个时刻比当时更怨恨他。

几松马上找到架轿飞奔回京，在粟田口三条大道附近找到一位要回大津的太婆，给了她四百文钱的好处费，让她帮忙传送一封书信。

——今夜在大神宫岸边等你，诸事到时再谈。

当夜，桂来到了约定的地点。他一如既往地紧绷着脸，连一句“我好想你”都没说。

“快点穿上这个。”

几松让桂穿上自己事先准备好的旧衣服。那是件皱巴巴的缟木棉和服，用来系和服的是一条磨破了的小仓衣带。

“来，头上戴上这个。”

几松给桂戴上按摩师头巾后，桂一下子变成了一副按摩师模样。

“按摩师吗。”

桂真是个令人惊异的男人，他的姿势、步调一瞬间变得就像个如假包换的按摩师，只不过脸上没有一点笑容。

“不给你打扮成这样的话你没法出现在市内。按摩师进入艺妓的家想必不会引人耳目吧。”

两人商定今夜就住在几松家，明日趁着夜色一起离京前往大坂搭便船去长州。

但是幕吏并不是那么好对付的。这几天来，一直有密探潜伏在几松家附近的理发店内，严密监视着她家的人员出入。

——什么？按摩师？

所司代宅邸的值勤室内瞪大双眼的正是京都见廻组组头佐佐木唯三郎。最近几天，死在他刀下的长州人数不胜数。

“正是。戌时下刻（夜九点）被传唤入内，到现在还没见他出来。”

——是眼熟的按摩师么？

“不是，完全没见过。”

——嗯，给我睁大眼睛盯好。

第二天午后，理发店内的密探发现那个按摩师穿着行装，一副漫不经心的表情离开了几松家，便连忙跟上。但那个按摩师太过敏捷，在小巷中穿来穿去，不一会儿密探便跟丢了。

佐佐木料想他一定会经由伏见去大坂，随后逃往长州，便立即向伏见的岗哨发去急报，描述了他的长相和穿着。

“但是……”

傍晚，佐佐木从密探那里得到了一则令人意外的报告。密探说那按摩师并未远行。

——还在京都么？

“在。而且刚才我亲眼看见他被三本木吉田屋（酒馆）里的人叫了进去。”

密探还说，进去的不仅仅是那个按摩师，他进去后没过一会儿，桂的友人、对马藩留守京都的大岛友之助也进了吉田屋。

“终于要抓到真家伙了。”

佐佐木唯三郎立即率领数名见廻组队士出动。

这似乎可以说是逃跑的桂小五郎一生中最大的失误吧。

桂与大岛等数位对马藩士在吉田屋的内室摆了一桌离别小宴。

“现在天下局势会如何变化？”大岛问道。

桂冷静地答道：“不久幕府就会让朝廷下达敕令讨伐长州吧。我们长州人都会成为朝敌。”

“朝敌？”

“不会长久的。同情长州藩的公卿、诸侯也很多，他们肯定会做些工作。在那之前，我希望对马藩能详细调查掌握京都局势。”

“你有何打算呢?”

“总有一天我会回到京都。到那时，天下便是长州之物。”

不一会儿，几松与数个艺妓进入室内，酒宴热闹非凡。

总的来说，桂并不擅长玩乐。他的酒量不及同是松下村私塾出身的高杉晋作的一半，也不像晋作那样会唱歌、会弹三味线，不像久坂玄瑞那样写得一手朗朗上口的好诗，不像品川弥二郎那样会应酬。

他只是默默地喝着酒，而且还是以一副阴暗深沉的表情喝酒。身为男人，桂的睫毛异常的长。时不时动一下睫毛便是他唯一的表情。几松当初大概就是被他的这一点所吸引吧。

“啊，千鸟在叫喊。”[20]

大岛友之助走到了面向鸭川的栏杆边侧耳倾听。自古以来，加茂河原三本木就是聆听千鸟叫声的名胜之地。

“桂君，千鸟还在叫着呢。”

“哦。”

桂兴味索然地点了下头。不知道此时的他有没有想起高桥盛之进的那个已经身亡的女儿。

就在此时，京都见廻组组头佐佐木唯三郎拉开了吉田屋的大门。他一下子跳到走道上，同时拔出二尺四寸、备前无铭的佩刀，开口吼道："给我搜！"随后冲到一间客房边一脚踢开隔扇。他的手下们争先恐后地踢开了下一间客房。随着客房一间间被踢开，不一会儿他们就进入了最后一间。

（啊）

所有人都怔住了。

几松正站在其中。

她还在跳着京都舞蹈。手中银扇舞动间，折射出绚烂夺目的光芒。

"舞扇啊，你可遮得住春日的哀伤。"

几松用这即兴之句巧妙地配合着琴弦的节奏，同时舞动身姿，跳起了《京之四季[21]》，目光流转间似是不经意般与佐佐木唯三郎四目相对，眼神之中秋波荡漾。

"——这不是几松么。"

半晌之后，佐佐木艰难地从喉咙挤出一句话来。几松一边跳着舞，一边轻轻地点了下头。

"桂、桂小五郎去哪了？"

她并没有开口说出"不知道"这句话，而是脑袋轻轻转向侧边，摆出一副不情愿般的舞姿。她要说的话都已完美地融入舞蹈之中。

“你的意思是不知道么？”

她收缩了一下下巴，似是在说着“嗯”。

“给我停下！”佐佐木怒吼道。几松却不理不睬，继续跳着。

她的背后还有一些客人。佐佐木对其中一两人的长相有点印象，似乎是对州[22]藩士，他也不方便继续追问了。

此时，桂小五郎已从一丈高的石墙上跃入了河中。

他就这样离开了京都，没有回到几松身边。

桂在大坂潜伏过一阵子。据说他打扮成一副江湖艺人的模样，一边唱着针砭时事的俚曲一边潜逃。真是不知道他是怎样弄到那一身装束的。而第二天，几松便锁上了家门前往大坂寻找他。大岛友之助的妻子一直把她送到伏见寺田屋的港口。

但是几松并未在大坂看到桂。据说当时桂仍在大坂，而且还在今桥附近看到了身穿行装的几松，不过他没有出声叫喊。几松并不知道她的身后跟着密探。

当时新选组的主力都来到大坂出差。他们袭击了长州设于大坂的藩邸，连其中的妇女老幼都抓了起来。市内的搜查也格外严密。大坂不适合桂长期潜伏。

他逃到了但马出石。

毫不知情的几松还以为桂回了家乡，便启程赶赴长州。

㊃

起初桂潜伏在但马出石城下甚助的店铺广江屋中，那之后的情况，藩内枪术教练堀田半左卫门再清楚不过了。

（确实听说过甚助去京都时经常出入对州藩邸，可能就是因此桂才会拜托他吧）

堀田所料不差。多年来，甚助深受大岛友之助妻子的器重，大岛也曾对桂说："危难时刻，甚助是个可以仰仗的人。他喜欢小赌，疏于农务，但是没人比他更侠气仗义。"所以桂才会在落难之时想到他吧。

甚助有个弟弟叫直藏，也是个侠义之人。他们兄弟俩为桂尽心尽力，那份忠诚，连各藩世代受到主公厚恩的谱代家臣都望尘莫及。（维新后，木户经常把兄弟二人请到东京，盛情款待，以谢当时的恩情。明治二年，兄弟二人来到大坂经商，木户每次去大坂都拒绝了其他豪门权贵的留宿邀请，单单宿于兄弟二人的广江屋之中。）

不久后，堀田半左卫门就听说城崎汤岛村松本屋的阿薰怀孕了。当时，桂已经离开了城崎。

过了一阵子阿薰便流产了。

（桂还真有一套）

让堀田震惊的是，桂不知道什么时候又回到了出石，在城下宵田町开了家小杂货铺。

他化名孝助，自称是甚助、直藏收留的京都难民。对此没有任何人起疑。

滑稽的是，比任何人都相信这个谎言的是甚助、直藏的老父亲喜七。他看桂分外顺眼，对他说道：

——你也知道，我有甚助、直藏这两个儿子。但是他们都不成器，嗜赌如命，好逸恶劳，我老后怕是不能靠他们了。要不你跟我的小女阿澄（后改名八重）成亲吧，店铺就让你继承，我老了就依靠你们夫妻二人。

桂找到甚助、直藏商量此事，甚助二人满心欢喜。

甚助还揶揄道："别看阿澄才十三岁，但她非常早熟，已经是个女人了。"

桂与阿澄办了场简单仪式成了亲。因为此事，藩厅很快许可了他开办杂货铺的申请。

阿澄对桂十分贤惠。她似乎从两位哥哥那里得知自己的丈夫身份很不一般，时机一到便会离她而去。

时光飞逝，已到庆应元年。

桂依然身在出石。

这段时间内，长州的形势逐渐恶化。

攘夷主义的长州藩在下关海峡与英、美、法、荷四国舰队交战，藩内的平民百姓、妇女儿童都动员起来参战也无法弥补劣势，下关炮台群被破坏，最终惨败。

雪上加霜的是，因为蛤御门事变之罪，藩主毛利敬亲（庆亲）被剥夺官位，幕府向大小二十一藩下令讨伐长州。深惧于此的长州藩将三位家老斩首，向幕府谢罪。

这段时间，桂一直待在出石。

曾经他是长州藩数一数二的杰出人才，声名远播天下。而现在，全天下无人知道他娶了个老婆，在但马出石开杂货铺。

（那个男人到底怎么了）

连堀田半左卫门都在暗自揣摩桂的心思。他认为桂是个胆小鬼。

全藩上下与诸国混战，又要与幕府对战，已是快要亡藩之际，稍微有点血性的男儿都会赌上性命回到故土吧。至于路途中的风险，应该都没有时间和精力去考虑。

（还能算作武士么?）

堀田心想。桂爱惜自己的生命也爱得太过度了。

——我逃得太多了。

想必桂也思考过这个问题。但是一直逃啊逃啊，逃得忘掉了自己的血性和志向，到最后，“逃跑”反倒成为了自己的目的。

当时的桂似乎无法排解自己内心的忧虑和惆怅，一到夜晚便不停地给甚助、直藏兄弟写信。他们兄弟的家就在附近，完全没有写信的必要。但是以桂当时的心境来讲，写给谁不重要，总之就是想写，想不停地写，仅此而已。桂信中的语气十分纤弱，简直令人无法相信他就是一年前的那个闻名天下的英雄豪杰。到了深夜他也无法入眠，呆卧在床铺内，就像缝在了其中一样。

昨日致信打扰，多有得罪。我心忧国难，夜不能寐，辗转反侧，直至天明。一心考虑良策却又百思不得其解，寒夜中紧握衣袖，不知何去何从。昨日寄给甚助先生您的书信，请您一定一定归还于我，或者将其损毁。在此请求再三，切记，切记。（看来他昨天也给甚助寄了一封满是痴语的书信吧）

那是前日晚，与您于屋内作别后，无法入眠而作之物。此信至此已无别话。天崩地裂恐怕都难激起我内心涟漪，唯有雪花飘散令我艳羡万分。惟愿自己能与雪花作伴，消逝于天地之间。

（后略）

庆应元年正月中旬，桂潜伏于出石的消息传到了京都。

京都守护职向出石藩的京都藩邸下达了搜查全藩的命令，而京都见廻组则派出了三名剑客前往出石。

领俸三万两千石的出石是个小藩，而领主仙石家属于外样大名[23]。藩内同情多灾多难的长州，所以对搜查工作毫无热情。不久，出石仕置家老森本仪兵卫召见堀田半左卫门，与他零零碎碎地说了些搜捕桂小五郎的事。

“广江屋那个名叫孝助的外地女婿的经历、长相似乎十分可疑。听说你跟他下过棋，很有交情，能不能暗中探听一下虚实?”

——但是。

仪兵卫继续说道：“据说有见廻组的人正从京都赶来。如果你能在他们来之前处理一下就再好不过了。”

他这句话的意思是如果确定了那人就是桂的话，便让他遁走呢，还是叫半左卫门亲手干掉呢?

堀田半左卫门来到昌念寺，拜托住持去邀请广江屋的女婿过来。他说：“是为了这个。”边说边做了个下棋的手势。住持欣然答应，派了一名小僧前去邀请。

桂来了。

两人都无心恋战，如同新手一般飞快落子，不一会儿就下了三局。此时夜幕已经降临。

他们从寺内借了一盏提灯，一同走在城下的夜路上。桂走在堀田的左侧，伸出提灯照亮他的脚下。

“桂先生。”堀田突然叫了声。

在那一瞬间，桂把提灯扔到地上一脚踩灭。他万万没想到堀田竟然知道自己的名字。

“不，我无心害你。”堀田说道，“只是有话要跟你说，你能靠近些么，那儿太远了。”

虽然天色漆黑，但模模糊糊看得到桂已经跳入了路边的葱地。堀田苦笑道：“我把我的大小佩刀给你都行。葱地太远了，不方便说话。”

“……”

桂如同夜行动物一般多疑，又往后退了两三步。性格温厚的堀田半左卫门终于忍不住大吼道：“一个武士的话你都不能相信么？你还是那个震动京都的男人吗？”

“……”

“幕吏明天大概就会抵达出石抓捕你，我就是为了通报你一声才把你邀出来。但是与此事相比，贵藩如今内外受敌，已至生死存亡之际，你为何还在这片大山之中安闲度日？”

“我回去了。”桂嘶哑地说道。他还没说到底是要回哪去便跳跃着消失在了黑夜之中。到底还是太谨慎了。但是刚才堀田半左卫门的那声大吼打散了他的惰气，一瞬间，他又恢复了以前豪气万丈的模样。

回到广江屋后，桂这副模样使得甚助不禁大吃一惊。桂说道："甚助先生，这是我毕生的重托。请你去一趟长州，调查下藩内的现状以及沿途幕府的警备。"

真不愧是桂小五郎，现在情绪这么昂奋都没有立即启程，而是想到先摸清沿途的情况。

"好！"甚助欣喜地答道。当夜他便弄到通关文牒，第二天一大早就出发了。

几日后，堀田半左卫门来到桂的杂货铺，向阿澄问道："他在家么？"

桂一下子就出来了。依旧是面无表情，一副冷冰冰的模样。

"我藩留守京都的官差没有骨气，但是藩内的仕置家老却有，他把幕吏拒在了藩外。我来就是为了跟你说这个。"

堀田低声说完后便离开了。

桂打扮成一副行商模样，与甚助、直藏兄弟一道离开出石奔赴长州时，已是庆应元年四月八日。

一行之中还有一人，那便是几松。她上次去长州时，桂的同志伊藤俊辅（博文）、村田藏六（大村益次郎）、野村靖之助等人将她保护于萩市[24]内。但甚助来到长州后，她便与其一道前往出石迎接桂。启程离开萩市时，野村靖之助等人再三挽留道：“身为女子，你就没必要去出石迎接他了。就在长州等着吧。”

几松笑着拒绝道：“甚助之父对桂甚是照顾，我得前去答谢一番。还有妹妹阿澄也是。”

话说几松是个气质十分动人的聪慧女子，但在阿澄面前没有摆出任何架势，而是发自内心地向她表达谢意。阿澄再婚后，几松也经常以各种各样的形式答谢她当年的恩情。对待城崎汤岛村的阿薰也是如此。（而说到底，她们二人不过是桂逃亡途中用来隐藏身份的道具。她们对此事又有何感想呢？我们就无从得知了）

三年后，日本迎来了明治维新。而在这三年中，无数志士命丧黄泉，但桂一直生存了下来，明治新政府称他为维新元勋。说句不讽刺的话，能够成为元勋，只因为他还活着。维新后，身为政治家的桂并没有发挥出多少能力。应该说他的才能便是能够在乱世炮火中活下来吧。

桂在维新之后，大部分精力都消耗于每日与萨摩派系的首领大久保利通斡旋，守卫长州派系势力。

明治三年七月八日的日记中，他写道：“八日晴。早晨，大久保参议来谈。”此事他就这样一笔带过，接下来花了很多行记叙下一件事：

“堀田反尔（半左卫门）来访，他乃但州出石人士。余七年前，京都战争之后，曾暂时潜伏于出石。当时与其相会于最善寺（昌念寺之误）。”

大概与大久保参议的会谈相比，此事令桂更加铭记于心。另外，桂在改名木户孝允之后的一篇日记中写道：

“大政一新，实乃天道必然。即便如此，多年来无数志士仁人为之抛头颅、洒热血，以赤诚之心报效皇家。友人之中亦有数十人为国捐躯。因此余辈才能享如今盛世。大好新政，来之不易，岂能不鞠躬尽瘁，死而后已。”

维新后的木户似乎在很多夜晚都生出这样的感伤。

然而他最终还是死了。

死于明治十年五月二十六日，享年四十五。如此敏捷无双的男人，最终还是没能逃出在出石时便有征兆的结核病的魔爪。

桂的遗体按照遗嘱葬在了埋有许多同志枯骨的京都东山区灵山山腹之中。九年后，夫人松子（几松）也葬入了那片墓地，享年四十四。

注释：

【1】但马：日本古代令制国之一，位于兵库县北部。

【2】仙石家：日本武家氏族之一，1706年成为出石藩统治者，一直持续到明治初年。

【3】丰冈：出石以北的小城市。

【4】汤治场：温泉地的一种，主要面向泡温泉疗伤健体的长期滞留客户。

【5】间：日本旧时长度单位。1间约等于1.8米。

【6】鹰司家：五摄家之一。

【7】公用方：此处应该是原作者失误，公用方是会津藩才有的部门，是辅佐会津藩主执行政务的最高咨询机构。按照文意，原作者要表达的应该是“公用人”，公用人是各藩设立的处理幕府方面事务的职位。

【8】竹胴：剑道中用于保护躯干的护具。

【9】禁门之变：此处又是原作者的失误。发生于文久三年（1863年）的事变叫做“八月十八日政变”，也称为“堺町门之变”。堺町门虽然也是皇宫禁门，但并没有史学家把这场事变称为“禁门之变”。通称的“禁门之变”就是指元治元年（1864年）发生的蛤御门之变，也就是下文中长州军与幕府军展开军事冲突的事变。

【10】中立卖御门：皇宫御门之一。

【11】松菊木户：桂小五郎三十六岁时改名木户孝允，松菊是他的雅号。

【12】朔平门：皇宫御门之一。

【13】墨染：地名。

【14】源平年代：12世纪时源氏与平家争权夺势的年代。

【15】恶七兵卫景清：原名藤原景清，后来侍奉平家，改名平景清。传说他曾杀死自己的叔父，再加上他排行老七，便产生了恶七兵卫的绰号。

【16】塔之泽：位于箱根的温泉地。

【17】三本木：地名。位于京都市上京区。

【18】池田屋之变：1864年7月8日发生于京都旅馆池田屋内的事件。长州、土佐、肥后等藩的浪士在池田屋内密会，新选组前来袭击，诛杀了所有浪士。桂小五郎因为密会前来得太早，便离开池田屋去了一趟对马藩邸，从而躲过一劫。

【19】大津：滋贺县西南部城市。

【20】译者注：千鸟也是一种鸟类的名字，体形很小，嘴短而直，只有前趾。

【21】京之四季：一种有名的京都舞蹈。

【22】对州：对马的别称。

【23】外样大名：不属于将军家谱代家臣的大名。而在江户时代又特指关原之战后才臣服于德川家康的大名。

【24】萩市：长州地名。桂小五郎的出生地。

不死之身

㊀

品川妓楼土藏相模的后院围墙之外，是一片大海。

文久二年十二月的这天夜里，天气十分寒冷，似乎快要下起雨夹雪了，二十二岁的俊辅却光着脚来到了后院外的海边。前天夜里开始，他与好友闻多便流连于妓楼之中。

（我自己也太荒淫无度了）

他身上还残留着妓女的胭脂气，就如同黏在身上般浓重。夜风吹过面庞，令他不禁想直起腰板。

涨潮了。

俊辅漫步在沙地上，突然发现海滩边蹲着一个黑色的人影。定睛一看，只见那人影弯曲成了一个奇怪的姿势。海浪哗啦啦地涌过来，不断地冲洗着那人的双脚。

“什么嘛，是闻多你啊。”俊辅说道。他想，精力旺盛的闻多大概是玩累了，在那里享受着夜风的吹拂吧。随后他转念一想，闻多这家伙怎么可能有那般雅趣呢。他一边想着一边靠近闻多，突然闻到了一股怪味。

“你在干什么？”俊辅问道。

“拉屎。”黑暗中传来了闻多那标志性的下流声音。原来如此，听得到他拉大便的声音。俊辅脸上不禁露出了一丝不快，但同时又对闻多这个饭量大、淫欲旺盛、极具男人味的健康体质产生了一种敬畏。

“你呀。”俊辅的声音中甚至包含着感动，“真是无论何时何地都拉得出来啊。”

“啊，随便哪儿都行。”

（我也想变成这个家伙那样）

很久以前俊辅便有这想法了，如今这一泡粪便也令他钦佩不已。他只能在自己习惯了的厕所内顺利方便出来。虽然俊辅表面上拼命装出一副豪杰的模样，但实际上是个胆小鬼。小时候，想拉大便时，无论离家有多远，他都要跑回去拉。有一次他憋得龇牙咧嘴地往家里飞奔时，周围的人都笑话他，他怒吼道：“外面的厕所无论如何都不接受我的粪便！”

（闻多真了不起）

而那个闻多此时就着波浪洗了洗屁股后慢悠悠地站了起来。他身材矮小，脸部松软扁平，令人不禁联想到横滨的那些清国[1]人爱吃的黄色高粱馒头。所谓气质二字，与他完全无缘。

“高杉他们来了么?”闻多一边说一边洗手，大概手上沾了些粪便吧。

“不，还没来。”

“火攻是明晚进行吧。啊哈哈哈！烧了御殿山[2]后，不仅仅是那些夷人，只怕所有日本人都会惊呆吧。”

突然他把话题一转，问道：“你那个妓女咋样?”

闻多和俊辅都非常沉迷女色。不过俊辅尚有挑选女人的标准，与常人无异。而闻多令人感到下流的是，只要是女人，他都来者不拒。而且他行房次数太多，甚至吓跑了很多妓女。

(太厉害了)

对此俊辅也非常佩服。当然他佩服的不是闻多的粪便和好色，而是想学习他那生龙活虎的生命力。闻多就好像蜥蜴转世一般，无论怎样击打践踏都死不了。不过与之相对的，长相就太猥琐了。

(不过他的出身和教养都很好)

家庭出身好，而且生命力顽强如蜥蜴，所以俊辅才会对他钦佩有加。

闻多被别家收养后，姓氏是志道。

后来回到生家，姓氏改回了井上。到了维新后，他又把名字改成一个“馨”字。后来历任大藏大辅[3]、外相、农商务相、内相、藏相[4]等职位，爬上了侯爵、元老[5]的宝座。

闻多的生家井上家是长州藩声名显赫的上士家族，而曾收养他的志道家也是世代受禄二百二十石的大家族。另外，闻多本人还深受藩主敬亲的厚爱，被破格提拔为身边小姓[6]。由于太过宠爱他，敬亲给他取了“闻多”这个奇妙的名字。

与他相比，俊辅就太凄惨了。

他没有门第，没有家系。维新后成为总理大臣，受封公爵之位的他自称家系出自镰仓幕府时期的名门望族河野·越智氏[7]。实际上他是长州藩内一个农民的儿子。而且俊辅的父亲还不是个拥有耕地的农民，只是熊毛郡[8]束河村迁徙到萩市的雇农。这种出身倒是类似于战国时期的秀吉[9]。

不仅仅是出身类似。少年时代俊辅在萩市的武家住宅区当仆人，每天深夜习字一段时间之后，便提笔胡乱描绘一个奇怪的人像，低声自言自语道：“这就是太阁[10]秀吉。”然后才睡觉。这件事成了他的习惯。看来他很是崇拜从一介提鞋仆人成为天下之主的太阁吧。闻多固然是个怪异的男子，而俊辅（春辅·后改名博文）同样有点怪异。维新史可以说就是志士们血流成河的历史，而在所有志士之中，心怀丰太阁的，恐怕只有伊藤俊辅一人。

俊辅在任何方面都与太阁类似。因为好运成为长州藩名士来原良藏的随从。来原死后，他又成为来原的亲戚桂小五郎的随从。他侍奉过的主人都身份不凡。

而且，俊辅在萩市时，住在隔壁的是一个姓吉田的藩士，他的儿子在松下村塾中修学，也就是被吉田松阴称为门下第一人的吉田稔麿（后在池田屋之变中被新选组斩杀）。因为吉田稔麿的引荐，身份卑微的俊辅成为了松下村塾的门生。松下村塾的青年们执起藩政牛耳时，俊辅由于师出同门，得以跟随高杉晋作、久坂玄瑞等人。

到了幕末时期，长州藩的阶级制度被打乱，下克上之风盛行。

“俊辅，一介随从，胸怀大志。”有此评价的俊辅与平时根本不可能平等对话的上士阶层的高杉、久坂、井上闻多等人结下同志之谊。

不过，高杉、久坂等人都有着强烈的自尊与自傲，依旧把俊辅当做随从般呼来喝去。奇怪的是，领俸二百石的大家族之子井上闻多却与俊辅称兄道弟。身为区区随从的俊辅直呼闻多的名字，闻多也不气不恼。从这一点上也可以说闻多是个怪人。高杉、久坂都是精神格调非常高的男子，而闻多、俊辅二人则学艺不精、幽默诙谐、略带狡猾、善于察言观色，毫无前面那两人的远大理想以及诗意情怀，不过却如同小狗一般惹人怜爱。他们两人在一起简直就像成对儿的酒壶，因为双方都有着世俗气息，所以能够毫无隔阂地相处。正是那些缺点让他们情同手足。

——但是，今夜。

今夜的气氛非比寻常。他们是为了明晚完成一件举世震惊的大事才待在土藏相模之内的。

当时，幕府斥巨资在品川御殿山的风景名胜之地修建各国公使馆，已经快要竣工了。

“把那给烧了。”

在同志之间提倡这件事的，就是长州攘夷派领袖高杉晋作。水户藩、萨摩藩的激进分子一直与长州藩进行着攘夷竞争，长州的高杉一派打算以此壮举力压竞争的诸藩，同时使幕府狼狈不堪，丧失威信。而当时长州藩内参与这项壮举的算上高杉也只有十七八人。这群人在维新到来之前的这六年中如疯子般不断鲁莽行事，大部分人相继倒下，而等剩下的那几个人回过神来时，维新大业已经完成。

闻多和俊辅也是在那个时代，加入了他们的阵营。

第二天傍晚，以高杉晋作、久坂玄瑞为首的十二三名同志陆陆续续来到土藏相模。

“俊辅，你早就到了啊。”高杉凝视着俊辅说道。那眼神似乎在说“你一个小小随从”。

“是的。是与志道大人（闻多）一起来的。”俊辅弯腰答道。在高杉面前，他到底还是无法忘掉自己的卑微身份。

“你真是闻多的银蝇啊。”高杉爽朗地笑道。银蝇的意思是说俊辅如同一直围着银子转的苍蝇一般觊觎着闻多的钱。

闻多因为深受藩主宠信，所以轻轻松松地从藩邸内弄到了一笔钱，来此地寻欢作乐。

（我是银蝇么？）

俊辅一生都没能忘记这句话。

“各位，快去找个妓女玩玩吧。子时下刻（凌晨一点）出发。”

高杉说完便用下巴指着众人，说着你与你担任斩杀组，你与谁担任爆破组，一下子完成了部署。闻多和俊辅都属于爆破组。但俊辅感觉斩杀组的功绩会更大，便说道：“高杉大人，我有一个请求。请您把我调到斩杀组。”高杉只丢下了一句“蠢蛋”便往妓女屋内而去。

当然，农民出身的俊辅如今虽然佩着刀，却从未学过剑术。

至于闻多，他曾在斋藤弥九郎道场内学过一段时间，但天赋极差，没多久就退出了。高杉知道他俩除了放点火之外派不上什么用场。

过了一会儿，负责制造炸弹的福原乙之进姗姗来迟。众人问他迟到原因，福原说他忘了自己还穿着一身平民服装，习惯性地到路口岗哨里面小便，结果被岗哨里的人押住问话。他两袖内还藏着炸弹，如果被搜出来了就万事休矣，只好一点点地掐碎塞进嘴里，最后把炸弹全吃了。

“全吃了么?”所有人沮丧不已。那玩意儿说是炸弹，其实是用磨药石捣碎硝石和硫黄后混些桐灰粉，再拿纸一块块包起来的纸硝烟。真要吃的话还确实吃得下去。

不过幸好他的同伴山尾庸三（庸造。维新后受封子爵）另外还带了三个炸弹，大家决定就使用这三个。子时下刻，所有人准时出发。

月亮浮在了品川海面上。

但是乌云太多，月光无法照亮地面。月亮从乌云中探出头来时，可以看到高杉一群人正在路上疾奔，紧接着弯腰溜进了御殿山洋公馆建筑群。面前是条刚挖好还没灌水的壕沟。

爬过壕沟后，一道栅栏挡住了所有人的去路。

“高杉大人，让我来。”说着俊辅掏出了一把锯。闻多也带了一把。这是他们两人昨夜经过商量后在品川的五金店里花一朱[11]钱买的。

“你们两人很有点小机灵嘛!”高杉哧哧地笑道。俊辅因为他的表扬开心不已，挥着汗飞速锯断了两三根木桩。所有人如钻狗洞般钻了进去。后来他们才得知这栋建筑是英国公使馆，当时已经建好了一半。

“背上这个。”

高杉指示爆破组开始行动。俊辅和闻多也跑到主楼找好地方，把背着的稻草捆塞进地板下。稻草捆中包有火药，连着长长的导火线。

两人点燃了导火线。

这时，一个手提葵纹[12]灯笼的警卫前来巡逻。高杉是个性急的人，他喊了一声“你这混账”便拔刀横砍过去。但是距离不够，刀尖没有挨到那警卫，于是他继续往前踏步。而那警卫是个相当没骨气的人，哇的一声大叫逃了。（英国公使馆翻译官阿内斯特·沙托在手记中写道：“公使馆的警卫兵是由旗本们的次子、三子组成的部队。所有人都佩着两把刀，小卒头戴藤蔓编制的圆平帽子，士官头戴馒头形的涂漆木帽。他们上身穿的是叫做短褂的外套，而下身的裤子叫做裤裙，就像女性裙子一样。”）

警卫逃跑的同时，这群长州人也开始逃跑。因为他们看到导火线都已经成功点着了。伊藤俊辅撒起他那两条农民短腿拼命狂奔。要论逃跑，没人比他更快。

而扁平面庞的闻多则没那么慌张。他虽然不算是个大胆的男人，但生来恐惧感迟钝。此时的他内心涌起了一丝不安，跑了五六步后就停了下来。

闻多再次回到点火地点细心查看。果然不出所料，火熄了。

（这可不行）

他虽然不算是个有大智慧的人，但与其他同志不同的是，他极其热心于工作任务。

闻多又潜入主楼之中，把一些从木板上切下来的碎片以及刨屑捧到稻草捆上，然后又往里面塞了一包火药并点燃，没有使用导火线。火焰一下子蹿了起来。

闻多抬腿开跑，但是四周一片漆黑，他一下子迷失了方向，找不到之前锯开的那个栅栏缺口。他只好不管不顾地爬上栅栏跳向对面。

但是过了很久他都没有落地。等摔到地面时他发现自己已经躺在了壕沟底部。一般人这下子绝对摔死了，但他摸了摸浑身上下，发现连一根骨头都没有断。他那强健的身躯似乎就是为了应付这种情况。

浑身泥土的闻多迅速爬出了壕沟，但还是没有立即逃之夭夭。他在壕沟边仔细观察着火势。等看到大火猛然穿越屋顶后，他蹲了下来。

闻多拉下一泡屎之后开溜了。

㊁

高杉是一个策划家。他在藩邸内待了数日，睁着他那炯炯有神的双眼，无论是谁前来拜访他都默不作声。这便是这个男人最令人害怕的时候。

比如说有一件发生在火烧御殿山不久之后的事。那是一个雨夜，高杉对俊辅说道："俊辅，要举办葬礼了，你准备一下。"俊辅弯腰领命，在藩邸内四处找寻，很快便备好了十人份的葬礼服装以及棺材、灵车等物。

"备好了。"

"好。明天松阴先生的门生会一起举办葬礼，你也来吧。"

高杉这么冷不防地提起葬礼，似乎显得很粗枝大叶，完全没把这当回事儿。实则不然。他是经历了一场异常艰难的交涉才从藩内高层那里得到举办葬礼的许可。安政六年，对于幕府来说乃是乱臣贼子的吉田松阴被幕吏斩杀于江户传马町大牢之内。长州藩的部分高层慑于幕府，并不同意给吉田举办葬礼，最后高杉派出口齿伶俐的井上闻多巧妙地说服了他们。

闻多很擅长与人交涉。高杉也对此评价很高。但是，闻多并不是松阴的门生，他只是以松阴门生的友人身份进行这场周旋。

而俊辅虽然出身卑贱，但好歹算是松阴的一个小小门生。

第二天，他与其他人一道参加了葬礼。

这场葬礼其实算是改葬。松阴的遗体现在还在刑场附近的小塚原[13]地下。他被处刑后，俊辅跟随桂小五郎来到刑场，从幕吏手中求得他那被装在桶里的遗体，埋在了刑场附近。

俊辅还记得师傅遗体的惨状。不仅身首异处，还赤裸着躯体。肯定是幕吏剥光了他的衣服。

他梳理着师傅的头发，给他缠上了发髻。桂则脱下自己的长衫给师傅穿上。与他们一同前来的松阴的友人、藩内典医[14]饭田正伯解开自己的衣带，脱下那黑绸双层的和服套在松阴身上。

（幕府这群混蛋）

他们咬牙切齿地诅咒着暴虐残酷的幕府。而桂小五郎的倒幕热情，可以说就是始于安政六年十月二十八日的这个清晨，在小塚原看到松阴的赤裸尸体之时，甚至可以说幕府的瓦解便是始于这个清晨吧。

俊辅也是同样。他虽然也是松阴门生，但是毕竟身份低微，松阴经常使唤他跑腿。但同时，松阴又是真心宠爱他。松阴有一次给肥后名士轰武兵卫写了封信，让俊辅代为传送。那封信中，他还着重介绍了俊辅。

“这名小生叫做伊藤利助（幼名），是个轻卒（随从），不过正在吾辈门下修学。天赋不佳，修为尚浅，但深得我的喜爱。”

——这天早上。

也就是改葬的这天。高杉骑着一匹白马，率领着松阴的一众门生，从土地里挖出松阴的遗骨放入崭新的棺材内，随后所有人整齐地换上了白色葬礼服。

接着所有人守护在棺木前后左右，肃然前进。改葬地点是荏原郡若林（现在的松阴神社所在地。之前长州藩买下这座山是用来当做长州别院的避火之地。因为此地主人乃是毛利大膳大夫[15]，所以当地人也称此山为大夫山、长州山）。

高杉独自骑着白马，担当葬列的前驱。

途中，他们打算渡过上野山下三枚桥的中桥。这座桥是将军家前往东睿山宽永寺参拜祖宗灵位的通道，有着不允许葬列等不洁之物通过的规定。

中桥桥下的看守屋内出来了几个幕吏，呵斥着高杉等人并试图阻拦葬列。

从那时起，所谓的幕府威仪，在高杉眼中已不如地上的蝼蚁。

他坐在马背上，拔出大剑，说道："哈，你们打算挡路么？我们乃是长州人，正打算埋葬日本永世不灭的勤王志士的遗骨。你们敢说不知道是谁的话我就杀了你们。"说完他便飒然渡桥而过。

在跟随于高杉马侧的俊辅眼中，此时的高杉无比伟岸。同时，看到那些在高杉一喝之下仓皇逃窜的幕吏们，他打心底产生了"幕府不足为惧"的念头。俊辅和闻多一样，没有其他志士那般高远志向及深邃思想，但他走上侮幕、倒幕的道路，并不是因为什么思想指引，而是因为他看到了松阴尸体的惨状，看到了中桥上被高杉喝跑的幕吏的背影。由此产生的倒幕意志，比那些观念论者更为坚定。

(那就是旗本八万骑[16]吗?)

出身于长州藩雇农之家，年幼时每夜在习字草纸上描绘丰太阁人像的这个年轻人，大概就是在这个时候猛然看到了国家的未来。

让我们把话题回到火烧御殿山之后。

放火计划完成后，高杉似乎又定了个计划。他把闻多、俊辅等人叫到藩邸中自己的房间内，命令道："我打算杀了宇野东樱。把他带到藩邸来。"

要说俊辅只是随从身份，对他下达命令倒无可厚非。不过闻多是和高杉同阶层的上士，而且还比高杉大四岁，对他下达命令乍一看显得很不可思议。但是，有的人就是能在气势上彻底压倒别人。

“遵命。”

闻多鼓起干劲，与伊藤俊辅、白井小助商量了一番，最后不知道用什么花言巧语把宇野东樱带入了藩邸。

这个宇野东樱是在这一年间经常出入水户藩和长州藩的藩邸，大谈特谈时事政治的浪士。不过当时藩邸内所有人都心知肚明此人乃是幕府间谍，对他甚是提防。与高杉等人交情甚好的宇都宫藩儒者大桥顺藏被幕府逮捕，后来查明就是因为宇野的告密。

藩邸内有一个修文习武的道场叫做有备馆，是长州藩引以为傲的设施。桂小五郎便在其中兼任御用掛（塾长）。

高杉瞒着喋喋不休的桂小五郎，把宇野东樱带到了有备馆二楼的一个小房间内。

“哎呀，很久没听到东樱先生的高谈阔论了，甚是想念，便把您请来了。伊藤俊辅，上茶水点心！”

“是。”俊辅下楼而去。

东樱自称他父亲那一代原是肥后细川家家臣，后来脱藩来到了江户。不过高杉在肥后藩邸内调查得知没人知道有这回事。东樱是个很有思想的学者，至于刀术方面，他取得了心形刀流的免许皆传段位。也许他起初确实是个动机纯粹的尊王攘夷主义者。

无人知晓他为何变成了幕府的间谍。

宇野东樱所学的心形刀流乃是幕臣伊庭家流传了十几代的刀法，当代传人伊庭军兵卫的门生之中也有许多幕臣子弟。所以很有可能因为这层关系，经常有幕臣拜托他进行间谍活动吧。当然还有另外一种可能性，那就是他只不过认识不少幕臣，就被水户、长州的激进分子怀疑是间谍。

（高杉先生不会出问题吧）

俊辅一边让有备馆的仆人准备茶水点心，一边思考着这个问题。高杉刚来江户不久便加入了斋藤弥九郎道场，当时的塾头桂小五郎曾手把手地教他，但是他在剑道上陋习太多，技术并不怎么样。

——多大事儿，到了实战的时候我会变得很强的。

最近高杉常把这句话挂在嘴边，对练习毫无热心。

（到底高杉先生打算怎么杀宇野这样的高手呢?）

高杉不仅没有做详细的计划，甚至都没有跟同伴们商量过一句。

——好，此刻就是建功立业之时。

俊辅做好将负重伤的思想准备，下定决心亲手斩杀宇野试试。“对师傅处以极刑并剥光衣服的不就是幕府么，那不就相当于是宇野东樱干的么？”俊辅对自己灌输着这句话。他想这样也许能让自己怒气冲天，爆发出惊人的力量。

手心的汗水打湿了目钉[17]。俊辅的刀是廉价的钝刀，他甚至不知道握刀的手法，但是他的内心并没有丝毫恐惧。

突然闻多从二楼下来说道：“喂，俊辅啊，高杉和那家伙一直在讲废话，看来只有我亲自动手了。我没有杀过人，就试一次吧。”

“试？”

真是个胆大的家伙。

“闻多，你刀术不行吧？”

“啊哈哈哈，要啥刀术，要啥方法，背后捅一刀就完事了。”

“啊，原来如此。”

俊辅心想，宇野的心形刀流再怎么登峰造极也不可能背后长眼睛吧。于是他端着茶水点心上了二楼。

高杉时不时表演一下自己创作的小曲，时不时评价一下品川的姑娘，净说些毫无意义的话题。突然，他嘀咕了一声“对了对了”，仿佛想起什么事似的，拿过一把黑漆刀鞘的大刀，慢慢地把刀从刀鞘内往外拔，到最后猛地抽刀出鞘，说道：“宇野先生，我最近买了一把刀，叫做水心子，您能帮忙鉴定一下吗？”

"啊，这样呀，给我看看吧。"

宇野是个自傲的人，他看了一眼便说道："真笨啊，这是水心子的门人所制，叫做远州锻冶一带子三秀，看刀身上的大乱纹便能知道。"

说完他兴味索然地收刀入鞘，还给了高杉。高杉苦笑道："搞什么，我被骗了啊。"一把将此刀推开。而这刀，滚到了伊藤俊辅膝边。

"宇野先生。"高杉说道，"能看看您的刀吗？"

这就是他令人不可思议的地方。他只要一开口，王侯将相都不会拒绝。

宇野东樱连忙把佩刀递了过去。

"我瞻仰一下。"

高杉一下子拔出刀来，似是要鉴赏一番，不过，就在那一瞬间，他手心一翻，猛地将刀刺入宇野的腹部，随后松开双手，说道："宇野先生，间谍是人渣才会做的事。"

俊辅也立马拔出腰间短刀，向宇野刺去。

不过，他这一刀刺到了宇野的右颧骨上，刀刃一弹，俊辅"哇"的一声大叫扑倒在了宇野身上。

"蠢货！俊辅！"

白井小助吼道。同时他将俊辅撞到一边，夺过他手中的短刀刺入宇野胸膛，了结了他的性命。

“闻多，俊辅，后面交给你们了。”

说完高杉便下了楼。

关于这件事还有别的说法，直到高杉使用诡计刺了宇野一刀都与本文相同，至于第二刀到底是谁刺的，当事者们众说纷纭。

明治三十年代，伊藤博文对传记作者中原邦平口述道：“虽说并不是我杀的，但当时大家都磨磨蹭蹭的，我就想自己来一刀吧，便举起短刀刺向他的喉咙，可是远藤多一却捏着我的手（此处意味不明）刺了过去，随后白井小助那厮（伊藤博文似乎很不喜欢此人）拔刀刺入他的侧腹，杀死了他。”

白井小助维新后一直活到了七十岁。关于此事他的说法是：“当时我只是用高杉的刀划开了宇野的脸颊。”总之，当时所有人一哄而上，他也受到感染下意识地动刀了吧。

只有闻多呆住了，错过了拔刀的机会。不过到了收拾残局时，他十分开心，手脚麻利地和俊辅一起抬着尸体将其扔到了附近的空地上。

凶案之后没多久，有备馆塾长桂小五郎便回来了。听说此事后他十分震惊，召集起所有人说道：“在藩邸内杀人，这等粗暴行径真是让人头疼。”之后喋喋不休地训斥了两个小时。

而高杉本人杀完宇野后便骑着马打算去吉原[18]找乐子，但那匹马走到遗弃宇野的那块空地后，就无论如何也不前进了。

马儿不前进，高杉便用力呵斥它，结果一侧马镫的绳子却断了。他跳下马系好绳子后再次跳到马背上，但马儿还是不前进。他又开始用力呵斥，结果另一侧马镫的绳子又断了。如此一来，连高杉这样的男人都感到匪夷所思，随后他回到藩邸内，说了句“发生了件不可思议的事”。（伊藤公实录·明治四十三年刊）

当然，这大概是藩邸里的某人无中生有，编造的谣传吧。高杉这种对任何事都满不在乎的人似乎实在无法与鬼怪故事联系到一起。

也有人说宇野不是间谍，尤其是藩邸内的那些反高杉派（公武合体派）都这么认为。其中还有一个叫做奥祐笔某的长州藩定府[19]是宇野东樱的远房亲戚，因为此事，他深深地憎恨高杉。大概那谣传就是他编的吧。

过了大概十天，俊辅和之前火烧御殿山时的同伴山尾庸三一起，再次完成了一件惊人的暗杀。

当时，全国的激进分子之间传播着这么一个流言：幕府设法逼迫孝明帝这个极端攘夷论者退位，令和学讲谈所[20]的教授塙次郎暗中调查历史上的废帝先例。

不过不久后，这流言便被澄清是假的。

但是那流言刚刚传播开时，俊辅以他那农民特有的倔强盯上了塙次郎的性命。这次的计划不是出自高杉之手，而是由一直景仰丰太阁的长州藩小小随从伊藤俊辅一手策划。

塙次郎是百年难遇的盲人学者塙保己一的儿子。他虽是国学者，但同时极其精于历史，所以幕府让他与前田夏荫一道研究宽永年代[21]以前接待外国人的实例典故（用来弄清接待外国公使的礼仪）。结果便出现了他们在研究废帝典故的流言。

但是外样藩[22]的贱臣俊辅并不知道事情的真相。

（塙次郎是天下闻名的大学者，而且他那废帝阴谋路人皆知。我要是杀了他就也能在同志之间抬头挺胸了。）

（而且他还是个五十六岁的老头子）

塙次郎身为学者，从未捏过比笔更重的东西。

（我应该杀得掉他）

俊辅在心里盘算着。

他本来想叫闻多一起的，但是不凑巧，这段时间闻多因为藩里的公事出差去了横滨。

没办法，他只好叫上了山尾庸三。

“好哇！”后来成为工部[23]卿、宫中顾问官，受封子爵的山尾，以他那单纯的天性一口答应下来了。

俊辅围绕塙次郎的一众门生展开周密调查，摸索他的生活情况。

不久后俊辅便得知，塙次郎将于十二月二十一日出席骏河台[24]中坊阳之助的歌会。

“很好。”

俊辅拍手道。如今他已算是个够格的刺客了。连他自己都诧异见过一次人血后会变得这么大胆。

二人傍晚时分便开始埋伏于中坊家门外的九层台阶附近。

太阳落山后，俊辅二人拿出黑布包住脸，把小仓裤裙高高卷起，甚至连屁股都露了出来。至于草鞋则当宝贝一般夹在衣带中间。

天气十分寒冷。

山尾不停地吸着鼻涕。即使天色漆黑，俊辅也能看到他的身体正在颤抖。在同伴之间，他属于一个善良的人，除此之外，只能说他是个平庸的年轻人。

（闻多在这种时候就不会发抖）

俊辅的理想是拥有桂小五郎的理智、高杉晋作的豪迈，以及闻多那家伙怪兽般的胆量。

（如果是闻多，一定会在这里……）

想到这里，俊辅不禁模仿起闻多，在暗影中蹲了下来。而对于他来说如同奇迹般的是，一坨坨的粪便顺利地拉到了地上。那温热的气息升腾起来时，他恨不得抚摸着自己的身体大吼：“我也成长到这种地步啦！”

“俊辅，停下！”山尾呵斥道。他虽然想逃离这股气息，但又害怕离开俊辅身边。

“啊！”他小声叫了出来。对面来了一架肩舆。前方的轿夫手提灯笼，肩舆旁边还有个随从模样的人也提着灯笼，摇摇晃晃地由远及近。看灯笼上的家徽，正是塙次郎。

俊辅猛然冲出来，大吼了一声“奸贼”，看那副气势简直就像要撞向肩舆一般。

轿夫扔下肩舆，和随从一起逃之夭夭。塙从肩舆内滚出来，一边爬一边喊道：“我是塙，与你何怨何仇？”

俊辅举起大刀一挥而下，但毕竟他并不会刀术，一直测不准距离，挥了很多次都没砍到塙身上，刀尖敲得地面铛铛作响。

山尾倒是对刀术有些心得。他一刀刺死了塙。

接着俊辅如同疯了一般捅了几刀，最后把刀刃搁在塙的脖子上，切下了他的脑袋。

他们把塙的脑袋插在附近一堵黑墙的铁刺上，再把事先写好的天诛罪状插在地面，随后连滚带爬地逃了。

插一句题外话。塙次郎的儿子叫做塙忠韶，当时已是三十一岁。父亲惨死后他接受幕府命令，继承家业，加入了和学讲谈所。和祖父、父亲一样，成为了一名声名赫赫的幕臣。

维新后，身为幕臣、“奸贼”之子的忠韶被明治政府任命为大学少助教，后又成为文部少助教，历任租税寮十二等出仕[25]、修史局御用掛。起初他大概并不知道是谁在给予他如此厚待。

明治十六年，五十二岁的忠韶辞官归隐，家业也交由长子忠雄继承。很有可能是因为他当时得知了谁是杀父凶手吧。

写作此文时，笔者曾试图寻找能够一窥忠韶心境的资料，后来听说塙家现存于东京。忠韶一直活到了八十七岁，病死于大正七年九月十一日。大概塙家之内有他传下来的话语吧。只可惜笔者最终还是没能找到塙家所在。

关于这件事，伊藤博文在晚年时，于大矶[26]的别邸之中对上文提到过的中原邦平（毛利公爵家家史编辑主任）口述道：“当时我出现了一次危机。我衣服上沾着塙的血，从幕府探员的面前走过。如果当时被抓住了，那血就是铁证，我肯定逃不了罪责。幸好没有被抓。”

这次事件的几个月后，俊辅被提拔为“士雇”，允许使用姓氏作为公称[27]。士雇属于下级武士，不过只限定一代，不能传给后人。当时赐给他的任命书的大致意思是：“此人先年师从吉田寅次郎（松阴），深明尊王攘夷之大义，特此提拔为士雇，给予单代武士身份，允许姓氏公称。”这个破格提拔虽说不一定是与刺杀塙次郎有直接关系，但至少是对此事的肯定与嘉奖吧。

闻多学艺不精，但是好奇心特别旺盛。

——“你真是什么都想问。”藩主敬亲笑道，“就叫你闻多吧。”这就是他名字的由来。

人如其名，好奇心旺盛的他在横滨的这几个月中学到了一点荷兰语、英语的皮毛，便萌生了出国的想法。当时长州藩乃是攘夷的先锋，闻多的这个念头简直可以说是没有常识，更何况幕府严禁私人秘密出国。不过闻多仗着藩主的宠爱，偷偷向其求情。毛利敬亲是个文雅大方的人，他以眼神首肯了，口中却是呵斥道：“这种事不要直接来找我。”

长州藩的方针是历代藩主占统治之位，但不行政事。敬亲是暗示他“自己去找藩厅高层商量”，不过看他的模样，似乎并未对留学一事有何不悦。随后闻多便找到藩厅高层说道："主公甚是欢喜。"经过一番周折之后，藩厅派遣他前往英国留学。

"闻多，我也想去。"

俊辅拜托闻多帮忙上下打点一下。闻多答道："哈，你可是留学最合适的人选！"随后他仿佛去品川土藏相模找姑娘一般轻松自如地找藩厅交涉，在留学名单上加上了俊辅的名字。加入这个长州秘密留学团的除了他们二人之外还有野村弥吉、山尾庸三、远藤谨介。藩厅向他们下达了秘密输入英制武器的任务后，给了每人二百两银子作为渡航费以及留学一年的生活费。

当时，闻多与横滨的英国领事高瓦有点交情。高瓦说："那点钱太少了，一人至少得一千两。"闻多听到这句话后并没有任何惊慌，他心想："多大点事儿，大不了到时候挪用购买武器的那一万两。"

轮船从横滨出发，首先到达了上海。看到那么西化的上海港景观，闻多震惊不已。港口密密麻麻地停泊着各国轮船、帆船、军舰。

"俊辅，国内都在喊着攘夷攘夷，我现在放弃了。这么多军舰攻过去的话，还怎么可能攘得了？"

"闻多啊。"

伊藤俊辅果然一脸不快。这家伙变节变得也太快了，随便什么事都想到哪出是哪出。

尊王攘夷不仅仅是长州藩的藩论，更是全国志士的神圣思想，是壮丽的革命诗篇，是对于俊辅来说不容侵犯的先师松阴的政治理想。虽然俊辅平时并没有如其他志士那般深入地考虑这个问题，但与闻多相比，“理想”二字还是在他心中有着不小的分量。他们二人在绝大多数方面都极其相似，独独在这一点上略有差别。而这一点小小的差别，在维新后改换了二人的位置。

负责他们五个秘密留学生航海相关手续的是名叫“贾登·马基松”的英国商会。五人到达上海后立刻前往该商会的上海分店，找到负责渡英手续的分店长凯斯维克。

闻多知道三四个英语单词，所以他成为一行人的代表，与凯斯维克交涉。但实际上双方直到最后都没听懂对方的意思。凯斯维克手舞足蹈地用肢体语言问了无数次“你们为什么去英国”，最终一行人终于明白了。藩厅是叫他们去学习训练海军，于是闻多从怀里掏出幕府出版的辞典翻了半天，答出“Navigation”（航海术）这个词。实际上应该说“Navy”（海军）的，但是他满不在乎地认为反正差不多。可是这个上海分店长真的是按照“航海术”来理解的，听到这个专业名词后想“啊，这群日本人想成为水手啊”，便让他们分别登上了两艘停泊在港口内即将渡英的帆船。闻多和俊辅同在一组，被分到了伯加索斯号上。这是一艘吃水三百吨、往伦敦运送中国茶的旧船。闻多和俊辅还以为自己是乘客，大摇大摆地登上了船，结果却从当天开始便被当成实习水手，受尽下级水手的差遣。他们数次找船长抗议“不是这么回事”，可惜言语不通，导致船长误会更深，对着他们大吼大叫，变本加厉地差使他们。

两人一直不歇气地做了四个月外加十一天的苦力，不是扯风帆就是扫甲板、拉汽笛。吃的也是最劣等的食物。夹在这群言语习惯不通的夷狄之中，就连有名的精明人闻多也束手无策。到了晚上，从苦役中解放出来的两人便挤在甲板的角落里，聊些故土的话题互相宽慰。闻多和俊辅很多年前就被说像是一对酒壶，而那不过是一起吃喝嫖赌的损友关系。他们结下一生难解难分的深情厚谊，大概就是从这时开始的吧。

由马达加斯加前往好望角的途中，他们遇到了一场暴风雨。

当夜，他们躲到客舱内躲雨。突然俊辅用可怜的声音说道：“闻多，我想拉肚子。”

这艘船上有供士官使用的厕所，而水手则没这个待遇。水手们要大便时都是到甲板上蹲在船边往外拉。闻多倒是能够拉得悠然自得，但俊辅每次都缩手缩脚，极不自在。而且现在，海浪还在如同洪水般冲刷着甲板。

“俊辅，不能忍一下么?”

“我、我忍不住了。”

“好吧。”

两人冒着生命危险来到甲板上。闻多用绳子绑住俊辅，另一头系在甲板的一根小柱子上，他自己也拉着绳子控制着俊辅的身体。

俊辅艰难地接近船舷，几个浪头打到了他的身上。一直以来他都固定在同一个地方拉大便，而此时，他便在拼命地往那里走去。

这是俊辅的铁律。而闻多也很尊重俊辅这条铁律。他想，即使是因此与俊辅一起殒命也在所不惜。

俊辅二人于文久三年九月抵达伦敦，寄宿在高尔街一个名叫库帕的人家中，第一件事就是开始学习英语。说是学习，但他们也没有能够考进学校的才能，只是待在房内捏着幕府出版的辞典看报纸，或是跟库帕一家交谈。

到伦敦不久后的一天，他们在泰晤士报上看到了“萨摩”这个词。萨摩藩已经开始实施攘夷行动，与英国舰队打了一场炮战。

“长州肯定也会这样搞。”

长州藩对萨摩藩有着强烈的竞争意识，甚至到了憎恨的地步，所以肯定会效仿的吧。

果然，没过多久，报纸上就频繁报道下关[28]沿岸的长州藩炮台向渡过海峡的外国商船数次开炮。

“这会引起战火的啊。”

两人来到英国后，才明白了自身实力的渺小。他们认为长州定会在各国联合舰队的炮火下灰飞烟灭。领俸三十六万石的长州藩向整个欧洲的文明宣战，可以说简直就是井底之蛙。

现在的俊辅，也放弃了攘夷论。

“回去吧。”闻多说道。他打算回到长州，向藩内高层介绍欧洲文明，并告诉他们攘夷必将亡国。

他们仅仅逗留了几个月就结束了留学生涯，在元治元年三月中旬由伦敦出发，同年六月三日抵达横滨。

那时正好是池田屋之变即将发生之时。

闻多和俊辅偷偷拜访横滨的英国领事高瓦，拜托道：

——我们打算让长州藩改变主意，放弃鲁莽的攘夷论。请贵国停止进攻。

高瓦决定找帕克斯公使商量此事。为了让他们俩避开日本人的眼线，高瓦把他们安排进了租界内的一家外国人专用旅馆。

旅馆内的服务员是日本人。为了不让服务员察觉自己的身份，闻多、俊辅二人一直没有使用日语。服务员们都以为他俩是葡萄牙人，因为他俩又没钱，又不给小费。在当时的横滨，民众普遍地把小气的人认定为葡萄牙人。服务员们认为他俩不懂日语，就在他俩面前大声地说着他俩的坏话。不过有一点令服务员们感到不可思议：

——他俩长着跟日本人一模一样的脸啊。

不久后，他们在翻译官阿内斯特·沙托的陪同下，会见了英国公使。

“我知道你们的真意了。”英国公使帕克斯说道，“如果长州藩不听你们的建议，继续实行攘夷政策的话，你们就会处于非常不利的局面。到时候就逃亡到英国去吧。”

“逃亡？”闻多和俊辅都面露怒色，“我们乃是长州武士。如果我们的建议没有被采纳，那我们就会冲在长州军的最前沿，宁可死于贵国的炮火之下。”

帕克斯不禁鼓掌称赞起他们来。连闻多、俊辅这样的人都有着这般骨气。如果幕末时代的倒幕派志士没有这份骨气的话，明治时代会变成另一番模样吧。

不过最终，闻多、俊辅转换藩论的运动还是落了一场空。

元治元年八月五日，四国联合舰队炮击马关。

六日，各国陆战队登陆，占领并破坏长州藩沿岸炮台。

十四日，讲和。

十九日，联合舰队返回横滨。

在此期间，闻多、俊辅起初劝说藩主以及一众高层放弃攘夷，可是没有被采纳。等到长州战败之后，藩厅又倾向于讲和。闻多对着重臣们怒吼道："继续打啊！"最开始时，藩内一片主战论，根本不理睬闻多、俊辅，而挨了不到一百发炮弹就急急忙忙想求和，这算什么事？愤慨不已的闻多把自己关在别室之中，打算切腹自杀。

关键时刻高杉冲进来制止了他。实际上，一年前还是攘夷大头目的高杉晋作凭藩费去上海考察了一番，之后他的主张就与闻多、俊辅不谋而合。

而在这一年九月二十五日的夜晚，闻多遭到了刺客的袭击。

㊃

这段时期的长州藩可以说是祸不单行。七月，禁门之变战败；八月，遭四国舰队炮击，紧接着，幕府下达了征伐长州的军令。

此时的长州已经经受不起幕府军的征伐了，所以藩内主张藩厅高层、御一门[29]、支藩[30]藩主等人在幕府面前痛哭认错、恳求开恩，以示恭顺之意。也就是说俗论党正在得势。

——不。表面上示以恭顺，暗地里准备对幕战争。

这是闻多、俊辅以及高杉晋作等强硬派的观点。到了这个时候，闻多他们的那些曾领导藩内激进派的前辈们大多死于非命。例如伊藤俊辅少年时，把他引入松下村塾的吉田稔麿在池田屋之变中死于近藤勇刀下。而松阴门下同样数一数二的久坂玄瑞则死于禁门之变，桂小五郎也在禁门之变后销声匿迹，不知所踪。

和他们相比，被称为“第二等人才”的井上闻多、伊藤俊辅此时瞬间成为了“正义党”的领袖。

元治元年九月二十五日上午十点，讨论到底是对幕府采取恭顺态度还是武装恭顺态度的最后一场御前会议[31]，于山口[32]藩厅内拉开了帷幕。

俊辅因为身份低微无法出席，闻多独自一人代表“正义党”与其他重臣持续辩论近六小时，最终使得藩厅采取了武装恭顺态度。

闻多那粗糙马虎的大脑中并没有打败幕府的锦囊妙计，

但是他亲眼见过英国的精密武器。而且上次在横滨时他与高瓦领事、沙托翻译官、帕克斯公使结下了友情。他信心满满地说如果俊辅与他一道去央求帕克斯等人的话，英国肯定会赊给他们大批的先进武器。而事实也确实如此，后来征伐防长两州[33]的幕府军在长州人手中的英制武器下连战连败。

但是，在御前会议当夜——

闻多离开山口藩厅时，已经过了晚上八点。

家仆浅吉提着灯笼走在他前面，为他照亮脚下的路。

闻多的家在汤田。如今那块地方被划入了山口市，是全县第一的温泉乡，人气鼎盛。

他的家，也就是生育他的井上家，当时的家主是他哥哥五郎三郎，老母亲也还健在。闻多与萩市的志道家解除养育关系后，因为没有自己的房子，便回到了汤田的老家。

他正在路上徐徐踱步。

前方浅吉的灯笼刚刚照到赞井町袖解桥的桥头时，一名武士从黑暗中窜了出来。

“足下是井上闻多先生吗?”那武士问道。天色漆黑，闻多看不清他的面容。

“正是。”闻多点头道。他没有注意到还有一名武士正在从背后悄悄靠近。那人猛地抱住闻多双臂并抬腿绊住他的双脚，拼命地想把他往前绊倒。这个刺客也不怎么中用。

闻多同样不争气，他虽然口齿伶俐，但身手极差。上身较长、手脚极短的他“扑通”一声前倾在地。

而此时，那搭话的武士使尽全身力气朝着闻多背部挥刀而下。

这一刀本该将闻多砍成两截的，谁承想闻多刚才倒下时，腰间的大刀绕到了背后。

哐当一声，那刺客的白刃砍在了大刀上，不过还是在闻多背部割开了三寸长的伤口，鲜血喷射一地。

受此重创，闻多依旧站了起来。但他竟然忘了拔自己的刀，而是伸手试图抢夺那刺客的。此时，背后那人仿佛挥棒一样劈在了闻多的后脑勺上。

闻多“啊”地一声大叫，这才想起拔自己的刀。而他还只拔出来一半时，面前的那刺客就像道场上练习击剑那般喊了一声“面部”，一刀砍在闻多脸上。一道深深的伤口从闻多的右脸颊延伸到了嘴唇，但闻多还是没有倒下。此时他终于把大刀拔了出来，但技艺不精的他无论是攻击还是防守都力不从心，面前那刺客又是一刀刺来，直指闻多下腹。

但是幸好，闻多此时衣服都被扯乱，他那一直放在怀中的铁镜滑到了肚脐上，正好挡住了刀尖。刺客横刀一划，把闻多的右腹脂肪划开了两寸，闻多依旧没有倒下。

此时闻多已经变成了一个血人。

刺客大概也是无名火起，胡乱地砍向闻多的手腕、面部，最后又在他胸口上连续捅了两刀。令闻多自己都感到不可思议的是他就像被木桩撞击在了胸口上一般，往后飞出老远，过了半天才摔到了漆黑的地面。

——飞到哪里去了？

刺客在附近找了找，但由于天色实在太暗，什么都看不清。此时的他们也丧失了冷静，说道："那么重的伤，肯定是死。"随后便潜逃了。但此时的闻多还有一口气。真是生命力旺盛的男人。

住在附近的农夫用网篮把他抬到家时，闻多已经双目涣散，呼吸急促，跟死人差不了多少了。两名医师急急赶来，但看那伤势他们也无力回天。

"闻多，谁下的毒手？"哥哥五郎三郎在他耳边说道。闻多没有回答，而是用手势表示"帮我介错[34]吧"。

五郎三郎拔出了刀。他实在不忍心看到闻多承受如此重伤的折磨。

这时，他们的老母亲却冲过来阻止。她抱着浑身是血的闻多说："非要介错的话就连同老身一起杀了吧。"

闻多的运气实在太好。碰巧此时，他的朋友、美浓[35]浪士所郁太郎前来拜访。郁太郎出生于美浓不破郡赤坂，后被大野郡西方村的一位姓所的医师收为养子。他在京都学过医，又在大坂的绪方洪庵门下学过荷兰医术。学业完成后开了家医馆，就在京都河原町长州藩邸隔壁。

结交长州藩士后受他们影响，郁太郎也成为了一名尊攘家，弃医投身长州藩，如今是奇兵队[36]里的干部。

“闻多，我是所郁太郎，虽然不擅长外科，但我还是试着缝合一下伤口吧。至于成败就听天由命了。”

说完后他便用佩刀的绪带迅速挽起衣袖，拿烧酒清洗完闻多浑身上下数十处伤口后，从闻多的老母亲那里借来细针逐一缝合。

郁太郎一共缝了五十针。据说缝完后已经到了凌晨两点。

而当时伊藤俊辅正率领着名叫“力士队”的长州征募兵镇守在下关。

事件后第三天的傍晚，终于得知消息的俊辅马不停蹄地赶往山口。等他飞奔到山口郊外汤田的井上家时，已是事件后的第五天。井上闻多当时正坐在床上吃饭。

“闻多！”俊辅大声喊道。

但是闻多的眼睛和耳朵还没有从创伤中恢复机能，他全身缠满绷带，只露出了一张嘴巴。

那张嘴巴此时还在吃饭。

是仆人浅吉一筷子一筷子地往他嘴里塞。

就像海鼠一样。

前文说过闻多在维新后改名井上馨，但从历史上看，此人说不定还真该死在山口赞井町的袖解桥上。他在伊藤博文手下历任维新政府重职，留下了贪官污吏之巨魁的恶名。关于他在维新后的人生轨迹，海音寺潮五郎氏所著的《恶人列传（四）》（文春文库）的《井上馨》一章中有详细介绍。

注释：

【1】清国：清朝。

【2】御殿山：位于东京（江户）品川区。文久元年（1861年），幕府在此地动工修建以英国为首的诸国公使馆。

【3】大藏大辅：过去日本称财务部为大藏省。大藏大辅即财务部副部长。

【4】藏相：财务部长。

【5】元老：明治新政府至第二次世界大战之间日本政府的最高首脑。总共只有九位，井上馨是其一。

【6】小姓：侍童。

【7】河野·越智氏：越智氏是始于五世纪后半叶的古老氏族。河野氏则是越智氏的分支，是伊予国（爱媛县）的

豪族。

【8】熊毛郡：长州藩内一郡。

【9】秀吉：丰臣秀吉，1537—1598年。农民出身的他最终统一日本全国，结束了战国乱世，成为日本最高掌权者。

【10】太阁：日本有两个叫做摄政、关白的职位，相当于中国古代的丞相。摄政、关白退位后便被称为太阁。丰臣秀吉便是将关白之位传给侄子成为太阁。

【11】一朱：十六分之一两。

【12】葵纹：德川家家徽。

【13】小塚原：地名。

【14】典医：侍奉将军家或大名家的医师。

【15】毛利大膳大夫：长州藩主。大膳大夫是长州藩主的官位。

【16】旗本八万骑：旗本数量的总称。实际上江户时代旗本只有五千多人，算上将军家的家臣和陪臣的话约八万人。

【17】目钉：把刀身固定在刀柄上的钉子。

【18】吉原：著名花街。

【19】定府：定居在江户侍奉将军以及藩主的家臣。

【20】和学讲谈所：研究和学、国史律令的学舍。

【21】宽永年代：1624—1645年。

【22】外样藩：外样大名的藩。

【23】工部：明治政府的官厅之一。负责发展生产，振兴经济。

【24】骏河台：地名。

【25】租税寮十二等出仕：租税寮为大藏省（财务部）内的机构，十二等出仕是官位。

【26】大矶：地名。

【27】译者注：明治以前，姓氏公称是武士的特权。比如说俊辅成为士雇之前，别人只会叫他俊辅或者伊藤俊辅，不会叫他为伊藤。

【28】下关：地名。

【29】御一门：与主公有血缘关系的家臣。

【30】支藩：有些藩主会给自己的弟弟或者无权继承藩主之位的小儿子或者非常得力的家臣分封领地，这些领地便被称为藩内的支藩。

【31】御前会议：在藩主面前召开的会议。

【32】山口：地名。长州藩厅所在地。

【33】防长两州：长州藩领土由长门国和周防国组成，所以也被称作防长两州。

【34】介错：帮忙受重伤者或切腹者砍下脑袋，迅速结

束痛苦。

【35】美浓：日本古代令制国之一。

【36】奇兵队：由高杉晋作等人组织的战斗部队。

彰义队的算盘

㊀

（物价的变动真是玄妙啊）

寺泽新太郎渡过四谷鲛之桥时摇头晃脑地反复嘀咕道。路上来来往往的民众脸上都恢复了生气，说明他们最近都吃得很饱。

去年年末江户的大米年前的价格高达一袋四十二两。而过完了年，到正月中旬时，降到了一袋只要七两。

原因只有一个，那就是前将军庆喜回来了。这种行情，恐怕历史上也是闻所未闻。

（果然将军威仪不是盖的）

但是前将军庆喜并非凯旋。鸟羽伏见战败后，他独自一人从大坂的军舰上逃了回来，躲在上野[1]的寺庙中闭门不出。不过即便如此，米价还是下降到了原来的六分之一。

江户市民此时才深深地感受到了将军的伟大之处。要不是米价大幅下跌，想必江户八百零八条街的居民也不会那般声援为将军撑腰的彰义队吧。

（真是了不得）

新太郎走下了坡道。

今天是戊辰庆应四年二月十七日，是个大晴天，不过坡道上有风。

怕冷的寺泽新太郎用山冈头巾[2]围住了脸。

他的字号是正明，只是御膳所[3]里的一个小吏。但他的代代祖先都是堂堂直参。

据说萨长联军正在沿海道东下。

新太郎刀术很好。

他学的是神道无念流，已经取得皆传段位。后来被幕府编入奥诘枪队[4]接受洋式训练。

而且新太郎还是个诗人。如果生在和平年代，他说不定会成为天下闻名的大诗人。而不凑巧生于乱世的他，立志以自己的血肉之躯谱写一首壮丽诗篇。

（那就是圆应寺么?）

新太郎加快了脚步。那座寺庙中，有一首以血书写的“诗篇”正在等着他。彰义队的历史，便是始于这一天。

实际上昨天深夜，他收到了一则布告。文中写有“主君受辱之日，臣下赴死之时”等言辞激烈的语句。布告的起草者倡议建立一个武侠团，回报德川家的恩情。

新太郎听说这个布告最初只传阅于前将军庆喜生家一桥家[5]的家臣之间，于杂司之谷[6]的“茗荷屋”举办第一次集会时，到场的只有区区十七人。

新太郎认为“一桥家的那群家伙都是大草包”。

而这次集会则通知了所有幕臣，地点就是这个坡道下的圆应寺。

新太郎进入了寺庙大门。

正殿、方丈室内挤满了人。

参会者不仅仅是幕臣和一桥家家臣，还有很多市井之徒及落魄的尊攘浪士。这些人绝大多数是剑术名家，问起他们的名字，新太郎都略有耳闻。

“呀。”

有个坐在走廊边的男人看到新太郎后打了声招呼，给他腾了点地方。

那男人名叫天野八郎。

新太郎内心十分感激。两年前，在银座的“松田”酒馆内，他的同伴向他介绍了这位名声极高的浪人。只是有过那么一点点交集，直到如今天野还记得他。不仅仅只是记得他的长相而已，天野笑着问道：“萧玉先生，最近可有作诗？”

新太郎的亲兄弟都不知道他的雅号，而这位天野却记得这么清楚。

“最近有些忙。”

“这倒有点可惜啊。那场酒席上你给我看的诗句我现在都还记得呢。春马金鞍，扶醉夜归，对吧？”

“啊。”

新太郎是个粗枝大叶的人。

此时的他不禁感到一阵目眩。两年前酒席上即兴写的句子，如今自己都不记得了，眼前这位名士还记得这么清楚。这一瞬间，他甚至产生了为天野去死也值得的想法。这就是江户人的率真之处吧。

“天野先生，今天您是……？”新太郎恭敬地问道。

“啊，我可不是幕臣啊。不过我还有着效忠德川家的侠肝义胆，所以就来了。”

有十几个御家人[7]子弟十分仰慕天野，整天跟在他身边转。大概今天就是他们把天野拉过来的吧。

天野把那群人一一介绍给了新太郎。

“你们以后要多向他请教。他叫寺泽新太郎，是神道无念流免许段位以上的高手。”

“您过奖了。”

新太郎内心十分高兴。

不一会儿，会场上的嘈杂声渐渐减弱，集会负责人、一桥家家臣本多敏三郎（后改名晋。林业学泰斗本多静六博士的父亲）站起身来说道："共六十七人。"然后他说希望在场的所有人商量一下，推举出一位盟主。说完便坐了下来。

坐在末座的新太郎猛然站起来说道："我们推举天野先生。"

仰慕天野的那群人起初震惊得目瞪口呆，片刻回过神来，似是被新太郎点燃了胸中的激情一般吼道："天野！天野！"

不过，坐在其他位置上的人都是一片默然。

他们脸上的表情似乎是在说："他不是一个农民吗？"

天野八郎是上州甘乐郡磐户村村长的次子，三十六七岁，是与会者中年龄最大的。

他早年巡游各地宣传攘夷思想，交游广泛，极有名气。只要看天野一眼，便会知道那不是浪得虚名。

天野身材不高，肩肌发达，眼中有着异样的光彩，笑容很有魅力。新太郎认为"一吼三军悚，一笑儿女痴"这句话说的就是他。

"还有其他人选吗？"新太郎大声说道。他环视四周，感觉其他所有人都是和自己差不多的匹夫，找不到一个能够统率三军的人才。

一道声音响起："有。"

那声音来自坐席中央。

那里坐着一桥家的十七位家臣，"我们才是前将军庆喜的直参中的直参"这句话仿佛刻在了他们脸上。

"他今天不在场，不过是一位声名赫赫的幕臣，那就是陆军调配官涉泽成一郎。涉泽是前将军最信赖的得力干将，让他担任将领再合适不过了。"

除去天野仰慕者之外的那些中立派自然而然地支持涉泽。最终众人决定由涉泽成一郎担任彰义队会长，天野八郎担任副会长。

败下阵来的天野派由此对尚未谋面的涉泽产生了深深的反感。

回去的路上，天野派众人在麴町十一丁目的荞麦面馆内喝酒，新太郎也在场。不知不觉间天野派的这些年轻人已经把他当成了大哥。

"涉泽到底是个什么样的人?"一人激愤地说道。

"算了。"新太郎安抚道，"好歹别人是好不容易选出来的会长。不过，要是让我们发现他是个无德无能的混球，那就杀了他得了。"

"寺泽先生，真是有活力啊。"天野抿着酒杯微笑道。

看到他那气定神闲的模样，新太郎不禁为自己假装豪杰的轻薄言论感到羞愧。只不过那群年轻人比新太郎更加轻薄。

“好，杀了那厮！”不知道是谁一下子拔出刀来，其他人纷纷鼓掌喝彩。彰义队的狂躁便是始于此时。

（涉泽到底是个怎样的人？）

第二天，这个问题得到了解答。天野派的那群年轻人聚在新太郎家中，把打听到的消息原原本本地告诉了他。

“确实是陆军调配官，原来是一桥家家臣。而且，五年前他还是上州的一个农民。”

“农民吗。”

新太郎勃然大怒。就因为天野八郎是个农民，一桥派的那群家伙就把他一脚踢开。而他们竭力推举的人却同样是农民出身。身为天野派的新太郎对此感到愤愤不平。

“不过，那人也确实是个人物。”一个消息灵通的年轻人说道。

涉泽如今三十一岁。

出生于利根川河岸的武州榛泽郡血洗岛（埼玉县大里郡丰里村）。

他家是农民家庭，不过也在做些买卖。从乡里的农民手中低价收购蓼蓝[8]，制成蓝玉后卖给江户的染坊获利，然后拿利润向乡里的农民们放高利贷。

“哈。”

这个人简直超出了单纯的江户人新太郎的想象，就像是农民、商人、武士的结合体。

“但是，这个农民为什么成了一桥家的家臣？”

“还不是因为乱世。”那年轻人继续说道。

京都、水户之中尊攘浪士扎堆的时候，还在老家武州血洗岛打着蓼蓝算盘的成一郎对堂弟荣一说：“我们也那样闹闹吧。”荣一比成一郎小两岁，不过两人生长于同样的环境之中，血气方刚这一点倒是十分相似。

兄弟二人立即在乡里散发布告，成立了名叫“神兵组”的乡下天诛团。

这份檄文如今应该还保存在涉泽旧子爵家。檄文的题目是“神托”。内容十分可怖：

“近日，高天原神兵天降，将皇天子十年来忧郁不已的横滨、箱馆、长崎三处的外夷畜生尽数斩杀……”

总之他们的目的就是召集血洗岛附近的壮士杀入横滨。

不过这个暴动计划最终流产了。想必是因为乡下根本召集不到多少人吧。

最后成一郎、荣一二人来到江户。他俩身为农民，却穿着打扮成武士模样。只能说时局真是混乱。

他们在犹如尊攘派巢穴的北辰一刀流海保塾、千叶塾中学习剑道，与诸藩志士浪人来往甚密。

当时庆喜还是一桥家的家主。就任京都御守卫总督的他正准备进京。

一桥家乃是御三卿[9]之一，地位仅次于御三家，但没有属于自己的领地，只是从幕府领取十万石的俸禄，也没有自己的兵力。要进京的话，庆喜需要兵力和人才。

一桥家的执事是个叫做平冈圆四郎（后被暗杀）的能人，他的家在根岸[10]的御行之松附近。一天，成一郎、荣一冲到他家质问道："听闻一桥大人近日将进京守卫禁庭天子，我们想问一下他对攘夷一事有何打算。"

成一郎二人都是文思敏捷之人，口若悬河，既有气概又有才能。

（真是有趣的小伙子）

平冈把他们二人收为了自己的家臣，后来又举荐给了一桥家。当时是文久三年秋天，也就是彰义队结成的短短五年之前。

这段时间内，二人迅速崭露头角，成一郎因其武勇成为庆喜的贴身侍卫，荣一则因其才干就任"京都周旋方"。周旋方类似于往年其他藩留守江户的官差，是和诸藩代表者进行交际的外交官。他的任务就是每天在祇园和诸藩志士边喝酒边探讨国家形势。

后来一桥庆喜就任将军，成一郎、荣一也随之成为幕臣。

在那期间，庆喜的弟弟德川民部大辅作为日本元首的代理前往法国，参加在巴黎举办的万国博览会。随行的有三十一人，荣一便是其中之一。

与前往巴黎的荣一相比，成一郎则留在日本担任幕府的陆军调配官。不久后，庆喜大政奉还，鸟羽伏见战败，逃回江户，闭门不出，德川社稷轰然倒塌。

“这就是涉泽成一郎的经历。可以说他就是伴随着幕府的衰亡而发迹的。”

“原来如此。”

众人都把他想象成了一个肤色白净的小才子，认为杀他易如反掌。

第二天，也就是十九日，会盟的众人再次聚于四谷鲛之桥边的圆应寺内，与会长涉泽成一郎见面。

约定的时间是按照西洋标准的上午十点。新太郎等天野一派剑拔弩张地等待着涉泽的到来。

涉泽带领一桥派的那群家伙，稍稍晚于约定时间来到了会场。

他穿的是黑绸短褂和仙台平裤裙，浑身上下理得整整齐齐，一进来就坐到了末座上。

“我是涉泽成一郎。”

天野派众人不禁倒吸了一口凉气。

涉泽与他们想象的完全不一样，是个光头大个子。

剃成光头似乎是为了配合闭门不出的主人庆喜，显示自己也是在诚心思过。

他的相貌非常魁伟，眉毛粗厚，嘴唇肥大，双目有神。新太郎等天野派全被他的气势镇住了。

（这家伙比天野还霸气啊）

新太郎悄悄地环视了一下天野派的伙伴们，发现他们全都面色苍白，垂头丧气。看涉泽的面容，想必他不是这群公子哥杀得了的简单人物。

会场上摆出了酒宴。

涉泽酒劲上头后便开始夸夸其谈。他每句话的末尾都带着武州方言的腔调，而且声如洪钟，怎么看都像是个英雄豪杰。但是新太郎侧耳倾听时，渐渐感到他的话语金玉其外，败絮其中。

（真没想到是个外强中干的货色啊）

他松了一口气。

“这家伙杀得了。”新太郎两眼放光地观察着涉泽的脖颈、双肩、两腕、腰腹等处。他的手腕犹如松树一般粗壮，不过右肩好像不太灵活。另外，他双肩肌肉饱满，似乎充满力量，乍一看确实有着大侠风范，但是腰间却显得很虚浮。看来他是徒有其表，并没有勤心习武。

（杀得了）

几天之后的二月二十三日，彰义队在浅草的东本愿寺别院内举办了结成仪式。为了避开朝廷官军的耳目，他们取了个用来伪装的名字，叫做“尊王恭顺有志会”，而实际上是谋划讨伐萨长，为德川家雪耻的武装团体。

这天的加盟者有一百三十名，几天后增加到了五百名。

彰义队还划分了队内建制，每五十人为一单位，分成十支小队。寺泽新太郎被提拔为八番队副队长（不久后成为队长）。之前不过是御膳所小吏的新太郎对此非常满意。

八番队一共五十二人。

天野很聪明，他划分到这支队伍里来的都是加入彰义队之前就与自己有交情的人，所以这支队伍可以说是他的私人兵队。总有一天这会成为打倒涉泽派的核心力量吧。

而他的打算，似乎被以一桥家家臣为主的涉泽派察觉到了。

“天野君，您认为组建彰义队的目的是什么?”一天，会长涉泽成一郎明知故问道。

天野理所当然地说出了之前圆应寺会议中订下的方针。

“这还真是怪了，我们加盟彰义队是为了保护主人庆喜公的安全。而不是为了守卫德川宗家江山安泰、讨伐萨长官贼等冠冕堂皇的事儿啊。”当然，涉泽这么说是为了故意找茬。天野拼命地与他辩驳，涉泽却嗤笑一声说道：“天野君，看来我们只好割袍断义啊。”

天野无奈召集所有队士说道：“我希望赞同本人意见的各位好汉能与我一起前往上野宽永寺。”结果，他的赞同者还不到半数。论政治方面，天野玩不过涉泽。涉泽早已拿钱收买了众多队士。

彰义队一分为二。

天野派彰义队驻扎在上野宽永寺山中。

涉泽派彰义队驻扎在浅草东本愿寺别院。

不过涉泽派的日子舒坦多了。涉泽以他的政治能力游说众多幕府要人，从幕府府库及一桥家中获得了大量的金钱支持，从天野派跑到涉泽派的人逐渐增加。到最后天野派除了寺泽新太郎的八番队之外只剩下了十几人。

“志士都为钱所动，幕府气数已尽啊。”

连天野八郎都是一副丧失了干劲的模样。

他大概是内心气愤至极，对新太郎说道：“新先生，幕臣都如此唯利是图的话，怎么可能打得赢萨长两藩的乡巴佬。前几年征伐长州时，旗本八万骑就因为没有津贴而不肯出战。那时候有人肯掏腰包的话，幕府兵士肯定会争相出动，彻底打垮长州，幕府就不会沦落到今天这种地步了。一个个都是到死都改不掉贪财的毛病。三河[11]武士喝了三百年御府内[12]的水都变成这副德行了吗？”

“您言重啦，天野先生。这都是涉泽的错。他用一流的手腕花钱收买人心，所以大家才会往他那里跑。到吉原去找姑娘时，只要说自己是彰义队的队士，人人都会把你当贵客。年轻人都会不知不觉地聚拢到能拿钱的地方。”

“不知不觉？新先生。”天野的上州腔调不禁变得高亢起来，“你听好了，新先生。没有人是为了玩乐才加入彰义队的。”

（这样的大有人在）

新太郎在心里说道。不过与持续这种庸俗的争论相比，他认为想办法弄到比涉泽派更多的钱才是要务。能够大把大把发钱的话，天野派肯定也能发展壮大。

“实际上我有一条妙计。”新太郎说道。

他满怀信心说出来的提案是偷袭幕府的金银座，那儿被称为天下第一货币铸造所，恐怕钱财多达几十万两。有了这笔钱，他们就能力压涉泽派了。

但是天野并未答应，只说了一句“萧玉先生的品格也变坏了啊”。

这段时间，每天都有好几拨江户富商手下的掌柜、伙计铁青着脸来到天野派的阵地宽永寺。

他们都是来诉说一个奇怪的请求。

——我们是什么什么店铺的，最近生意不太景气。求求你们把前阵子要求的五百两保护费降到三百两吧。

新太郎一一询问他们后得知，涉泽派彰义队似乎正在找江户富商收取保护费。

他把此事报告给了天野。天野略微思考了一下，果断站起来命令道：“所有人准备出发！”看来他认为此时正是一个好时机吧。

众人奔下山来，大白天地冲入浅草本愿寺涉泽派的阵地。对涉泽来说不走运的是他的大多数队士都外出了，此时的他无计可施。

“涉泽君！”天野不分青红皂白地一阵大喝，“要辩解就等到明天去将军府辩解，我会与你同行。”随后不待涉泽开口，就把他押到谷中[13]的一座名叫天王寺的废寺里软禁了起来。天野派的队士把守住寺庙的大门、山门和后院的栅门等处，日落后燃起了篝火。

但是光头大个子涉泽成一郎似乎成竹在胸，他盘腿坐在方丈室的正中间，一边喝酒一边冷笑。

夜晚，新太郎从门缝中偷偷看向室内，发现涉泽左手托着佛灯，右手捏着筷子，从容不迫地吃着牛肉火锅。荒废的方丈室衬托着他那脖颈满是肥肉的大光头身姿，使他看起来就像一个魔鬼。

突然，涉泽抬起头说道："是寺泽君吧。"大概是听到了外面的动静。

他夹起一大块肉，笑着问道："吃吗？"

不知道新太郎是不是动了杀心，他推开门走进去，精神恍惚地握住了刀柄。

就在这时，涉泽夹起一块血红的生肉贴在了额头上，看起来就像是整个脑袋被砍成了两半。

"怎么了？"

"……"

新太郎完全被他的气场压倒，丧失了先下手的勇气，无论如何也拔不出刀来。

涉泽又开始吃了起来。

"奸贼——"新太郎终于挤出了一句话。

"哎呀。"涉泽停下了筷子，"挣点钱就是奸贼么。你和天野君难道不要钱也能打仗？"

“那也该有个度。经商出身的你如今也是在利用彰义队，企图中饱私囊。”

涉泽一脸狡猾的表情保持着沉默。他知道要是再反驳的话，眼前这个年轻人说不定就会真的拔刀冲过来。

“我现在还在喝酒。”涉泽盯着酒杯说，“就按天野君说的办吧，明天到了将军府再谈。”

新太郎愤然拂袖而去。

第二天早上，他与天野气势汹汹地来到软禁涉泽的方丈室时，不禁再次倒吸了一口凉气。

涉泽已经消失得无影无踪。

把守各个出口的十名天野派队士也消失了。看来一定是被涉泽所收买，然后随涉泽一起逃了。

“寺泽君，这就是幕臣！”天野鄙夷地说道。但是这个机敏的男人并没有放弃。他独自一人前往将军府，一五一十地上告了涉泽的恶行。

自然，将军府随后便指令天野为彰义队正统，同意了他以守卫轮王寺宫[14]的名义将队士分屯于上野各处的计划。

“这样就不会出问题了。”天野开心地笑道。但奇怪的是，彰义队中每天都会消失一两个队士，人数逐渐减少。

“是涉泽正在动手脚。”天野认为。

经过一番调查之后发现果然不出所料，涉泽正潜伏在轮王寺宫奥家老[15]奥野左京位于入谷[16]的家中，频繁地收买驻扎在上野的彰义队士，企图东山再起。

“只好斩妖除魔了。”

天野终于下定决心，命令新太郎的八番队攻入左京家。

“这倒是个吉兆。”伍长笠间金八郎高兴得手舞足蹈。

“为什么说杀涉泽是个吉兆？”

“你不知道吗？”

笠间说，德川家每代将军都会在柳营[17]养三百个光着头、穿俗服的小吏，这些小吏被称为御坊主。养他们不仅仅是用来服侍将军府。要打仗时，幕府便会从这些光头中拉几个出来，砍下脑袋祭军神。

“这是真的吗。”

“这是古代流传下来的军法，我是从祖父那里听来的。总之涉泽的那个大光头简直就是祭奠摩利支天[18]的绝佳贡品。”

除了笠间，新太郎还挑选了冈岛藤之丞（后改名后藤铁郎）、幸松市太郎、加藤作太郎以及另外四五个剑术名手。一行人趁着夜色由山上的慈眼堂[19]出发，走下信浓坂坡道，出了坂下门后进入了下谷坂本町。

他们把“向上”、“向下”定为了暗号。沿路交流着屋内乱战的心得：

——手握刀柄时靠刀镡近点，握得稳。刺击效果比斩击好。

到达左京家后，他们分了些人守在正面口和后门口。其他人在围墙边搭上梯子翻了进去。

不知道哪里的森林中传来了猫头鹰的叫声。众人跳下围墙后立马抽刀出鞘。

但是院内实在太黑了。他们并不是偷袭的老手，一下子就连同伴的身影都看不到了。结果他们开始在院内东奔西跑，大声喊着彼此的名字。如果不发出声音的话，他们甚至抵不住那万籁寂静的漆黑庭院中所散发出的恐怖气息。

窗台内侧的涉泽成一郎听到了这阵骚动，他的身边还有两名心腹队士。

“揭开榻榻米。”涉泽命令道。随后他卷起床铺，钻进了地板下。

涉泽和两个心腹每人腋下夹住一个千两箱[20]，在地板下匍匐前进。但是箱子实在太重，不一会儿他们就坚持不住了。箱子落在了地上发出一阵闷响。

“搁在肚子上。”涉泽说道。

他仰面平躺在地，把两把佩刀绕到肚子上，再把千两箱也搁到肚子上，用背部一点点地往前蹭。

这可以说是急中生智吧。涉泽的大脑每当到了这种危急时刻就会运转如飞。维新后，他涉足价格起伏剧烈的生丝市场，甚至还创建了东京股份交易所[21]。有如此成就与他的这种特质有着莫大的关系。

“会长。”一名心腹低声说道，“听上面的脚步声，对方的人数似乎很少，要不我们杀出去吧。”

“蠢货，我们是杀不过偷袭之人的。”

涉泽知道，在绝大多数对战中都是偷袭一方占据优势。而且他也担心如果杀出去的话，千两箱也许就没法顺利带走了。

——他逃了。

寺泽新太郎在八叠大的内室中吼道。

“点亮烛火。”

众人点起事先准备好的蜡烛，把屋子里里外外翻了个遍，结果甚至连左京的家人都没找着一个。

当夜奥野左京住在了御本坊[22]之中，而他的家人早就预料到会有袭击，已经逃到了下总[23]。

懊恼的新太郎一刀插在了榻榻米上。他的刀是清麿[24]所制的二尺七寸钢刀。大概是由于他内心悔恨太甚，这一刺贯注了极大的力道，直接刺穿了地板，停在了涉泽成一郎的鼻尖上。

真可谓无巧不成书。还有一个版本是说涉泽逃进库房中躲起来时，新太郎一刀插在门板上，停在了涉泽成一郎的鼻尖前。

天刚拂晓时，涉泽逃离江户，来到了武州北多摩田无[25]。在那里他召集起附近的浪人以及江户的同志，组建了一个名叫“振武军”的队伍。

插句题外话。当时，驻扎于京都的新选组也回到了江户。有传闻说，队长近藤勇、副长土方岁三为了东山再起，在南多摩方面频繁招兵买马。一天，在南多摩首府府中市的一间旅馆内，目的相同的涉泽成一郎和土方岁三偶然相遇。

土方岁三开口第一句话便是“涉泽先生，请你回江户去吧”。涉泽的那些丑事，他早就有所耳闻。

“不，为了再起，我正在武州招募壮士。”

“这可不行。”性情急躁的土方喝道。紧邻甲州街道[26]的南多摩是近藤、土方的出生地，也就是他们募集兵力的大本营。土方不允许拿钱收买人心的涉泽玷污这里。

据说土方当时说了句“我要是再在这附近看到你，就一刀宰了你”。随着幕府的瓦解而心气狂暴的这位新选组副长会说出这种话也并非难以想象。

最终涉泽放弃了染指南多摩的念头，把阵地由田无移到了西多摩箱根崎（现在的村山贮水池附近）。中世时代，这里是武藏七党[27]之一村山党的根据地，如今虽然只是一片农村，但尚武之风非常浓厚。

而且，这里乃是天领（幕府领地），说起幕军尚还有着足够的震慑力。涉泽把附近几处乡里的村长、老年人召集到一起，给他们分发金钱谷物博取名望，活脱脱一副领主派头。如果幕府瓦解后的乱世能长久持续的话，涉泽说不定能够如同战国武将那般攻城略地、扩张势力，成为一名大领主吧。他的才能比起天野等人更有战国风采。

“那个魔鬼好像在箱根崎。”

没多久后，这个流言就传到了上野的彰义队阵地中，但天野派已经不把这当成一回事了。

涉泽逃走后，天野派的情况逐渐好转。因为幕府已经开始亲自管理彰义队了。

关于彰义队的建制，幕府设立了“头领”这个最高首脑职位，由小田井藏太、池田大隅守这两名家世身份高贵的幕臣担任。天野八郎、菅沼三五郎、春日左卫门、川村敬三担任副头领。此外还有头取[28]、副头取职位。另外还有小队组长级别的会计掛[29]、器械掛、本营诘[30]、兵队组头（从一番队到十八番队）、天王寺诘、真如院[31]诘、万字队[32]

取缔[33]、神木队[34]取缔等干部职位，阵容十分庞大。

另外还有炮兵队、纯忠队、卧龙队、旭队、松石队、浩气队、水心队、高胜队等武士团体编入彰义队，受彰义队头领的指挥。

俸禄也由幕府发放。

天野八郎写给身在老家的哥哥大助的书信中有句话的大意是“最近不需要为钱发愁了。现在头领领俸千石，副头领领俸四百袋大米”。连普通队士都是“安置费五两。战争时每日十两津贴”。

这待遇已完全足够寻欢作乐了。

因此吉原的妓楼热闹空前。

寺泽新太郎，也就是维新后的寺泽正明说过这么一番话：

彰义队士只要来到吉原，虽然不是助六[35]，但四面八方都有妓女争相围过来。

她们头上插着代表彰义队的将棋棋子形状的簪子[36]，画着光彩照人的妆容，即使是遇见一个胡子拉碴、头发蓬乱的普通队士也会满腔热情地尽心服侍。有的名妓即使是偷偷去当铺当掉几千金的绫罗绸缎也要想尽办法讨好熟识的队士，不然便是奇耻大辱。如果来的客人不是队士，那么大的吉原就没有一家妓楼会开门。当时的彰义队可谓盛极一时。

（山崎有信编著，寺泽正明翁直话）

因为酬劳如此丰厚，应募者急剧增加。算上各支旁系队伍，彰义队人数已多达三千，把宽永寺山上的寒松院[37]设为了大本营。

由上野黑门走下坡道后，东边便是横跨忍川的三枚桥（三桥），桥边有一家叫做“山本”的茶屋。新太郎的八番队就驻扎其中，警备附近一带。

如今前将军庆喜已退隐水户，江户城则被交到朝廷官军手中，成为了他们的根据地。这个根据地中频繁派出侦察员、信使飞奔宇都宫[38]方面。因为幕将大鸟圭介正拥兵驻守在宇都宫，向萨长举起了反旗。

八番队的任务是在坂本街道上值勤，检查盘问这些侦察员和信使，发现有可疑之处便杀无赦。结果众队士渐渐喜欢上了杀人，看到身穿行装的平民百姓便扑上去挥刀斩杀。

——一天不见血就睡不着。

有队士如是说道。

新太郎无论如何都制止不住这群逐渐变得嗜血的队士，据说甚至有个逛完吉原回家的肥后藩士都被他们杀了。可偏偏萨长土三藩的兵士一直都没有遭遇这种横祸。他们与其他藩的官军不同，绝大多数人都彪悍异常，大概他们只是嫌麻烦才会避开彰义队吧。

官军并不像市内评价的那般残暴不堪，他们有一条可怖的军规："市内死斗，罪及三族。"也就是说不仅仅是处死当事者就了事的。

但彰义队并不知道这条军规。很多队士都以为官军胆小怕事便频频挑衅，甚至扯下他们肩膀上的锦章拿到吉原的妓女面前炫耀。

也就是在那个时候，队士们开始商量"杀掉备中吧"。

刚开始新太郎也是一头雾水地问："备中是官军的什么队伍？"后来才得知所谓备中不是官军，而是在骏河台[39]拥有房产、曾担任幕府撒兵头（步兵司令官）的大平备中守。

幕府的撒兵组是兵制改革时诞生的洋式训练队，起初是在御家人中招收志愿兵，但由于志愿人数实在太少，便强制征收各御家人族内的同心[40]、坊主[41]，让他们接受严苛的法式军事训练。这般训练远远超出了生活安逸的御家人子弟的承受能力，发牢骚的人层出不穷。

而后来幕府惨遭瓦解，如今新太郎的队伍中就有十多个接受过那种训练的人。

当时的教练官就是大平备中守。他经常大喝道"这就是法式卧射”，让那些武士趴在地上练习射击，无论地上有水滩还是马粪他都毫不留情。如果有人犹豫着不肯趴下，他就抬脚猛踢。这种惩罚方式也是学习法国的，但是脚踢武士，不是这些高傲的幕臣所能忍受的。

新太郎手下的那十个接受过备中训练的队士一边喊着“天诛！天诛！”一边冲进备中位于骏河台的家中，把不知道往哪里跑的备中乱刀砍死。幕末暗杀史上，再没有哪个受害者比大平备中守更可怜吧。他被杀并不是因为政见相左，也不是因为思想不同。这群施暴的彰义队士中也有一人死亡。他叫做内田安次郎，死于备中守的枪下。

随着这天夜幕降临，彰义队那声色犬马、肆意放纵的好日子走到了终点。

五月十五日拂晓，天野八郎下山巡察。他骑马从广小路[42]行至山下道根岸时，听到本乡隧道附近传来了一声炮响。他连忙调转马头返回阵地，路过天王寺时已经听到了七声炮响，等回到池之端时，穴稻荷附近已经爆发了步枪战。

官军的第一条战线部署的是萨摩、长州、肥后、因州、艺州、肥前、筑后、大村、佐土原、馆林藩兵，第二条战线是备前、伊予、尾州、阿波藩兵，第三条战线是纪州、小田原等藩的藩兵，战线拉得极长，甚至连远方的古河、忍、川越、关宿等地都有星星点点的军阵。彰义队不知不觉中，已被官军围得水泄不通。

这天乌云低沉。

昨夜便开始下个不停的雨到天亮后愈发滂沱。说实话这种天气并不适合作战。

新太郎把队士召集到身边，一起在家藏院[43]的西厢内躲雨。天野回到池之端时，一颗炮弹正好落到了新太郎的军阵面前。

“把那东西抬远点扔了！”

天野凛然喝道。应该说这就是八番队收到的第一条战斗命令。

队士们都是武士，不屑于做这种下贱的劳动，所有人都默默地站着。队内五六个雇工跑过去正打算抬起炮弹时，炮弹轰然炸开，炸得那些雇工的肢体碎片漫天飞舞。

之后的战斗便纯粹是队士四下逃窜躲避炮弹。

天野八郎骑着马奔跑于八座山门之间指挥战斗。正午过后他听到了“黑门告急”的呼号声。

如果把这座山比作城堡的话，黑门就是正大门。攻上来的是萨摩兵，肥前藩在本乡的加州屋附近架了四门阿姆斯特朗炮，不停开炮掩护萨摩兵往前推进，所以这里受到的炮击最为猛烈。

为了前往黑门指挥战斗，天野单骑飞驰于山中。到达清水堂附近时，他遇到了旗本小川斜三郎的分队，这支分队是由四十个清一色的幕臣（撒兵[44]、步兵差图役[45]以及其他旗本）组成。

天野虽然是副头领，但其出身不过是个农民，便立即跳下马来，随后说道："黑门告急。诸君，报效德川家的时机已到，请和我一起奋战至死吧。"

所有人"哦"地应了一声。

天野翻身上马疾驰而去，小川斜三郎的分队则喊着行军口号跑步跟在后面。而等到天野行至山王台时回头一看，竟发现身后已空无一人。后来天野在狱中写了一篇叫做"斃休录"的文章，其中他哀叹道："此时我才知道了德川氏的软弱。"

战斗进行到后半时，有个老人加入了彰义队阵营。他名叫大久保纪伊守，是幕府的大目付[46]。

当时的天野正在四处纠集胡乱逃窜的队士。大久保叫住天野问道："有没有我能够赴死的地方？"

"那就去黑门吧。"天野简短地答道。随后身为副头领的他把马匹让给了这位老人，自己抱着一杆八连发的冲锋枪，说道："唯您马首是瞻。"

大久保老人满心欢悦，召集起附近的上百名旗本，扬起写着"东照大权现[47]"五个大字的旗帜朝黑门进发。

当时黑门已经被攻破，萨摩兵负责立射，长州兵负责卧射，两支兵队交叉施加火力往前推进。

“三河武士，前进!”

大久保老人骑在马上指挥道。不幸的是一颗子弹射中了他的额头，他仰面摔倒在地。

还有一丝气息。

天野冲过去把大久保老人抱起来时，刚才还一直跟在身后的上百名旗本一下子逃得干干净净。

天野在“毙休录”中愤慨地写道——

百余人四散逃命，一个不剩。（中略）再次对德川氏武士感到愕然。我不能扔下气息尚存的纪伊守，便把他背到轮王寺门口的岗哨内。敌人已经逼近门外，门口无一人守卫。我心忧宫御方（轮王寺宫）的安危，便越过玄关入内察看，正好看到他逃跑的背影。

看这段文字，似乎后半段的战斗只剩下大将天野一人在倾盆大雨中苦苦坚持。或者可以说，光是搜寻队士就耗费了他绝大的精力吧。

天野登上一个人影都没有的轮王寺时，新太郎正在朝着三河岛方向逃命。

之后他不断地换成僧人或医师的打扮躲避官军的搜捕，在江户内外东躲西藏。后来他听说榎本武扬[48]的幕府舰队还在品川海上，便与四名同志一起租了艘小船由深川河岸出海，历经艰辛登上了旗舰开阳丸。

他们哀求道：“天下之大，已无我等藏身之处。”但榎本不情愿地答道：“不能把这艘军舰当做你们藏身的地方啊。”不过最后还是允许了他们搭乘。

后来新太郎写道：

——实在是喜不自禁，夜不能寐。

每天夜里都有彰义队的逃亡兵登上军舰，没多久人数便达到两百以上。随着人数增加，大家一下子恢复了生气，聚在一起高谈阔论，自吹自擂。

一天，原是幕府奥诘枪队队员的河野十藏听到了一件令人饶有兴趣的传闻。

开阳丸的对面，是一艘叫做长鲸丸的军舰。

“似乎涉泽成一郎正躲在那艘船上。”

他听说涉泽曾率领振武军在西多摩耀武扬威，后在饭能[49]被官军一举击溃，众人四散逃命。涉泽带着三十五个残兵逃上了长鲸丸。

五六个人兴奋地高喊：“杀了他！杀了他！”结果引燃了众人的激情，大家兴致勃勃地讨论着“天诛”计划。

得知此事后的榎本勃然大怒，他把新太郎等骨干召集到舰长室内，怒吼道："你们到底是为什么而大动干戈？是为了德川家，还是为了私人恩怨？"随后他命令新太郎等人与涉泽和解，并把原是会长的涉泽推举为队长，维持队内秩序。

新太郎等人只得遵从他的命令，不然脾气暴躁的榎本搞不好会把他们所有人轰下船。

"不过我们想附加一些条件。"

"嗯，好。要和解就得把话都说清楚。"

榎本似乎也向涉泽威胁了同样的话。涉泽与新太郎他们一样，如果被轰下船就找不到藏身之所了。

谈判召开于长鲸丸的甲板上。

新太郎与五名同志由长鲸丸侧舷登上甲板时，发现涉泽也正好带着五个人端坐在了甲板上。

他还是那一成不变的青色大光头，似乎比以前更胖了点。身高六尺的涉泽使他背后的驳船都显得渺小。新太郎绷着脸坐了下来。当时的情景，就借用一下他的原话吧。

涉泽氏，是仇敌，彼此之间有过激烈交锋。但如今我等都在榎本氏麾下，榎本氏告诫我等放下私怨。另外，如今天野被俘，我方丧失首领。因此此次我方打算不计私仇，拥戴你为首领。不过我方有个条件，那就是要你继承天野志向，如天野般鞠躬尽瘁，为了天野而尽心尽力。你可答应？

涉泽答道：

本人脑满肠肥，才疏学浅，如今愿叩首在地，接受您的条件。本人定当放下私怨，如天野般尽职尽责，从一而终贯彻天野的志向。您的拥戴，本人感激不尽。

所谓“天野的志向”是指什么？

想必无论是新太郎还是涉泽都不明白。不过现在涉泽手下只有三十五人，新太郎方面则有两百余人。涉泽认为此时无论明不明白，总之放低姿态，跪伏在甲板上才是上策吧。

秋天十月二十日，榎本舰队于虾夷地[50]鹫之木港口登陆。

同月二十五日，占领五棱郭[51]。

十一月五日，攻击松前藩居城福山城。

福山城前方是宽达三十间的河流，后面则是群山环绕。

城主松前德广和一干重臣早已逃遁，残留下来的极少数守兵仍在城内及河对岸布置枪队严阵以待。

榎本军由旧陆军副奉行松平太郎担任攻城军司令官，法国海军士官卡哲诺夫负责实战指挥。新选组、彰义队、冲锋队、工兵队、炮兵队、传习队、仙台额兵队等武士团体以及高田、丰桥、长崎、桑名、会津等藩的脱藩浪士一起朝着河流冲锋。

当然，各支队伍争先恐后。

“彰义队，前进！”

新太郎为了取得头功，一边抵御着湍急的河流一边怒吼。这敌人可不是萨长藩兵，他们藩主不过前几年才担任幕府老中，现在那些守兵拿的都是旧式装备，人数也寥寥无几。

上到河对岸时，新太郎发现福山城大门紧闭，他催促队长涉泽绕到城背面冲进了后门。幸运的是这里没有敌人守卫。

这里的防卫仅仅只是一道栅栏。令新太郎震惊的是，涉泽抱住栅栏的木桩，一使劲便扯了出来。

扯掉栅栏后众人涌入城内时，城内已燃起了大火。

“把队旗竖在城头！”

新太郎大叫道。但由于敌我双方的嘈杂叫喊声以及四处弥漫的滚滚浓烟，没人听到他的命令。

这时，队长涉泽成一郎带着他那三十多个旧振武军心腹往一个奇怪的方向跑去，新太郎等两百多人也不由自主地跟了上去。

涉泽的目的地是金库。他逮住还没来得及逃命的守门人吼道：“把锁打开！”守门人乖乖地打开了金库的大门。

彰义队士蜂拥而进。里面的金银早已被人拿走，但一袋袋的天保钱[52]则密密麻麻地堆成了一座小山。

“推车！把推车拉过来！”涉泽大声怒吼。不一会儿众人便找来几辆推车，红着双眼不停地把一袋袋天保钱往外面运。

这段时间内，城堡的正门已被攻破，新选组和传习队一拥而入。一个传习队士机敏地登上天守台，率先插下了队旗。

——我们彰义队才是最先攻入的，由于队长前往金库而失去了插旗的机会。

（寺泽翁直话）

随后涉泽包下妓楼“松川屋”，与心腹一起彻夜狂欢时，新太郎等人突然杀了进来。不过涉泽迅速躲进库房，保住了性命。

两天后，榎本军为了彻底扫荡据守在熊石[53]的松前藩残兵，下令全军出动，但旧天野派的彰义队全员以“不想拥戴涉泽当队长”为由拒绝出阵，直到最后都没有参加战斗。

明治二年五月十八日，榎本军向官军投降。就在投降之前，涉泽派与旧天野派还在争吵。涉泽派说：“旧天野派以星期天打仗领不到津贴为由拒绝出阵。”旧天野派则反驳道：“怎能与不去攻城而往金库跑的家伙并肩作战？”这些旧幕臣团使得榎本大伤脑筋。

寺泽新（僩）太郎，维新后的正明——曾有一段时间与旧幕臣一起住在静冈。后来因为加入新政府的榎本武扬的提拔而踏上了仕途。首先是担任北海道开拓使，后历任太政官、内务省、通信省等部门内的职位。最后辞官归隐，一直活到了明治末年。

涉泽成一郎，维新后改名喜作——进入金融界，投资北海道制麻会社、东京人造肥料会社、十胜开垦会社、田中铁工所以及生丝推销商、廻米[54]批发商、东京米谷交易所、商品交易所等等，基本上都以失败告终。每次都是他的堂弟荣一帮他偿清负债。死于大正元年八月，享年七十五岁。

天野八郎——上野陷落后，潜伏在本所石原[55]枪炮师炭屋文次郎家中。七月十三日被捕，十一月八日死于狱中。

注释：

【1】上野：地名。

【2】山冈头巾：江户时代一种流行于武士之间的头巾。

【3】御膳所：负责将军饮食的厨房。

【4】奥诘枪队：幕府于1866年设立的西洋式枪队。

【5】一桥家：德川氏的分家一桥德川家。始祖是第八代将军德川吉宗的四子德川宗尹。

【6】杂司之谷：地名。

【7】御家人：领俸一万石以下的德川将军家直属家臣，无资格直接谒见将军。（能够谒见将军的直属家臣便称作旗本）

【8】蓼蓝：一种植物。叶片混合木灰加水可以制成染料。

【9】御三卿：德川氏的三家分支。分别是第八代将军德川吉宗的次子德川宗武始创的田安德川家、前文所述的一桥德川家、第九代将军德川家重的次子始创的清水德川家。德川将军宗家或者御三家中没有继承人时，会从御三卿内挑选。

【10】根岸：地名。

【11】三河：日本古代令制国之一。德川幕府创立者德川家康早年便是发迹于三河。

【12】御府内：幕府的直属领地。

【13】谷中：地名。

【14】轮王寺宫：轮王寺是日本佛教天台宗的皇族寺庙。住持由出家皇族担任，称为轮王寺宫。

【15】奥家老：管理家族内务的家老。

【16】入谷：地名。

【17】柳营：地名。

【18】摩利支天：佛教中的护法菩萨，在日本被武士阶层奉为守护神。

【19】慈眼堂：寺院名。

【20】千两箱：能装一千两银子的箱子。

【21】东京股份交易所：日本第一家证券交易所，后于1943年与另外十家证券交易所合并，成立了日本证券交易所。二战后改名为东京证券交易所，是世界三大证券交易所之一。

【22】御本坊：轮王寺的别称。

【23】下总：日本古代令制国之一。

【24】清麿：源清麿，1813—1855年。幕末著名刀匠。

【25】北多摩田无：地名。

【26】甲州街道：江户幕府设立的五街道（德川家康下令修建的将全国各地与江户连接起来的交通要道）之一，由江户日本桥连通至甲斐国（山梨县）。

【27】武藏七党：日本平安时代后期至镰仓、室町时代，以武藏国为中心，向周边诸国扩张势力的七个武士团体。

【28】头取：总管。

【29】掛：负责人。

【30】诘：派遣到某处工作的负责人。

【31】真如院：寺院名。

【32】万字队：下总国关宿藩士组成的武士团。后与彰义队一同对抗新政府军。

【33】取缔：监管人。

【34】神木队：越后国高田藩士组成的武士团。后与彰义队一同对抗新政府军。

【35】助六：歌舞伎中的人气角色。

【36】译者注：日语中将棋与彰义同音。

【37】寒松院：寺院名。

【38】宇都宫：枥木县首府城市。

【39】骏河台：地名。

【40】同心：负责庶务、警备的下级小吏。

【41】坊主：和尚。在这里是指以僧人模样服侍家主的杂役。

【42】广小路：地名。下文的山下道根岸、本乡、池之端、穴稻荷皆是地名。

【43】家藏院：寺院名。

【44】撒兵：接受过法式训练的步兵。

【45】步兵差图役：相当于现在的陆军中尉。

【46】大目付：监视大名、名门望族、朝廷，防止他们反叛的幕府监察官。

【47】东照大权现：德川家康的谥号。

【48】榎本武扬：幕府海军副总裁。拒绝向官军交出军舰的他率军占领北海道，自立虾夷共和国，后在官军的绝对优势下投降。

【49】饭能：地名。

【50】虾夷地：北海道境内除松前藩领地之外的地域。居住有日本土著阿伊努族。

【51】五棱郭：江户幕府建立于箱馆（今北海道函馆）的奉行厅舍。

【52】天保钱：天保通宝。流通于江户时代末期至明治年间的货币。

【53】熊石：北海道西南部地名。

【54】廻米：把大米从出产地输送到其他地区的经济活动。这种大米本身也被称为廻米。

【55】本所石原：地名。

火烧浪华城

一

浪华[1]道顿堀的一个戏园内，有一家名叫“鸟毛屋”的老旧旅馆。

元治元年九月十三日傍晚，有八个浪人进入其内，说道：“我们是来上方[2]观光的，想在此住宿一段时间。”

柜台内的阿光亲切地把他们请到了楼上，因为这群人中有个年轻人长得十分稚气可爱。

不过到了楼上后，阿光仔细打量他们，发现每个人的眼神都非同寻常。

而且，他们在登记簿上登记的“越后浪人”身份明显是假的，他们每个人都有浓重的土佐口音。

“土佐人很是麻烦啊。”掌柜小声地对阿光嘟哝道。不过他并未将此事上报官差。因此事后他被奉行所狠狠地训了一顿。

毕竟当时长州藩诸队以及土佐浪士队在皇宫蛤御门引起

战火后不久，连大坂境内都在严格地审查残党。新选组也专程赶到大坂出差，看到长州人便杀。

在他们眼中，土佐浪人和长州人是一丘之貉。

土佐藩的藩厅其实是佐幕主义，但藩内的下级武士十分激进，脱藩的层出不穷，其中绝大多数都逃到了长州。最近的天诛组骚乱、池田屋事件以及蛤御门之变中，都有很多土佐浪人参与。

“阿光，小心点啊。”掌柜叮嘱道。阿光是前任掌柜的遗女，孤身一人，长相又不出众，所以也没有找到称意的亲事，如今已过了待嫁之年。

掌柜对这些浪人十分警惕，特意叫阿光照料他们。

“发现有不对劲的地方马上告诉我，说不定他们是强盗。”

这些浪人一道住在内侧一间十叠大的客房内。据阿光观察，他们有几个共同点，那就是衣衫寒碜、穷酸模样、一脸疲惫。

但他们似乎有什么重要目的，总是在悄悄地商量着什么，外出也十分频繁。

（他们到底在谋划什么呢？）

阿光靠近了那个年轻人。他好像才刚刚剪掉前发，[3] 伙伴们都叫他“小伢，小伢”。

他的长相有点与众不同，就好像用油擦得光光亮亮的椎树果实，细长的眼睛忽闪忽闪地眨着，显得十分机灵。

而身体则非常瘦，甚至可以说看起来很虚弱。大概阿光无论如何也想不到这个体质如此平凡的年轻人后来活到了九十七岁。

（真是太可爱了……）

这个年轻人似乎也觉察到阿光对自己甚有好感。一天夜里，他来到阿光位于楼下的四叠半的房间内，指着自己裤裙上一尺长的纵向缺口，用略带撒娇的声音问道："能帮我缝一下吗？"

"在附近的土沟那儿被狗抓破的。"

阿光让他脱下裤裙，接过手中一看，发现上面沾有星星点点的血迹。肯定是杀了人的。

（连这种小孩子一般的人也……）

土佐人果然可怕。

而且令阿光倍感意外的是，她询问他多大年龄后，他竟然说已经二十二岁了。一想到他已经是个真正的成年人了，阿光就更加地感到可怕。

"这不是狗的血吧。"

"就、就是的。"

年轻人急慌慌地从怀里掏出馒头塞给她，说道："能帮我吃了吗？”打算用馒头来塞住别人的嘴，还真是小孩子气。阿光不禁笑了出来。

“实际上只有十六七岁吧。”

“你不相信的话，那咱俩来亲热一下，我证明给你看看。”

“讨厌。”

没想到他还会说出这种下流的话。看来真是个二十二岁的老油条。

“你在登记簿上写的田中显助这个名字是真的吗？”

“你问题真多啊。”

“但是别人都叫你小伢。”

“那是绰号啊。就因为我长着一张孩子脸吧。”

“田乐。”

“那是什么？”

“我给你取的绰号。你啊，身材这么小，腰间还配个那么长的东西。简直就跟味噌田乐[4]一个样。”

“你说这把刀么？”

他猛地抽刀出鞘。连外行都能够清楚地看到刀身上沾着血渍。

“快收起来。这种不祥之物会招致骚乱的。”

（骚乱吗？）

显助昂然抬起眼来。他确实在计划着引起骚乱。不，岂止是骚乱，如果计划成功了的话，想必会引起天下动荡。

㊁

八个浪人的名字是大利鼎吉、岛浪间、千屋金策、井原应辅、桥本铁猪、池大六、那须盛马，还有这个田中显助。

这个短篇小说集的《土佐夜雨》一章中，田中显助已经登场过。相信记忆力好的各位读者都还记得。

他是在城下带屋町暗杀了土佐藩参政吉田东洋的那须信吾的侄子。那须后来成为了天诛组的一员大将，在杀入大和吉野川河畔的彦根兵阵地时战死。之后他的岳父那须俊平也脱藩逃到长州，元治元年夏天参加了袭击京都（蛤御门之变）的长州军，战死于鹰司家门前。

当时显助尚在土佐的佐川乡，听到亲人惨死的消息后也立即脱藩。和他一起脱藩的就是如今身在鸟毛屋内的井原、桥本、池、那须四人。

他们逃到了长州。

但是，长州的形势辜负了他们的期盼——故事就是由此展开的。

显助等人由长州藩领地三田尻港口登陆时，关于幕府征长军已逼至广岛的流言四起，长州正处在最恶劣的时期。

直到去年长州还是在京都威风八面的勤王激进藩，而现在形势已经完全逆转，他们被追打得龟缩进防长两州，甚至还背上了“朝敌”的恶名。

因为长州系的七名公卿被流放出京都，长州藩为向天皇请愿率兵进京，一路攻到蛤御门，最终战败。在这期间，长州又在下关海峡与四国舰队激战，还是惨败。而幕府又动员天下诸侯，剑拔弩张地准备征伐长州。

这段时间内，藩内的保守、佐幕派逐渐抬头，藩论正在向恭顺、降伏幕府的方向倾斜。

针对这种现状，高杉晋作等激进派愤然而起，游说藩内高层，主张“战斗到底”。

“即使防长两州化为焦土我们也要继续战斗，打不赢的话就君臣父子一起逃往朝鲜，在那里占据一席之地，然后继续扬起勤王倒幕的旗帜。”

但是，现在藩内已无人倾听这种书生论调了。

藩内形势一片昏暗。

就是在这个时期，显助等人来到了长州。

总之，他们住进了三田尻的招贤阁。

招贤阁正如其名，是由藩厅运营提供给慕名前来的天下浪士住宿的地方。住在里面的光是土佐人就有以中冈慎太郎为首的二十多人。

第二天，高杉突然从山口的藩厅来到这里。

显助拜见这位名士时，他拍着显助的肩膀说："哎呀，你是那须君的侄子啊。"

"你们一家已经有两人为勤王大业而殉难，我们长州人应该把你们家当做典范。"

高杉有着一种如同教主般的气质，可以说他是个天生的煽动家。依据就是显助只不过听了他这一句话，就产生了誓死追随高杉的想法。显助无比感激地请求道："请把我收作您的弟子！"起初高杉感到很为难，不过最终还是在显助的坚持之下答应了他。后来显助为了报答这份恩情，把自己安艺国友安的佩刀献给了高杉。（高杉似乎十分喜爱显助送的这把刀，后来他在长崎将这把刀放在腰间拍了张照片送给显助。照片中的高杉割断了发髻，没有穿裤裙，坐在椅子上。现存的高杉照片便是这一张）

"师傅，现在我每日无所事事，感到很是过意不去。有没有什么我能够做的事情呢？"

"你吗？"

高杉不禁再次正眼审视了显助一番，发现他的脸长得还真是孩子气。大概高杉对他产生了一丝怜爱吧，他捏住显助的肩膀使劲地摇晃着，笑道："要不把将军的脑袋给我砍下来吧。"

高杉就爱开这种玩笑，但显助并不知道这是玩笑，他极其认真地答道："好。"

"哈哈哈，真有活力啊！"

大概高杉当场就把这番话忘掉了吧。

几天后，有个人由长州藩领地富海港口上岸，踏上了长州的土地。据说他查探过京都的形势。

他是名叫本多大内藏的京都浪士。以前是武者小路公卿家的家臣，早年经常出入河原町的长州藩邸。长州在政治上失利后，他被主人家赶了出来，成了一个浪人。如今他在大坂的松屋町一带开了家红豆粥铺，艰难度日。

显助和土佐脱藩的同志们连忙前去拜访。

"已经没有什么好讲的了。现在京都又回到了幕府鼎盛时期的局面，会津藩士还有新选组如今已是春风得意，横行无忌。"

而且——本多继续说道："大坂城成为了征伐长州的大本营，市内满是幕府兵。据说不久后将军家茂[5]就会驾临大坂城，亲自统领征长军。"

"将军本人？"显助不禁两眼放光。

很明显，高杉的疯狂已经传染到了他身上。说不定他的语气、性情都是在模仿高杉。

他说道："杀了他。"

"显助，你是说杀将军吗？"众人震惊道。

"当然，而且还要烧掉浪华城。这样的话幕府就不会整天嚷嚷着征伐长州了。我们要报答长州的恩情，要在扭转乾坤的大业中尽到一点绵薄之力的话，除此之外别无他法。"

"显助，你……"

同乡的土佐人全都惊呆了。眼前的这个"小伢"，似乎一下子由病猫变成了猛虎。

第二天，显助和七个同志从驿站借得马匹，赶往山口去找高杉。

高杉当时在山口郊外汤田的井上闻多家中。

显助把他们的计划告诉了高杉，高杉一直都沉默不语。最后他问了句："几个人？"

显助答道："我们八个土佐浪士，再加上本多大内藏，一共九人。"

高杉并没有说这是"轻举妄动"，而是说："诸位真是有着得天独厚的机遇。无论世道如何变幻，诸位土佐义士定将名载史册，流芳百世。"

高杉并没有刻意去煽动，但这个奇异男人的每一句话都有着令人热血沸腾的魅力。真不知道这是他与生俱来的，还是继承自他那有着同样倾向的师傅吉田松阴。无论怎样，都可以说他是个稀有的革命家。

对此，除了显助，其他人也感动不已。

“我也不能落后。”高杉说道，“不管是死在幕府的炮火下，还是死在藩内俗论党的手中，总之我们下次见面，便是在地府之中。”

他从怀中掏出笔记本，记下了所有人的名字。岛浪间、千屋金策、井原应辅、桥本铁猪、田中显助……随着高杉落下一笔一画，盯着他的手的八位土佐浪士感动得就仿佛自己的名字此刻正在被他用凿子刻在丰碑上，万古不朽。

高杉把本多等九名壮士一路送到了周防富海港口。

众人由海路前往大坂。

投宿于鸟毛屋之后的事，便是如前文所述。至于当时的心境，田中显助（伯爵田中光显）在昭和十一年四月，于改造社刊行的《维新夜话》中如是说道：

就凭我们这寥寥几个书生，到底能否完成火烧浪华城的计划，实在是说不准。

但是当时的我们都坚信着一定能够完成。即使无法完成，也要一直奋斗到最后一刻。不管怎么说此事非小，万一被外人得知便十分危险，所以我们一直都是秘密地进行着计划，没有跟当时在场同志以外的任何人提起。恰好那个时候，我们听说长州的主降派逼迫益田、国司、福原三位家老（蛤御门之变的责任者）切腹而死，但我们已完全无暇考虑此事了。当时我们就仿佛已经看到浪华大城被熊熊烈火吞噬，将军家茂的人头滚落在地一般，情绪十分昂奋。

我们由富海偷偷坐船离开了长州。

泛舟于秋高气爽的濑户内海上实在是如诗如画，但我们这群草莽书生完全没有在意这个。我们的目的是反长州征伐之道而行之，直接扰乱敌人的大后方，并伺机起兵，建立尊王讨幕之师。

本多大内藏掩人耳目的红豆粥铺距离道顿堀鸟毛屋不远，是在松屋町一带的松屋表町。

那条街道两边都是密密麻麻的玩具店。本多的红豆粥铺是租的名叫平野屋治兵卫的烟花批发商隔壁的一个小屋子。

我们把本多的家作为根据地，一边制作烧玉[6]，一边谨小慎微进行着计划，不敢有丝毫怠慢。

（田中光显夜语）

不过，松屋表町以东隔着一条街的便是松屋里町。

那儿有一家传授剑道的道场。虽然街道名不同，但实际上这道场和本多的红豆粥铺基本上就是背靠背。

道场师傅是备中松山藩浪人谷万太郎。由于他身材瘦小，脸部很长，街坊都叫他“万太郎狐”。他为人吝啬，又从不与街坊交往，所以才会被人暗地说坏话吧。

说是道场，其实就只有一间长屋，地理位置也很糟糕。大坂的武家住宅都围在浪华城附近，根本就没有武家子弟会特地跑到这个万太郎狐这里学习。他的门生都是些商人家的年轻少爷或者无赖汉、戏园里的看门人等等杂七杂八的人物。

京都的新选组前来劝诱这间道场加盟，是在去年（文久三年）四月。当时新选组挨家挨户地造访京都、大坂各个道场，笼络他们加盟。

万太郎有个弟弟。

名叫谷三十郎。他的枪术取得了宝藏院流的免许段位，长期和哥哥合住在这间道场内。加入新选组的他没多久就成为了副长助勤，后来又成了七番队队长。他抚养的一名少年被近藤勇收为养子，取名周平，因参加了池田屋的袭击而知名。

哥哥万太郎狐也答应道："等我把道场收拾完毕就进京。"他的名字已经被记入了新选组的花名册，不过只是一个普通队士。

一次，万太郎狐因事前往旧主公家的大坂粮仓，在那里遇到了从家乡而来的旧友谷川辰吉。

"好久不见啊！"

两人结伴进入了附近的小饭馆。

万太郎狐说了加盟新选组一事后，谷川迎合道："真是可喜可贺，只要能够夺取功名，将来就会被提拔为幕臣，出人头地指日可待啊！"

不一会儿他似乎又想起了一件事，继续说道："道顿堀内有个叫做鸟毛屋的旅馆，我来大坂观光便是投宿其中。但我发现二楼内侧的一间客房内逗留着七八个举止可疑的浪人。要不你去查探一番吧，就当是建立第一项功勋。"

维新史上，谷川辰吉就只留下过这么一句话便再也无迹可寻了。没有人知道他到底是个什么人物。

总之，因为这句话，松屋里町的万太郎狐立即行动起来了。

显助等人决定把大利鼎吉选为主事者。

对此，本多大内藏暗地里面露难色地对显助说道："大利君到底合不合适呢……"

大利在土佐老家时师从武市半平太学习剑道，技艺在目录段位以上。

而且，蛤御门之变中隶属于长州军浪人组"忠勇队"的他英勇奋战，有着实战经验。败走后他逃亡到了长州，在招贤阁内加入了显助等人的团体。

另外大利还非常有学问，也是个十分慷慨激昂的人。参与蛤御门之变时，他下定必死的决心，把一截头发寄回了故乡。信封内还附有他写的一句诗：黑发送故里，睹物思亡身。

逃亡到长州后，他深深地以苟活于世为耻，在寄给故乡同志的一封书信中写道：立志为君死，如今耻为人。

总的来说，大利属于殉教般的志士。

“他内心太阴暗了。”本多大内藏说道，“似乎在一心求死。要想成事，必须要学会精明地权衡利弊。我们需要一个内心阳光的人来担当大将。”

但是所有的人还是推举大利。他脱藩早，涉世深，颇有名望，更重要的是刀术非常精湛。

“大利先生，请你担任主事者。”大伙儿一起请求道。

“我?”不得要领的大利稀里糊涂地接受了。他虽是土佐人却一滴酒也不沾，性格十分规矩正经，很会做捻纸手工艺品。

主事者大利当天就搬出了鸟毛屋，住进了他们的根据地——本多大内藏店铺的二楼。

大利不停地制作着烧玉。他十分心灵手巧，再加上本来就很喜欢手工制作吧，做起这种事来可以一整天不抬头。

“大利先生，你是首领，有什么事命令我们做就行。烧玉还是让我们来做吧。”显助和井原应辅如同恳求般地说道。但大利只是笑着说了句“我喜欢”，完全没有停手的意思。

本多的红豆粥铺由他的老母和妻女打理，生意还算兴隆，街坊邻居络绎不绝地进进出出。

在这些顾客之间，“红豆粥铺二楼的浪人先生”忽然变得很有人气。

大利似乎在制作烧玉的同时也在做些捻纸手工艺品。他把纸张捻成马、架轿、仆人、牛车的形状，送给来店里的小孩子们。对此，本多之前都没注意到。

我们姑且考虑了一下，感觉只是烧掉城楼的话效果不大，于是我们决定多招募一些同志扰乱敌后。总之千屋金策、井原应辅、岛浪间三人已经前往山阴[7]方面游说去了。

（田中光显夜话）

显助本来也打算同行，但当时他已经和阿光好上了。显助后来到了八十二岁还和小妾生了个孩子，对于这种事，他下手还真是快。

另外，同志们也对显助不太放心。不管到什么时候都把显助当做小孩子一般看待。十分有活力的那须盛马等人逗他说道："显助现在还不懂男女之事啊。带女孩子去看戏，走在路上都抖个不停。"

（哪有这回事，我骗你们的，一群蠢货）

显助在心底嘲笑着伙伴们的揶揄。其实他们都不知道，这所有人中，最厚脸皮的非显助莫属。

一天夜里，他等同志们都睡着之后，踮着脚尖下楼溜进了阿光的房间。在老家佐川乡，他已经有数次经验了。

他屏住呼吸揭开棉被一角时，阿光突然翻过身来问道："大利先生么？"

显助内心一惊。什么时候她跟那个规矩耿直的大利好上了？

两人忘我地翻云覆雨时，阿光似乎终于觉察到了不对劲。不过她不愧是个管柜台的女人，并未将此事与任何人说起。

后来显助又多次找机会溜进阿光的房间。

不过他并不知道阿光的真意。

"显助先生，适可而止吧，你都快上瘾了。被发现了怎么办？"

阿光用母亲般的口气说教道。但是她并没有说出大利鼎吉的名字，表情也没有任何异样。

（那个大利先生到底会在什么时间，以什么表情与阿光相会呢?)

他感到似乎有一个小孩子无法理解的专属于大人的奇妙世界。

就因为与阿光的这种交情，显助暂时不想离开鸟毛屋。所以他说道：“我来负责近畿[8]、中国[9]一带。你们先行出发吧。”随后送走了负责山阴地区的伙伴。千屋、井原、岛三人的背影渐行渐远。

他们的囊中可以说基本上空无一物。离开长州时高杉给了他们一笔钱，但完全不是能够被称为军需资金的大数目。高杉如今在藩内已经失势，无法像以前那样轻松调用藩内金库了。

(火烧浪华城不要资金吗?)

他们并没想过这个。他们这群人全是习惯了贫困的土佐穷酸乡士。养育显助的滨田家一年顶多吃两三次米饭。平时一年到头都是吃包米、小麦、红薯这些连生活上稍微过得去的农民都不会吃的东西。

“没事儿，我们沿途化缘，每天能找个落脚地能吃一餐饭就行了。”山阴组的同志们留下这句话就出发了。

而最近显助一直由阿光照顾伙食，每日三餐都吃着还没吃习惯的白米饭。至于住宿费，本多每隔十天就来付一次，目前尚未拖欠。能够吃到米饭对于脱藩之后的显助来说是天大的喜事。

显助的生家滨田家是土佐藩家老深尾家知行地佐川乡的堪定役[10]，身份比乡士都低。在乡内好歹算是武士名分，而到了高知城下只能受到平民待遇。

俸禄是两人半扶持。一人扶持是一天五合米，所以两人半扶持也就是说他家一天只能领到一升二合五勺。而这点俸禄还要用来维持副食、日用品、衣物等开销，因此基本上每天都是吃完上顿愁下顿。当时，显助毕生的愿望是“只希望能穿一次纸衣”。所谓纸衣，是用涂有柿核液的楮皮纸粘制而成的衣服。在土佐藩，每年正月时，正经的武士都会穿着纸衣拜见主公恭贺新年。显助憧憬的就是这种生活。

所以显助不想参加缺吃少喝的山阴游说工作，不仅仅是舍不得阿光，更是舍不得鸟毛屋的米饭。也许他的生存欲望是常人的一倍。

不过，幸好他没有去。

山阴组的同志们下场十分凄惨。

这三人里的中心人物是土佐高冈郡半山村姬野野（现今的叶山村）出身的千屋金策。

他的哥哥千屋菊次郎在蛤御门之变中加入长州军，战败后逃上天王山，是与浪士队首领真木和泉等人一同切腹的十六人之一。他在自杀前写了封遗书，托大和人大场逸平转交给了弟弟金策。

其许（金策），你要继承吾等遗志，谋取复兴。否则我永生永世不会认你这个弟弟。到你大义赴死时，你的罪过才能得到原谅。(所谓罪过，是指本该参与事变的金策在大坂病倒，于长州设于大坂的藩邸内卧床不起)

大场带来的十六名志士遗书中，还夹有真木和泉那著名的辞世诗：崇山峻岭岩中葬，峥嵘岁月大和魂。

哥哥的意思是叫金策为尊王倒幕大业的复兴而捐躯，而千屋金策也正有此意。顺便提一下，千屋家与显助的生家不同，是一个富裕的乡士家族，还兼任村长。并没有体会过贫苦生活的他可以说是同志之间唯一一个公子哥。因此他虽然人品很好，但还是有点娇生惯养。

三人巡游各地，来到了作州路（现今的冈山县），投宿于久米郡吉冈村一家名叫慈教院的乡间寺庙，因为这寺庙的住持是个勤王僧人。

吉冈村（现在栅原町）位于津山城[11]下以南三里的峡谷中，村里流淌着一条叫做吉井川的河流。

三人在此地停留了十多天，教附近的年轻人剑术换取一些米和盐，并游说作州国的有志之士加入他们的义军。

不过，他们的活动资金已快告罄，便找慈教院住持商量办法。

“有一个办法。”住持说道。吉冈村东北方向不到一里远的地方有个叫做百百的村落，其中有一户“百百之池上家”是附近一带顶尖的富豪，运营着一家造酒铺。幸运的是这个池上家（家主名叫文左卫门）家中有数名仆役在千屋三人手下学过剑术，所以也不算完全是陌生人。而且住持还说文左卫门是个有学识的人，平时大张旗鼓地提倡着勤王论。

“老衲事先知会过他，你们明天就可以去与他交涉。”

第二天清晨，三人出发赶往百百村落。

池上家果然是富豪，住宅非常宏伟，光库房就有十间。

三人把住持的介绍信交给家仆后就被引入客房，但是文左卫门并没有立即出来见他们，而是过了半个时辰左右才现身。

三人开始滔滔不绝地陈述勤王大义之所在，而文左卫门则保持着一脸轻笑。大概是看到他们那衣衫褴褛的模样而产生了一种蔑视吧。

最后三人提出了资助军需费用的请求，并许诺他日一定偿还。据说当时文左卫门依旧保持着一脸轻笑，如是答道：

你们口口声声说是为了勤王大业，但是勤王哪里需要用到钱？你们还说事成之日一定偿还，所谓事成又是何日？世上哪有人会蠢到听完你们这番不着边际的话就借钱给你们？各位浪人，想要钱的话，与其说这些废话，还不如痛哭流涕地跪伏在地直接说自己想要钱。声泪俱下的话还显得更惹人怜爱一些。

三人激愤地问道：“你是叫我们模仿乞丐吗？”

“你们不是乞丐吗？”

文左卫门话音未落，千屋金策已拔刀而起，吼道：“我先杀了你再自杀！”

文左卫门哇哇大叫着仓皇逃窜，他的妻女和家中掌柜连忙跳出来抱住金策等人，哀求道：“请你们原谅，家主说话一向刁钻刻薄。你们要的筹款这里已经备好了。”

姜黄色的布袋中，装着区区五两银子。掌柜把布袋往千屋手里塞，但千屋却说：“我不要钱，把你家主子交出来！”此时的他已陷入半狂乱状态，他认为文左卫门刚才那番话侮辱了死于天王山的哥哥的名声。

但是掌柜和家中上上下下的人都跪在他面前叩头认错，千屋只好接过钱离开了池上家。

随后，文左卫门和其子辉道奔到村衙门内告状道：“刚才有强盗抢了我家。”官差立即敲响警钟，钟声传到隔壁村时，隔壁村也旋即敲响警钟。一个村一个村地传递下去，一眨眼工夫四里八乡的老百姓都握着竹矛、镰刀、鸟枪封锁了各个路口。

老百姓们不停地追赶四人（还有一人是偶尔造访慈教院的备前浪士山中嘉太郎，是文久三年闯入京都等持院砍下足利三代将军木像首级，将之斥以逆贼之名抛弃于三条河原示众的那群人之一），时不时开一下鸟枪，扔一下石头。

“我们不是强盗，事情是这样的——”

他们把装钱的布袋扔给那群老百姓，但老百姓们根本不听。一个对自己的技术很有自信的人举起竹矛刺向井原应辅，井原被逼无奈拔刀反抗，砍死了那个人。结果老百姓们变得更加激愤。四人打算逃到距离百百村落五里远的英田郡土居客栈，他们知道那里有一个名叫安东正虎的村长，是个颇为同情勤王派的人。

但他们才跑了一里，越过江见村的警固堤，跑到一个叫做门尻的村落时，追上来的人越来越多，他们知道已经逃不掉了。

门尻有一个乡间神社。

现今叫做竹田神社。

后面有一大群老百姓在追击。他们进入神社，用手洗水[12]洗了下手，参拜过神灵后，走到了神社外的街道上。

“已经逃不了了。”

街道边有一排松树，众人在其中挑了一棵老松。山中嘉太郎首先坐了下来，扯开衣衫露出腹部。

“千屋君，拜托你帮我介错。我们没能得偿夙愿，而是背上强盗污名死在这个不知名的荒郊野岭。至少，我想以笑脸死去。请在我保持着笑容的时候砍下我的脑袋。”

人头应声落地。他的脸上挂着笑容。

接着，井原应辅、岛浪间说道：“我们背井离乡，为朝廷而奔走，如今却背负盗贼恶名死去。想必我们化作魂魄都永远无法化解这份悲恨吧。”随后二人拔刀互相刺杀。

但是井原中的那一刀没有刺到致命要害部位，一息尚存的他在路上躺了半日。每当有人经过时，他都递过自己的刀，请求道：“请帮我介错。”但是所有人都回答“身为强盗，你还是慢慢痛死吧”。最终，听到传闻的土居村医师福田静斋赶来，对他施礼后帮他介错。

而千屋金策则早早离开了现场，找到土居村的村代表武藤太平，试图洗脱一行四人的污名。他把两把佩刀奉上，正打算开口时，武藤假笑道：“先住进客栈吧。”随后便把他带到一家名叫泉屋的客栈内监禁了起来。无法找人伸冤的千屋金策写下了两封遗书。

一封是用汉文写的：为保民安而不成，只愿身死化为神，扬刀立马杀夷畜，赤胆忠肝报皇恩。

还有一封是写的和歌，大意是：杀尽夷狄才是我等夙愿，岂料因此事而死，实在是倒霉透顶。

哥哥菊次郎的遗书中叫他“捐躯”，于是他进入泉屋的内室，拔出事先备好的短刀，首先在肚子上割开一个十字，然后刺向咽喉，严格按照切腹规矩终结了自己的生命。

随后，几个住在附近的年轻人手提灭火的铁钩冲进来，把他的尸体戳得千疮百孔。

四人被抛尸街头数日。不过不久后，村民们通过遗书以及一些其他传闻了解到真相，便在他们的尸体上盖土。渐渐地盖土的人越来越多，最后盖起了四个有一人高的土冢。再后来冢边被人竖起了旗帜，有人来敬香，有人来献花。这四座冢被附近的居民称为“四冢大人”，一时之间俨然成为众人宗教信仰般的存在。百百村落的池上家遭到乡邻们的深深憎恨，土居村甚至流行起了这么一首俗谣：如无西边百百造酒屋，年轻武士安能惨死乎?

另外还有一首小女孩边拍手球边哼的儿歌：山间穷破处，土居名胜村。今日可曾拜，四冢大人坟。何不献花去，献上手球花，一、二、三、四，直到永远。

明治三十一年，四人墓冢被迁到了现今的土居小学附近。

显助依然还在鸟毛屋。一天，阿光极为罕见地惊慌道：“不知道怎么回事，一个武士带着一个町年寄[13]进来交头接耳了将近一个小时，是不是跟你们有关?”

“一个武士?”

当时的显助当然不会知道那就是松屋里町的剑道师傅万太郎狐。

他就是来确认一下那些房客到底是不是土佐浪士。如果是长州、土佐的浪士，随便杀都没事。如果是其他藩的浪士，在这个时期对他们贸然出手的话，他们藩肯定会借机大做文章，给自己带来一些麻烦。

土佐藩的高层属于佐幕派，所以对那些搞勤王运动的土佐人十分冷酷。在京都，死于新选组手下的相当一部分都是土佐人。反正杀掉他们土佐藩也不会有任何刁难，所以幕府方面倒是毫不客气。幕末时期，土佐人是血流得最多的集团之一，但藩厅并未以官方立场采取过任何行动，所以维新政府才会被萨长独占。维新后经常有人这么比喻道：“土佐志士都成了长州橘子园和萨摩番薯地里的肥料。”他们的流血牺牲几乎没有获取任何回报，所以维新后他们奔走于自由民权运动，反抗萨长政府，也是情有可原。

获得了维新政府回报的土佐人也不少，但其中的绝大多数直到维新后还在深深地憎恨着母藩。他们说："在那段危险时期，土佐藩没有给予我们哪怕一次庇护，相反，肯为我们遮风挡雨的一直都是长州藩，我们真想说长州才是我们的故乡。"而实际上，长州藩也经常把土佐人派到危险地方执行任务，获得了不小的利益。

最终连阿光都遭到了讯问。不过机灵的她一直在假装糊涂。

万太郎狐问她"那个年轻武士本名叫什么"时，她半开玩笑地说漏了嘴："叫什么呢？我也不太清楚，只知道其他人都喊他小伢，对他很是关爱。"

阿光并不知道，因为这句话，万太郎狐心中已经有了谱。

（小伢不是土佐词汇么？）

这样一来就弄清楚了他们的出身。

不过阿光被叫去问话时，显助就已经觉察到鸟毛屋不安全了。他和那须等人潜逃到了松屋表町本多大内藏的红豆粥铺之中。关于此事，只有阿光一个人知道。

二楼上，大利鼎吉还是老样子，整天一言不发地制作烧玉，做累了就捻纸做些手工艺品。

“真是心灵手巧啊。”显助感叹道。这一带有着成排的玩具批发商，但没人能做出像他那般精巧的工艺品。

“我喜欢小孩子，做这些东西都是为了送给来店里的小孩子。其中有一个很活泼的小女孩，名叫小参，肥嘟嘟的，长得很像我哥哥的女儿。我想把这个送给她。”

那是一个拇指大小的公主人偶，头部是花钱买的，而衣服则全部是捡纸做的，还涂上了靓丽的色彩。

这天是他们来大坂的第三个月。新年已过，到了庆应元年正月六日。

楼下的过道上响起了一个小女孩的声音，大概就是大利鼎吉说的那个小参。

大利马上下楼，把自己做的人偶用包装纸包好，送给了她。

她惊喜的叫喊声传到了楼上。显助从楼梯口那儿往下一看，发现果然是个肥嘟嘟的孩子，长得就像市松人偶[14]一样。显助和大利都不是神仙，当然不会在那时料到这个小女孩偶然之间改变了大利的命运。

里町，万太郎狐的道场之中。

女儿小参回到家，把这个捡纸人偶递给父亲万太郎狐看。

“哇。”

万太郎惊异于这人偶做工之精巧，问女儿这是谁给她的。

小女孩说是住在表町红豆粥铺二楼的一个浪人给的。

“嗯？”

万太郎狐两眼放光，连忙问出关于那个浪人她所知道的一切。

因为他知道，鸟毛屋内的那些土佐浪人已经逃得一个不剩了。

“那儿住着几个浪人？”

“有时是一个人，有时四五个人，但今天是两个。”小女孩口齿不清地说道。

万太郎派门生前去查探。

门生回来后报告道，听那二人口音极似土佐方言。

“肯定就是鸟毛屋的那群浪人。”

当天他就跑到位于本町桥的西町奉行所，从头到尾上报了此事。

因为将军正在大坂城中，所以奉行所也是高度戒备状态，他们连忙将此事上报给了大坂城代松平伊豆守的公用人。事情一下子闹大了。

“出动定番诸兵。”

定番一职由谱代小诸侯按照规定轮流担任。当时是领俸万石的大和栉罗藩永井信浓守、大和柳生藩柳生但马守、大和柳本藩织田筑前守这三藩。三藩的兵士将松屋町一带严密警戒了起来。

负责杀入的，是新选组万太郎狐。

幕府无论做什么事都要参照先例。去年夏天发生于京都三条大道的池田屋事件也是由诸藩藩兵和町奉行所衙役负责包围，由新选组的人杀入。

而且万太郎狐本人也请求“请让在下来”，这可是个夺取功名的难得机会。虽然他现在还只是在新选组中挂名，但此战之功将是正式入队时的绝佳敲门砖。

当然，他还借用奉行所的信使给驻扎在京都的局长近藤勇寄了封信。信中写道：“因事态紧急，还请允许在下带领门生先行杀入。”

从这天夜晚开始，万太郎狐便忙得不可开交。

他的门生，说起来好听，其实都是些连姓氏都没有的大坂平民。他们不仅不知道怎么用刀，甚至连把看起来像刀的东西都没有。

他从这些人中挑选出了十五个，其中有赌棍有无赖还有消防员，都是这一带的刺儿头。

当天深夜，他让使者东奔西跑，将这些人召集到道场内吩咐道：“将军大人给本道场下了特别命令，关于此事，希望大家将生死置之度外，妙手擒敌。”

所有人都颤抖不已，似乎还有人尿在了裤裆里。

“没有刀啊。”众人七嘴八舌道。

这些武器，万太郎已经准备妥当了。今天白天他拿着城代给的钱买了一堆价格在三朱到一两之间的便宜刀。这种刀被称为“批发刀”，大坂的各个刀匠铺都做了一大堆，在日本桥边摆得像小山一样露天贩卖。它们的样式和材质都一模一样，简直就像模子里倒出来的。在这个时节，这种刀十分走俏。当然，这种刀做工粗劣，锋利度只有菜刀水平。后来，长州在大坂大量采购这种刀，用来装备农民兵队。因此一时之间这种刀也被称为“勤王刀”。

至于头盔、锁甲则是万太郎找奉行所借的。

“就按照我平日教你们的就行了。总之比对方更勇猛地往前推进就不会输。不要挨敌人的刀，不要与敌人的刀交错，攻击敌人的头部、肩膀、手腕，不要试图劈砍身躯。即使是闭上了眼睛也要往下砍。绝对会赢的。”

说完他便打开酒缸，给每人发了一个茶碗，亲自用舀子给每个人舀酒。

“敌方有多少人?”

“不知道。”

实际上奉行所已经派了几个密探去探查敌情，但由于天黑，他们无法摸清具体情况。

“但是我想总不会少于十人。没事儿，我们身后还有数百个藩兵守住了各个路口，完全没什么好担心的，比较棘手的敌人就由我来对付。”

“他们干了什么坏事？”

“他们是强盗。”

万太郎狐没有说他们是土佐人，怕自己的门生担心敌人太彪悍。

“诸藩兵士还需要一点时间来完成部署，等完成了他们会发信号的。到时候我们就上阵。”

万太郎狐说得那么夸张，所谓“上阵”，其实从这个长屋出发，走个不到一百步就到了红豆粥铺。

㊃

在他们“上阵”前一会儿，红豆粥铺的二楼中，显助对大利说：“大概今夜从故乡来的中沼幸太郎（他们的同志，经历不详）就会抵达鸟毛屋，我去看一下。”

“夜已经深了——”

大利之所以会面色阴沉，是因为他已经觉察到了显助和阿光的关系，他肯定猜到了显助是要去干吗吧。

虽然不知道大利鼎吉和阿光的关系已经发展到了什么地步，总之大利立即恢复了他那特有的清澈表情，将一个捻纸制作的兔子交给了显助，说道："能帮我把这个交给阿光吗？"阿光就是属兔的。

"我马上回来。"

不凑巧的是，这天夜里，桥本铁猪、池大六正在河内久保寺的村长饭岛家商议义举之事，那须盛马也出门在外。本多家中只剩穿着平民服装的本多大内藏、他的母亲阿静、妻子阿莲以及大利鼎吉四人。大利一个人待在二楼上。

不一会儿便响起了二更的钟声（亥时，夜晚十点），但大利还没有睡，在拾掇着他的佩刀。这把刀是天诛组大将侍从中山忠光曾佩戴过的半太刀，刀铭不详，造型是十分罕见的太刀形。

就在此刻，房屋突然抖动起来，同时响起了窗户被打破的声音。

（来了）

大利站起来的同时，正在楼下的家主、原武者小路公卿家臣本多大内藏从后门落荒而逃。

被他抛下的老母、妻子当场被抓并被扔到马路上，随后就被关进了奉行所大牢，后来的情况就无从得知了。

"在二楼。"

万太郎狐把马提灯挂在腰间，两步一跨登上了楼梯。

刚登上楼梯口，大利就一脚把他踢了下去。但是与此同时，大利的肩头也挨了一刀。

大利打算趁着这个空当跳上屋檐逃命，但是敌人对此早有准备。万太郎狐的师范代[15]正木直太郎以及炭屋町一个不知名的人在屋后架起两个梯子，爬上屋檐跳入了室内。

大利左膝跪在榻榻米上，一刀砍下了正木直太郎的右手。

就在这时，炭屋町的那人拿着一把批发刀胡乱挥舞，其中有一刀砍到了大利的右肩，大利不禁摔倒在地。

立马翻身而起的他奋力一刀砍在那人腰间，不过那人穿着锁甲，并未受伤。这时，万太郎狐也再次爬了上来。

“啊——”大利吼道，“奸贼！”在举刀之前他先一腿扫了过去。当然，他并不知道这人就是自己送了捻纸手工艺品的小参的父亲。

万太郎不愧是剑术师傅，他向上格挡开大利的一刀后又与他过了几招，随后正对大利一刀劈下。

但他的刀尖竟戳在了天花板上，一时动弹不得。大利立马抓住这个空隙，砍向他的小腿。

大利在蛤御门之变中有过实战经验，他知道对付穿着锁甲的人只有砍小腿才有效。

这一刀重重地砍在万太郎狐的右小腿上，但情绪激昂的万太郎丝毫不顾这记重创，挥刀砍向大利的头部。

大利昏倒了。

万太郎随后奔到大利身边，抬刀垂直刺下，刺穿了大利的身体。

“干掉他了!”

万太郎大喊道。然后他顺着楼梯扶手跑下楼，对着路上的诸藩藩兵数次叫喊道：“谷万太郎杀掉首敌啦!”

接着他又跑入屋内，在各处挂上提灯检查尸体，结果找到了一个笔记本。里面写有几首杂诗，其中有一首墨迹还没有干：微不足道草芥身，一心只思报君恩。

还真是应了今晚之事。当然，大利鼎吉不可能事先料到此事，大概有着一丝隐隐的预感，所以有感而发，随性写下的吧。

碰巧成为了他的辞世诗。

身在鸟毛屋的显助得知此事后，当夜便与那须盛马一道逃往大和十津川的山中，潜伏在了折立村的文武馆内。后来又打扮成平民模样在十津川、熊野的大山之间辗转。最终到了七月，他在土佐浪人指导者中冈慎太郎的帮助下潜入了京都。

维新后，显助成为了陆军少将。随后又辞掉军职，历任参事院[16]议官、元老院议官、警视总监、贵族院议员、宫中顾问官、学习院院长、宫内大臣，明治四十年受封伯爵。

河出书房新社刊行的《日本历史大词典》中，川村善二郎氏写道："他在担任宫内大臣的十一年间，扶植起了一支庞大的势力。不过在辞任后丑闻迭出，渐渐表面上淡出了政商两界。"

显助死于昭和十四年。

过了九十岁的他依然精力旺盛，喜好收集春宫图，座谈时也经常用自己擅长的荤段子逗笑访客。

刚过九十岁时，有个朝日新闻的记者问他："阁下长寿的秘诀是什么呢?"他陷入了沉思之中。大概是回想起了血雨腥风的幕末时代吧。随后他用十分罕见的认真表情答道："长寿的秘诀就是不被杀。"

显助才智平平，在维新志士中差不多只是三流水平。但是一流的基本都死了，而他只不过是近乎奇迹般地长寿下来，从而获得了数不尽的荣誉。晚年的他每天都在为维新的殉难志士焚香祈福。他亲自写的厚厚一本回忆录现存于故乡高知县佐川町的"青山文库"之中。

注释：

【1】浪华：大阪市及其周边地区的古称。下文的浪华城即为大阪城。

【2】上方：以京都为中心的一片区域，包括京都、大和国（奈良县）、山城国（京都市以南地区）、摄津国（大阪府中北部及兵库县神户市以东地区）、河内国（大阪府东部）、和泉国（大阪府西南部）

【3】译者注：旧时日本男子12—16岁之间行元服礼时会剪去前发，改为成年人发型。

【4】味噌田乐：将茄子、豆腐、魔芋、芋头等食材切成长条，涂上各种各样的酱，用竹签串起来烧烤的吃法。

【5】家茂：德川家茂。江户幕府第14代将军。

【6】烧玉：在铜制的小球内塞入火药，相当于小型燃烧弹。

【7】山阴：大致包括现今的鸟取县、岛根县以及山口县靠近日本海区域。

【8】近畿：一般指京都府、大阪府、兵库县、滋贺县、奈良县、和歌山县、三重县地区。

【9】中国：指日本国家中部地区。包括鸟取县、岛根县、冈山县、广岛县、山口县。

【10】堪定役：施工现场监督人。

【11】津山城：位于冈山县津山市山下的一座城堡。

【12】手洗水：参拜神社前用于洗手的水。

【13】町年寄：江户时代，城下町及商业都市中掌管街道市政的官差。

【14】市松人偶：一种可以改换服饰的人偶。

【15】师范代：代替师傅教授门生的人。

【16】参事院：设于明治十四年（1881年），负责法律的制定、审查以及行政官、司法官、地方议会、地方官之间的权限裁定。

最后的攘夷志士

一

继续讲讲大家知道的田中显助。

他是个土佐浪士。

读者朋友们应该都想起来了吧。本书《土佐夜雨》一章中，他还是个二十岁的乡下书生，住在野草繁茂的土佐佐川乡。他的叔父那须信吾暗杀藩内参政吉田东洋时，曾令他通风报信。

后来他便脱藩了。

《火烧浪华城》一章中，显助投靠了长州藩。那时的他依旧一脸稚气。当时正值幕府征伐长州的关键时刻，他为了搅乱敌后，潜入了幕军根据地大坂，与数名同志一起策划火烧大坂城，最后以失败告终。

之后，被幕吏追捕的他逃入了大和十津川的山里。

再后来，显助费尽千辛万苦潜入京都时，时势已经急速逆转，萨长两藩的讨幕计划即将进入实行阶段。也正是那个时候，他在洛北白川村结识了统领浪士团陆援队的土佐浪士中冈慎太郎，立即加入了团队。没多久，中冈就以同藩之谊把他提拔为副长。

不久后，中冈队长惨遭幕吏暗杀，显助成为了代理队长。这段时期的显助也曾于《花屋町的袭击》一章中登场。

显助的运气，实在是太好了。

成为陆援队代理队长后，一眨眼的工夫就迎来了王政复古，讨幕已成为大势所趋。

因此，大前年才从土佐跑出来的这个二十五岁的青年，因为周围这些令人眼花缭乱的变化，摇身一变成为了土佐讨幕派的巨魁之一。真可谓时势造英雄。

令显助本人倍感茫然的是，讨幕的幕后主使、萨摩藩大久保一藏悄悄召见他，对他说："我希望你马上保护天皇侍从鹫尾隆聚公卿逃离京都，前往纪州高野山，在那里组建义军。"

大久保说，幕军数万主力正在大坂，估计要不了多久就会与驻扎于京都的萨长联军在京、坂之间交战（果然二十多天后就爆发了鸟羽伏见之战）。开战之时，领俸五十五万五千石的纪州德川家的选择将成为一个关键问题。希望足下能率领陆援队残党在高野山上牵制他们。

显助立马召集起旧陆援队队士以及其他一些浪士同志，

组成了一支四十余人的小队，躲过幕吏的耳目离开了京都。

插句题外话。众人于途中进入堺市，来到大坂湾沿岸时，公卿鹫尾隆聚张开化了淡妆、染黑了牙齿的嘴巴，问道：“这是什么湖?”队长显助答道：“这是海。”

“这样啊。我还以为是湖呢。”鹫尾反复感叹。公卿们从未踏出过京都一步，并不知道世界之大。这样一个公卿担任总督，而丝毫不懂兵法的自己担任队长（职位名是参谋），显助对将来之事心里完全没底。

（我想要个军师）

他心想。虽然现在只有四十多个兵士，但到时候只要召集一下大和十津川乡士，想必一下子就能聚拢数百人。

用兵是需要头脑的，军师的存在很有必要。显助想找一个。

到达高野山后，他们以金光院为根据地，从四面八方招募兵士。由于对大和十津川乡着重下了敕令，召来了七百人参加。他们已经成为一支总数达八百人的大部队。

战略位置处于和歌山城头顶的高野山上突然冒出一支“敕命军”，使纪州德川藩大吃一惊，派出重臣伊达五郎担任使者上山奉上一个千两箱，给他们“贴补军用”。而显助率领的浪士队完全相当于无钱旅行来到高野山，所以他们也是万分惊喜。鹫尾公卿开心地说道："这已经相当于获胜了嘛！"兵士也有了，钱也有了，就差作战家了。

"你有什么好点子吗？"

显助向自己的同僚、水户浪士香川敬三（后受封伯爵，皇后宫大夫）询问。幕末时代，曾有相当一部分浪士骂香川"品性劣等"，但也正因为他早早便在风云乱世中东兜西转，所以认识形形色色的人。

"我知道一个奇妙的和尚。"

香川说那和尚很有学问，是个国学者，擅长写和歌，对兵书也了如指掌，而且还是个狂热的攘夷论者。

"要不我把这个和尚带来吧。"

"学者吗？"显助的眼中有一道光芒闪过。显助自己是个没有学问的人，但是一个学者如何领兵打仗呢？

"一个学者能行吗？"

"他可是很会打仗的。"

"名字叫什么？"

"好像是净尚吧。"

此人尚在大坂，是个俗家弟子，似乎寄住在大坂数一数二的东本愿寺派大寺庙愿教寺内。他出生于大和添下郡椎木村的农村寺庙净莲寺。据说年龄比显助大五岁左右。

"他到底是个什么人？"

“天诛组的市川啊。市川精一郎。”

“啊?!”

令显助吃惊的是，天诛组竟然还有人活着。组内绝大多数成员都要么战死，要么被处死了。显助的叔父那须信吾是如此，土佐勤王党中显助的大前辈吉村寅太郎亦是如此。四年前，天诛组过早判断革命时机，于大和发起暴动，最终遭到幕府诸藩的追击而覆灭。这次事件犹如幕末勤王史上的一个噩梦。

那个和尚并非名士。他是干部藤本铁石的南画[1]弟子，同时也是另一个干部伴林光平的国学弟子。因为这层关系，他得知了大和义举，并风风火火地跑去参加，而且还担任了伍长。

文久三年八月二十五日，天诛组进攻被崇山峻岭围绕的植村藩，最终惨败。

这场攻城战简直打得奇差无比。天诛组令仓促招募的上千名十津川兵不眠不休地行军，随后便紧赶慢赶地以纵队攀爬天下名城高取城的坡道。败北也是在意料之中。

那个和尚在溃逃的败军之中破口大骂：“没有比这更愚蠢的战斗了，首脑们根本就不懂打仗。不能与这些首脑共成大事。”他就这样一边骂一边混在败军中逃出了大和。

他所说的大事就是指攘夷，也就是树立新政府，将横滨、下田、长崎等港口的外国人以武力驱逐出神国大地。这种勤王攘夷才是天诛组的宗旨，亦是这个和尚的强烈愿望，同时也是显助等人此次高野山义举的目标。

“后来他逃入鸟取藩领地，躲在了他的同志、国学者饭田年平的家中，频繁招募第二次义举的同志，但一直事与愿违，最终回到大坂愿教寺，再次当起他的和尚来了。”

“这家伙不错。”

显助拜托香川去大坂愿教寺请他前来。

对于他，显助寄予了很高的期待。说到天诛组的殉难者、生存者，对后来的勤王运动家们来说就像是圣徒一般的存在。

那个和尚已改名为三枝蓊。

显助与三枝的初次会面，是在庆应三年十二月十三日。

当夜，三枝冒雪沿着山麓的学文路登上了不动坂坡道。

到了根据地金光院门前时，他脱下斗笠和蓑衣，拍了拍附在身上的雪花。这一幕被哨兵身后的显助偶然收入眼底。

“我是三枝。”他与哨兵打招呼道。三枝身材高大，举止沉稳，剃着和尚头，身穿黑木棉带家徽的服装，腰间佩着做工粗糙的大小佩刀，不过体格十分健壮，想必是勤练武艺练出来的吧。

（这人真是可靠）

哨兵给三枝带路时，显助悄悄跟在后面。他之前就吩咐过哨兵将三枝带入他的房间。

三枝缓缓地走在砂石地的积雪上。不一会儿，他停下脚步，向哨兵询问道："恕我冒昧，请问鹫尾侍从大人住在哪边？"

"那边。"哨兵指着方丈室方向说道。话音刚落，三枝突然解下大刀正坐在雪地上，对着那个方向行礼。

"鄙人乃和州添下郡人三枝蓊，立志为勤王之业肝脑涂地而来。"

（真是个值得信赖的男人）

显助震惊不已。当然，三枝这句话鹫尾侍从根本听不到。大概三枝的想法是进了根据地的门，首要任务是和最显贵的人打招呼吧。

可惜的是，三枝听错了哨兵的话，他行礼的方向正对着寺庙宿房的厕所。

事后显助责备哨兵道："你当时为什么不提醒一下？"那哨兵答道："我觉得提醒他的话，很可能会被他骂，所以就没开口。"他的担忧大概不无道理。

显助与已经归来的参谋香川敬三及参谋大桥慎三一道与三枝会面。

蜡烛的光亮映照着三枝的轮廓。

（眼神真是可怕）

并不是说他的眼神很恐怖。他目光清澈，一动不动，连眨眼都极少。脸型是大和人之中很常见的圆脸，但额头十分突出，挤压着双眼。可以说是一脸异相。

“三枝先生，我是土佐人田中显助，受命担任参谋。我的叔父——”

“啊，那须信吾大人。”

三枝知道显助是信吾的侄子。他眼珠一转不转地说道：“那须信吾大人是个无双的豪杰，爽快果断，膂力过人，可谓攘夷烈士。他在鹫家口重整败军，一马当先，单身杀入彦根藩阵地，一刀击毙彦根将领大馆孙左卫门。当他打算继续突进时，不幸身中幕贼弹丸，当场死亡。以前他把自己的辞世诗给鄙人看过。”三枝摆正坐姿继续说道，“不惜为君身赴死，得偿所愿心欢愉。”

“这首辞世诗你知道吗？”

“不。”

显助身为参谋，所以略显自大地摇了摇头。但在三枝的眼里，这个年轻参谋不过是昔日同志的侄子。他厉声说道：

“请显助大人也将这首诗铭记于心。”

“真是难对付啊。”

显助事后对香川抱怨道。而香川也对这个自己带来的人感到束手无策。

“因为他是国学者嘛。”香川说道。即使同样身为攘夷主义者，那些修习国学的志士也显得有一种特殊的酸腐气息，甚至可以说他们是不同的人种。他们出自荷田春满、贺茂真渊、本居宣长、平田笃胤、大国隆正等人的学派，对祖国有一种宗教般的尊崇，不仅仅讨厌洋学、洋人、洋臭味，甚至把汉学、佛教也当做是外国思想并极端厌恶。与显助同时代的志士中，率领九州系浪士团于元治元年在蛤御门与幕兵交战，最终自尽于天王山上的久留米水天宫[2]宫司[3]真木和泉，以及在但马的生野银山揭竿而起最后死于京都六角堂狱中的筑前浪士平野国臣等人皆是如此。平野原名二郎，后因为自己的复古思想改名国臣，连佩刀的方式都显得另类。他声称“战国以来，武士的佩刀方式都是错的”，坚持使用中世武士的佩刀方式。幕末时代，这些国学系统的人也一样被称为攘夷志士，但他们的行动犹如宗教狂热般的猛烈。到了明治年代这种人依旧存在，熊本的神风连之乱[4]恐怕就是这种精神的余毒。

“原来如此。”

显助与香川相视一笑。显助本人也是攘夷派，不过他只是凭着一腔热血跳入时代风云之中，高喊着讨幕、攘夷、尊王的口号，并非因为思想层面上的缘由立志攘夷。不仅显助，萨长志士中这样的大有人在。证据就是萨长两藩早已把藩兵建立成了洋式化军队，还在暗地里与英国通好。但是为了使实行开港政策的幕府难堪，他们依旧每天叫嚣着攘夷、攘夷，并恫吓幕府道：“攘夷乃朝廷方针，然而征夷大将军（将军的正式名称）挂着征夷的名头，却屈服于外夷的淫威之下，就该打倒他。”不知不觉间，萨长也偷偷抛弃了最初的纯正攘夷主义，并把“攘夷”二字加以粉饰，当做了倒幕的道具。

“该给三枝安排个什么职位?”

显助向比自己年长的香川询问道。香川脸上浮现出一丝狡黠的笑意，回了句“这个嘛……”便陷入了沉思。三枝是个前辈，还是个身经百战的勇士，同时也是个有学识的人，如果要给他在军中安排职位，当然是与显助他们同样的参谋比较合适。

“暂时还是把他当成客人，就叫他三枝先生吧。先生长先生短地称呼他，想必他会很开心的，对于我们来说也没什么坏处。”

三枝确实是这样一个人。

他并不渴求参谋、监军、监察之类的职位。每天天还没亮他就早早起来，在井边冲个澡，然后朝京城方向遥拜一下，再朝伊势神宫[5]方向遥拜一下，接着便是高举大刀练习几百次素振，一边练一边喊着“夷狄！夷狄！”

显助和香川依计喊他“先生、先生”，而他好像是个没什么权力欲的人，对此似乎十分满足。

但是令显助二人为难的是，公卿鹫尾隆聚也跟着称呼三枝为先生。

“公卿也这样，真是麻烦啊。”香川说道。鹫尾卿与绝大多数公卿一样，是个彻头彻尾的攘夷·神国主义者，而且也有着国学、和歌方面的素养，与显助等不学无术的参谋相比，他与三枝更有共同语言。他经常满心欢悦地和三枝一起吟诗作对。

“似乎鹫尾卿把三枝看得比我们更重啊。”

香川对这种事总是很敏感。

“不过最重要的是，三枝的兵法到底如何呢？”显助对推荐者香川责问道。多年以后，这两位伯爵成为了明治宫廷内有名的死对头。大概从这时起，他们二人之间的敌意便萌芽了吧。

“你是在责备我吗？”

就这样，香川连续几天没有和显助说话。

不过，军中发生了一个小小的变化。

本该啥也不懂的鹫尾卿，突然变成了一个兵法家。

他召来显助、香川敬三、大桥慎三三名参谋，说道：“用兵打仗，应当首先树立威信震慑四方。我军领受皇命，在后方牵制纪州德川藩及浪华城（大坂城·当时是幕军根据地），但人数只有七八百，恐怕幕军对我们甚是轻视。兵书上有一招叫做疑兵之计，我们要让幕军以为我们有五千人。”

随后他下令在高野山的七个路口修建巨型牌楼，并在山中的宿房门口挂上门牌，还在山上东西走向每隔五十丁插一块写有“萨州援军屯所”、“长州奇兵队营所”、“十津川乡士宿阵”等字样的招牌，在各个阵营内插满各种各样的旗帜。

真是一则妙计。

显助等人马上付诸行动，效果可谓立竿见影，前来问候实则侦察的纪州藩使者的态度很快就发生了改变。

“田中君，那是三枝先生的计策吧。”

首先意识到这一点的是香川。确实，这样一想倒真像这么回事。

三枝经常在鹫尾卿的屋内长时间逗留。

但是显助等人无法制止，因为他们找不到制止的理由。而且说到底，三枝并不像是讨好鹫尾卿，伺机掌握军队主导权的人。

只不过，令显助和香川有些不快的，是三枝的态度。并不是说他傲慢，总之就是言谈举止不够恭谨。

他口口声声叫着“显助大人”，但语气中没有对待参谋的丝毫敬意，反倒像是叔父与侄子说话。

还有一点就是，一个以三枝为中心的朋党正在逐步形成。这个朋党的中心人物除了三枝蓊之外还有山城浪人朱雀操（于桂村出生。原是京都某位诸大夫的家臣）、武州剑客川上邦之助（后成为宫内省[6]主殿寮[7]主事。女婿是御歌所[8]寄人[9]千叶胤明翁），他们都不是军队内的干部。

不过这个川上邦之助由于他那出类拔萃的神道无念流技艺，也被队士们尊称为“先生”，而朱雀操因为擅长吟诗作赋，同样被称为“先生”。三枝、朱雀、川上三人因狂热的攘夷思想一拍即合，成为鹫尾卿的沙龙会上的常客。

这支义军除了三个参谋外，还有二十一名干部，一一列举出来略显繁琐，不过明治时期，这些人中有不少都赫赫有名。例如土佐浪士中岛作太郎，后改名信行，成为贵族院议员，受封男爵。他的长子久万吉于昭和七年就任商工大臣。大江卓（当时名叫斋原治一郎）于明治政府中任官不久后辞职，活跃于自由民权运动中，晚年尽力于部落解放运动。

这些干部大多数是土佐浪士，其他的以水户浪士居多。

总之三枝、朱雀、川上这“三先生”身为与萨长关系匪浅的大藩出身者，在这里属于异类，所以才无法成为干部吧。

不过，这“三先生”都是狂热的攘夷主义者，在他们看来，只要能够为攘夷宗旨献身便是乐事。

他们驻扎于高野山上是在庆应三年十二月上旬。新年过后的庆应四年（明治元年）正月三日，大坂幕军开始北上，与从京都南下的萨长土联军于鸟羽伏见展开激战。

天高路远的高野山上无从得知战况。

不过这支义军的战略使命，也就是对纪州藩的牵制，似乎奏效了。

显助从间谍口中得知“他们并未行动”。至于京、坂方面的情况，他从潜入京都领受锦旗的大江卓那里听到了个大概。

“好像赢了。”大江卓说。

义军干部马上召开了军议。他们基本上都是些除了满腔热血之外一无所长，根本没有作战经验的莽夫，所以纷纷豪言壮语道：“再这么待在高野山上无所事事的话，军功就被京都的萨长土联军独占了。我们应当立刻急袭大坂，趁幕军混乱之机攻陷大坂城。”

“那就出发吧。”鹫尾卿话音刚落，一个人闯入了军议会场。正是三枝蓊。

“不要这样做比较好。”三枝说道，“在京坂被击溃的幕军大概会沿海路逃回江户，或者是遁入纪州。我猜前来委身于纪州德川家的人数恐怕会达到数千。如果他们固守于和歌山城内我们如何应对？”

他继续说道：“义军应当占据纪见山口天险，阻拦流入和歌山的幕军。”依然一副眼睛眨也不眨的样子。

“原来如此。”鹫尾卿深以为然。三枝的见解才是正确的，“很有道理，就按三枝说的办。田中，香川，你们速速部署兵力。”

“领命。”参谋、监军们答道。但是他们个个都面无表情。

（真是个可恶的人）

显助心想，三枝这是越级行为。他既然有这样的见地，为什么不按规矩来，在军议召开之前向自己汇报呢？

“你知道部署的方法吗？”三枝对显助说道，“请恕我多言。依我所见，我们应当留下两百兵力驻守高野山的神谷口和矢立口这两个关口，这支警备队也可以作为我们的后备军。总督应当留守其中，另外，参谋香川君留在总督身边比较好。”

然后——

三枝继续说道：“派遣五百人前往纪见山口，随军参谋选个年轻有活力的比较合适。田中君。”

“嗯？”

显助不得不应声回答。

“你适合此任。我会与你同行。”

“很好。”鹫尾卿赞同道。连他都赞同了，那也就是说在座的显助等参谋居然得接受三枝这个普通队士的调遣。

第二天，显助率领主力下山，沿纪之川前往桥本，再从桥本登上高野巡礼街道的山坡。

显助坐在马上。

他的身边飘扬着前几天从京都领受的锦之御旗。这支义军已经成为了官军。

三枝先生则是徒步行走。他走在队列前方数十步开外，紧绷着双肩。这是他的习惯。

他们时不时会遇到从大坂方面过来的朝圣者。这些朝圣者都先与徒步行走的三枝先生行礼，而不是与坐在马上的显助。

三枝的眼神太过锐利。

所以才有一种与生俱来的压倒任何人的气势吧。也有可能是他与任何国学系的攘夷志士一样，满脸狂傲，令人生畏。

队士分宿于纪见山口的驿站之中。

傍晚时分，显助让三枝召集这些新募的十津川兵中伍长以上的干部，向他们讲述讨幕的大义之所在。如果每个兵士都能了解战斗的目的，士气也能更上一层楼。

“这场战斗不是为了萨长。”三枝说道，“先帝（孝明帝）毕生的夙愿就是攘除夷狄。虽然他的目的并非打倒幕府，但是幕府从天子手中接过军政大权，却没能履行征夷攘夷的职责。非但没有履行，幕府还屈从于外夷，开放港口，让夷奴的脏脚踏上了神国土地。幕府忤逆了先帝的旨意，皇天皇灵该悲愤到什么地步?!”

他的观点是，幕府违抗了攘夷的旨意，所以要讨伐。倒也不是瞎编。

嘉永六年的佩里黑船来航[10]事件以来，这种攘夷论就受到天下攘夷志士的追捧，成为革命的原动力，推动时势发展到如今的地步。

曾经的天诛组殉难志士等人身先士卒，成为了攘夷大业的先驱。

（但是这真是头疼啊）

有此想法的，正是显助。天诛组事件不过发生于数年前，但自那以后，暗流涌动，时势已是峰回路转。被称为攘夷雄藩的萨摩藩在鹿儿岛遭到英国舰队炮轰，萨摩沿岸炮台发射出的炮弹却全部落入海中，英国舰队在炮台的射程外好整以暇地游弋，发动着长距离炮击。这场战争可以说相当于单方面的炮战。战后萨摩暗地里与英国交好，推动了军制的洋式化改革。

遭到四国舰队炮击的长州藩也如出一辙地与英国合作，军制、战术、武器全部更新换代。

两藩都放弃了攘夷，只不过是在秘密中进行。如果公开宣布放弃，定会失去全国攘夷志士的支持。不说别的，身为攘夷大本营的京都朝廷都会震惊不已吧。

对萨长来说，“攘夷”早已沦为倒幕的道具。

（三枝先生的思想还停留在天诛组时代，丝毫没有前进）

显助自己本就没有所谓的“思想”，但是他从土佐脱藩后栖身于长州，第二次幕长战争时他就登上了长州的军舰，在舰底负责烧锅炉。他亲身经历了时代的变迁。

（但是，“攘夷论已经变质了”这句话，无论如何也无法启齿。）

因为攘夷论可谓圣论。为了这个圣论，已有成百上千的志士前辈流血牺牲。

“你意下如何？参谋。”三枝先生向显助问道。

“您说得非常精彩。”

显助低下了头。

第二天天未亮。

于三里开外河内长野方面打探消息的斥候发回急报。似乎有大队幕军正从河内方面攻来。

“不要惊慌。”

三枝稳住干部们后，静待详细情报。

这份沉着冷静，颇有军师名家风范。

不一会儿，他们得知攻来的幕军有五百人。其中有穿着洋式服装，手拿洋式武器的幕军步兵，也有穿和式服装的人，是一支杂乱的兵队，他们手里没有大炮。

三枝立即把兵士分为两队，一队埋伏在正对河内方向的山脚下，一队躲在驿站边的三间旅馆内，并令他们弄熄了所有篝火。

“听好了。按照幕军此时的速度，大概天刚亮就能到达山上，不必担心会弄混敌我双方。伏兵发动进攻时，山上的主力们提起长矛突刺便是。”

随后他还挑选出火枪队，令他们埋伏于最北边的那间旅馆内。

显助起不到任何作用。

（没事儿。利用智者的智慧和勇者的勇力，便是大将当做的事）

这种度量显助还是有的。

片刻之后，遥远的纪州海面上，庆应四年正月六日的太阳正要升起时，山脚下突然喊声震天。

从山上往下看，满眼都是雾霭。

雾霭之中响起了密集的枪声。

“时机已到。”

三枝站在通向山脚的坡道中央，拔出大刀。所有人都举起了长矛。

“显助大人，请下令。”三枝把指挥权交回了显助手中。

“不胜感激。”显助一时嘴快，竟向三枝道谢，过后又恼怒不已。不过他在恼怒时，发现自己早已拼命地冲向了山脚下。

“喊口号！喊口号！”三枝也挥舞白刃激励着十津川的民兵。

所有人整齐划一地喊起震耳欲聋的口号，向山脚下发起冲锋。

幕军腹背受敌，刚开始时还奋勇地与义军展开拉锯战，但幕军的指挥毫无章法。他们都是京坂战场上的残兵败将，打算投奔纪州家才会沿着这个方向南下。

乱战之中，三枝一边施展着凌厉的刀法一边高喊“消灭怨敌，消灭怨敌”。他所说的怨敌，是指攘夷的敌人吧。

战斗持续了三十分钟便结束了。幕军的战死者中有一人穿着士官服，义军仔细检查他的服装时，发现了一首辞世诗，诗旁边还写着他的职位和姓氏。

步兵指挥小笠原矿二郎，富士见宝藏番格[11]幕臣。

高野山义军前前后后只打过这么一场仗，打完就成了一支闲兵。

不久，义军下山进入京都。

他们被安排驻扎在二条城内，总督鹫尾侍从离开队伍，回到了宫中。香川敬三等参谋在板垣退助的指令下编入了东山道征讨军，显助独自一人被留了下来，担当这支浪士队的队长，或者说实际上萨摩藩的大久保一藏给了他“取缔方”这么个头衔。

“这些人中有很多都是过激的攘夷论者，不知道他们会闹出什么事端，还是把他们安排在一起看管起来吧。”

这就是他们被安排驻扎的理由。虽然他们名义上被称为“御亲兵”，但从所受的待遇来看，简直就被当成了洪水猛兽。幕府如日中天时他们饱受新选组、见廻组的围追捕杀。到了新政时代，他们依然被当做危险分子。

（但是所谓维新，不就是这些攘夷浪士的死尸层层累积起来的么？）

显助倒没有想到这一点，他不是有着这般情怀的诗人。

他们家族中已经贡献出了那须信吾、那须俊平这两具攘夷“死尸”，不过时代已经变了。与诗人情怀相比，年轻的显助对时势的变幻更加敏感。

就在这时，发生了一件令人摸不着头脑的事。

正月六日，镇守大坂军阵的前将军庆喜听闻鸟羽伏见败报，沿海路逃回了江户。

幕府将京畿土地拱手让给了官军，而官军乘胜追击幕军的第二天，宫内设立了“外国事务总裁”这个奇怪的官职。勤王倒幕就是为了攘夷，如今这个“外国事务”又是什么意思？

总裁之位任命给了一位皇室成员，那就是不久前还在当和尚的嘉彰亲王。

几天后的正月十五日，朝廷颁发了一则布告：与外国交际，乃国际公理，需妥当处置，望万民谨记。（意译）

这则布告令公卿们大惊失色，他们全都以为如今新政府成立，正是大张旗鼓地攘除外夷之时。

这一出令人瞠目结舌的戏剧乃是萨长指导者的密计，而布告则由萨摩系公卿岩仓具视执笔书写。

有个人因此大骂岩仓为“奸雄”并愤而辞职，那就是岩仓的秘书，被岩仓尊称为“我的诸葛孔明”的儒者玉松操老人。

玉松操出身下级公卿家庭，长于国学，是一位知名的文学家。被称为幕末名文之一的《王政复古诏敕》便是岩仓委托他起草，而官军锦旗的图案也是由他设计。他一心只求有朝一日能完成攘夷大业，所以如今的这则布告在他看来就是“朝廷竟与外夷媾和”。

玉松当面辱骂了岩仓一顿后，隐居在了中立卖新町角的宅院内，死于不久之后的明治五年，享年六十三岁。岩仓赠予玉松的长子真幸男爵头衔。功臣死后子孙受封爵位的例子虽然不能说绝无仅有，但也是凤毛麟角。大概岩仓对玉松有着深深的歉意吧。

连玉松都辞职了，这使驻扎于二条城内的攘夷浪士们深受打击。

听到这个消息，三枝蓊呆坐在城内表书院[12]外的砂石地上，反复念叨着“被萨长、岩仓要了”，一副失魂落魄的模样。

当夜，显助把队伍中的国学先生三枝蓊、歌道先生朱雀操、剑术先生川上邦之助召集到一起。

目的是安慰他们。

显助并不懂什么理论，所以只能宽慰道：“算了算了，朝廷肯定是经过深思熟虑的，你们不要轻举妄动。”

要讲道理的话，显然三先生更胜一筹。

“显助大人，你的叔父那须信吾是为了什么死在了大和鹫家口？你叔父的岳父那须俊平不顾年老体迈，脱藩投奔长州，在蛤御门被越前[13]兵的长矛刺死。对于他的英灵，你作何感想？”

紧接着他们继续说道：“这些先人因为悲愤于幕府抗旨开国，奋起于草莽之中，横死在异地他乡。而如今新政府与往年的幕府一样，设立应对外国事务的职位，不就相当于宣布遵守旧幕府条约与夷狄交好吗？”

“算了算了。”

“现在朝廷还堂而皇之地组建讨幕军，他们还有何种名分讨伐德川家？”

“这么一说倒也是。”显助赞同道。不过他也不知道该说什么好，只能满头大汗地宽慰道：“现在的时势就是这样了。”

这段时间，诸藩藩兵与外国兵发生冲突的事件层出不穷。例如正月十一日，正在神户行军的备前冈山藩兵队列中闯入了两名法国水手，藩兵制止了他们并开枪。因为该地属于租界，所以各大外国领事馆的警备兵都围了过来，一时之间发展成了一场大骚动。

二月十五日，堺市又发生了一起事件。当时停泊在码头边的一艘法国军舰上下来了多名士官、水兵，他们侵入市内，引得鸡飞狗跳，甚至把许多妇女吓得仓皇逃窜。驻扎在市内栉屋町、糸屋町的土佐藩兵出动，最终，这群法国人中三人死亡，八人负伤。

主张“开国”的朝廷处理起这些事情来，比他们曾经大肆谩骂为“懦夫”的幕府更为狼狈。在各国公使的恫吓之下，朝廷只能反复道歉，并对他们提出的条件唯唯诺诺。事件处理的结果并非各究其责，而是在法国单方面的会审下，二十名土佐藩士被责令切腹。（其中九人最终取消切腹惩罚，被处以流放）这次事件被称为妙国寺事件。

这些土佐藩士并不知道新政府早已“变心”，还以为攘夷才是对朝廷的效忠之道。其中一人的辞世诗是“为君吾魂化作神，守护攘夷大业成”。他们坚信着攘夷依然是天子的夙愿，坚信着自己不是白白牺牲，满心欢愉地切腹而死。

这件事的消息当天就传到了京都。

妙国寺事件后第二天的夜晚，三枝蓊来到显助的房间，向他问道：“显助大人，你怎么看？”

“你是土佐人，包括你的亲人在内的众多土佐浪士都已经为攘夷而死，现在在妙国寺之中又有多名土佐人流血牺牲，你还能漠视吗?”

“算了算了。”

显助除了宽慰他之外，别无他法。

“不能再继续忍受洋夷的侮辱了。幸好这支自高野山义举以来生死与共的浪士团正在你的身边，你要反抗，你要揭竿而起!”

“你说说怎么办?”

“袭击神户租界。抑或是说，你已经抛弃了攘夷之志么?”

“没有。”

显助逃也似的离开了房间。出门时他回头看了一眼，看到烛台对面三枝蓊的双眼正在闪烁着异样的光芒。

(他想干什么?)

只怕新政府中无论派出怎样的高官都无法说服他吧。因为那些高官在过去也是一群激进的攘夷主义者。

这段时间，为了讨伐“非攘夷主义”的德川氏，领受锦旗的诸军正在陆续东下。

而另一方面，国家的“新元首”，也就是天皇，为了与各国正式展开外交，决定召见各国公使。

攘夷派老公卿大原重德激烈反对道：“如此一来，攘夷不过是打倒德川氏的借口，我们还有何颜面去面对天下志士?”不过他的意见却被压了下来。

最终，朝廷连各国公使的住所都划分好了。法国公使住在今出川的相国寺内，英国公使住在东山知恩院内。

谒见是在二月三十日（旧历），场所是皇宫紫宸殿。当时明治帝十七岁，不过是个少年。

据说在二月二十七日，三枝蓊剪下二条城东苑内的一枝老梅枝杈插入竹筒。关于插花，他颇有心得。枝杈上，只开着两朵梅花。当天，他伏在桌案上运笔如飞，写了改，改了写，终于写出了一首和歌。随后把朱雀和川上叫到了屋内。

“这是鄙人借物抒怀之作。”他把那首和歌拿给两人过目。

朱雀和川上一脸肃穆。朱雀是个歌人，所以很快地也写出了一首和歌，递向三枝蓊。三枝蓊拜礼之后，接了过来。

“你我心有灵犀啊。”三枝罕见地展露出笑容。朱雀身为三枝的好友，也从未见他笑得这般灿烂。

“杀吧。打算杀哪个洋夷?”朱雀问道。三枝点头道：“杀个大国的比较好，就杀英国的好了。公使想必是一员大将，我们砍下他的脑袋来祭奠安政年间以来为攘夷而殉难的志士吧。”

三枝把自己当成了最后的攘夷志士。他已经开始察觉自己的思想落伍了，但是一个铮铮男儿，会抛弃自己的气节去追随时代的脚步吗？

对众多志士来说，攘夷是上天的旨意。三枝蓊也是背井离乡，流转于生死之间，一直走到了今天。赌上了性命的攘夷大业到现在又怎可能抛弃。

他给朱雀看的，是自己的绝命诗：

如今最憾事，为国弃君恩。

所谓“弃君恩”，是指背弃被提拔为御亲兵的朝廷重恩，退出浪士团吧。而歌人朱雀操给他看的那首和歌更为悲伤，其中饱含了他明知攘夷已跟不上时代，仍要为了自己的志向与节操以身赴死的悲壮情怀。

花开一瞬兮，大和之落樱。何须哀伤兮，天下留其名。

所谓“花开”，是指多年来魂牵梦萦的讨伐幕府与王政复古正在一步步走向现实吧。自己一边看着此情此景，一边踏上有去无回的道路。

剑客川上邦之助被三枝和朱雀说服负责袭击失败后的后备工作。另外还有两名队士志愿加入了这个第二袭击队，他们是松林织之助和大村贞助。两人出身不详。

英国军舰已经停靠在了大坂口岸。

二月二十八日，英国公使萨·哈利·帕克斯进京，入住知恩院。他是商人出身，足智多谋，很有魄力，但是脾气特别暴躁，发起火来谁也拦不住。

警备知恩院各出口的任务落到了以纪州德川藩为首的五藩兵士肩上，这阵势恐怕比以前守卫将军还要严格，维新的元勋们生怕遭到昔日同志的报复。负责接待帕克斯的是本作《不死之身》一章中登场过的长州藩士伊藤俊辅。他曾参与过对品川御殿山外国公馆的袭击，暗杀过开国论学者，如今却又勤快地做起了新政府的接待员。

谒见当日，下午一时。

英国公使跨上骏马，由净土宗总寺知恩院出发。不知出于什么原因，他穿的不是公式礼服，而是长风衣。

警备队列十分浩荡。

警视总监希考克率领伦敦第一警部队十一骑，陆军上校布拉索率领英国骑兵第九连队将士四十八骑，这些人都穿着绚丽的仪仗服装。另外还跟随有英国步兵。

队列前方带路的是宇都宫靭负、土肥真一郎这两名外国方[14]。

萨摩人中井弘藏（又名中井弘。幕末时期留学英国，明治年间就任贵族院议员）作为同行贵族，穿着上下身礼服与警视总监希考克并驾齐驱。

另外，土佐藩参政后藤象二郎（后受封伯爵）作为日本方面的先导代表，骑马行进在公使的正前方。

后面是或骑马或坐轿或徒步的英国公使馆全体成员，连海军医官都穿着礼服骑在马上。日本方面派出的护卫是一百名肥后藩兵。

沿路上里三层外三层地挤满了前来围观这支充满异国风情的盛大队列的民众。不仅有京都人，还有不少近郊邻藩的人。负责维持秩序的依然是肥后藩兵。

“能杀入这么庞大的队列么？”与朱雀低语的，正是三枝。他们混在林下町街道边的围观民众之中。

“没关系，管他洋夷多少人。”朱雀微笑道。听罢三枝也点头赞同。随后二人便依照计划，分头行动。

不一会儿，二人于四条大道绳手街弁财天町拐角处会合，分别伺机埋伏在道路两侧。这里也有很多围观的人，肥后藩的足轻[15]们正握着六尺长的木棒拼命维持秩序。

突然，其中一个衣服上的家徽是环形丁字纹的肥后藩士察觉到了三枝那异样的目光。

他正准备上前问话，却又突然移开视线走向了别处。估计这藩士也是个攘夷论者，今天来维持秩序只是藩命难违吧。

帕克斯一行七十名英国人从林下町走过桥本町，再走过新桥道，队列前驱骑兵队刚拐入弁财天町街角时，三枝与朱雀同时一跃而起。

他们犯了一个错误。

把穿着一身赤红骑兵服的骑兵当成了身份高贵的人，以为他们就是侍大将或者公使。三枝首先一刀斩落了一名骑兵，接着朱雀斩落一名看似是士官的人后，向队列中央杀了过去。

现场一下子混乱无比。道路本就狭窄，围观的人和队列又摩肩接踵，骑兵们根本没法施展开洋枪这个主要武器。

二人一边斩下一个个骑兵，一边吼道："谁是帕克斯？谁是帕克斯？"

有史料中记载着这么一句话：暴徒飞身闯入队列，狂砍身边之敌，势不可挡。

英国骑兵们此时狼狈至极。在马背上行动不便的话就该跳下马战斗吧，但是没有一个人这么做。他们全都被那二人白光闪闪的利刃吓破了胆。"浪人"一词当时早已成为一个国际化的单词，而此刻，他们都在"浪人"那被过分夸大了的刀术下瑟瑟发抖吧。

乱军之中，三枝看到朱雀的身影时隐时现。他俩浑身都已沾满敌人的鲜血。但他们无法辨别敌军大将是哪个。他们都没有想到公使会穿着黑色的风衣骑在马上。

这时发生了一件怪事——负责警备、维持秩序的肥后藩兵跑得一个不剩。

如此一来，队列中的日本武士只剩下前列的两名翻译（后谎称赶往皇宫报告逃走）以及土佐藩参政后藤象二郎和萨摩人中井弘藏。

中井此时正在队列前方。

他立刻拔刀追向朱雀，一刀砍下，却被朱雀格挡了下来。朱雀往后一跃，同时弹开英国骑兵的洋枪，向中井问道："看在同是武士的分上，告诉我公使在哪。"中井一言不发。朱雀再次逼问，并同时一刀挥向中井的脑袋。刀锋长度有所不及，只是划开了中井的额头，鲜血染红了他的面庞。

此时，后藤象二郎和帕克斯公使尚在元吉町街道上行进，还不知道四条大道绳手街上的混乱。

不久消息传来，后藤对公使说了声"抱歉"便翻身下马，提起佩刀冲上前去。

他一边高喊"英国人让开，英国人让开"，一边拨开人马往前冲，没多久就看到了正在和中井激战的朱雀操。

"疯子！"

后藤一刀斩向朱雀。朱雀当场殒命。

此时三枝的模样更加惨不忍睹。

他已身负十几处重创，依旧不停歇地斩马杀人。后来有人称他敏捷“快如车轮”。

一名骑兵举起了火枪。三枝迅速转身提刀挡子弹，没承想大刀从刀镡处断作两截。

他马上弯腰试图拔出短刀，但是短刀早已不在腰间。大概是在刚才的乱斗中遗落了。

他暗暗嘀咕了一声“没了”，便打算夺过面前那骑兵的洋枪，可惜没抓住。于是他决定撤退，便转身逃跑。

如此一来，刚才还乱作一团的英国兵马上恢复了秩序，持枪骑兵也终于有时间精力准备发射了。

骑兵一阵乱射。

一颗子弹打到了三枝腿上，三枝应声倒地，旋即又爬起身来，冲到附近一户人家的屋檐下，拉开格子门逃了进去。在过道上，他再次倒地。

就这样，三枝被捕。

英国方面受到的损失是九人被砍，四匹马被放倒。但是没有一个死者。

当时身在二条城内的浪士取缔方显助震惊不已，当夜便把川上邦之助、松林织之助、大村贞助监禁起来。

“我给予你们武士应有的待遇，不捆绑你们。希望你们据实回答，你们跟那两人有无瓜葛？”

“有。”

三人昂然答道。看来他们依然保留着身为攘夷志士的傲骨。

英国方面并不知道这三人的存在，因此新政府的刑法事务局把他们偷偷地送到了隐岐岛上。

而三枝和死去的朱雀则被处以极刑。

他们被剔除了武士身份，降为平民。朱雀的首级被从尸体上砍下，弃于粟田口刑场示众。

在同一个枭首台上，三枝的首级被搁在朱雀首级旁边。

处死三枝的地方就是粟田口，处死他的方式是对武士来说极其失礼的斩首。

二人首级被示众三日。

如果这件事发生在几个月前，他们就是烈士，他们的行为会被视作天诛受人赞扬，而且他们死后也会受勋吧。

他们因“攘夷”之罪，被往日的攘夷同志处以极刑，并将永远背负罪名。

单单根据昭和八年宫内省编纂收录的《殉难录稿》中的数据来看，幕末时代死于非命的志士有两千四百八十余人。

其中的大多数都在大正年间被追授官位，并被供奉在神社之中。

只有两人，那就是三枝和朱雀，没有包括其中。

特别是三枝蓊。文久三年，他曾是天诛组五名干部之一，如果他能够顺应时代的话……他的旧同志，而且同为和州出身的平冈鸠平（明治后改名北畠治房）受封男爵，土佐出身的旧同志伊吹周吉（明治后改名石田英吉）也受封男爵。

只有三枝蓊遭遇极刑。虽然他保住了气节，为志向殉难，远比上述两位男爵更纯粹。

三枝的生家如今依旧存在于奈良县大和郡山市椎木町（新地名）东本愿寺派分院净莲寺内。这是一间只有二十一户施主的贫寒小寺。现在的住持是一位名叫龙田晶的半老僧人，与三枝没有血缘关系。

冬天的清晨，站在这间寺内往东望去，伊贺境内蔚蓝的群山美不胜收。

注释：

【1】南画：中国的南宗国画，由明代画家董其昌创立。

【2】久留米水天宫：福冈县久留米市内的一间神社。

【3】宫司：神社内的最高神官。

【4】神风连之乱：1876年，熊本武士太田黑伴雄等人因不满明治政府的“废刀令”，集结170余人组成敬神党发

动叛乱。因为敬神党又称“神风连”，所以这场叛乱被称为神风连之乱。

【5】伊势神宫：日本的代表性神社。

【6】宫内省：负责宫廷修缮、衣食、清洁、医疗、教育等一切庶务，并管理天皇财产的机构。

【7】主殿寮：宫内省中主要负责宫廷消耗品的管理、供给的部门。

【8】御歌所：整理天皇、皇后等皇族所写和歌，负责召开宫廷歌会的机构。

【9】寄人：多义词。此处是对御歌所内职员的称呼。

【10】黑船来航：1853年，美国海军准将马休·佩里驶入江户湾浦贺海面，要求日本开国，拉开了日本幕末时代骚动的序幕。

【11】富士见宝藏番格：幕府富士见宝藏库的看守。

【12】表书院：位于宅院外围的书院式建筑。

【13】越前：日本古代令制国之一。

【14】外国方：负责外交事务的外国奉行所内的官差。

【15】足轻：步卒，最下级武士。

后记

我个人非常讨厌暗杀。

虽然口口声声这么说着，但一年来也写了几百页了。

暗杀者的定义是“不给予暗示或警告的情况下突然袭击，或者使用计谋杀害他人的人”。这种人尤其为人所不齿。

但是我会有这种想法，只是因为我是个生在和平年代的书生，生活环境中缺少那种“为了天下不得不死”的客观性必要吧。

历史，有时候需要用血来书写。

虽然我并不喜欢，但不得不承认无论是暗杀者，还是遭到暗杀的死者，都是我们的历史遗产。

于是我就用这种视角重新审视发生在幕末时期的暗杀事件，然后提笔而书。只不过采取的是小说风格。

为什么要采取“小说风格”呢？因为幕末时期的暗杀是一种政治现象，出于一定的政治形势，说到底主人公也不过是由政治思想所驱使。如果按照历史学风格来写的话，只怕描述当时的政治形势和思想就要占据九成的篇幅吧。

这样一来，对历史不感兴趣的读者读起这本书来，会比读过期报纸上的政治新闻更加索然无味。

为了避免这种情况，我把本书的重心放在了人物和事件上。由于并非严谨的历史书，所以对于有多种传闻的事迹，笔者只是采用了其中自认为最贴近事实的那一种，所以本书只是一本小说。

暗杀是历史的一种畸形产物。但是凭借着对暗杀的了解，我们可以感受到当时的时代“沸点”达到了怎样的高度。俄罗斯革命党为了暗杀沙皇亚历山大二世，执拗般地建立计划并前前后后修改十一次，历经一次次失败，一直持续了十五年。对于生活在和平年代的人来说，这是一种无法想象的异状。

这本小说集中，并没有详细刻画赫赫有名的人称“刽子手”的冈田以藏、河上彦斋。关于这两位幕末时期具有代表意义的暗杀者，井上友一郎氏、海音寺潮五郎氏、今东光氏等人已发表了十分优秀的著作。

因此我回避了对这两位的描述。

写作完成后，我思考了一下暗杀者对于历史到底有没有贡献。

没有。

不过，只有樱田门外之变推动了历史的前进，这件事是一个例外。可能纵观全世界的历史，这样的例外也是少之又少吧。

这次事件之后，幕末时代盛极一时的针对佐幕人、开国主义者的暗杀，都是受其影响而进行的模仿。而且后来的那些暗杀者全都素质低下。樱田门外的那群暗杀者身上，有一种昂扬澎湃的诗歌情怀。而后来随着众人纷纷效仿，暗杀已被职业化，成为了暗杀者满足功名心的道具。

我们应当否定暗杀，但是，我们似乎不能否定那些暗杀者们给幕末史添上了一道黑色的华美。

司马辽太郎

昭和三十八年十一月